시 수업을 ———— 시작합니다

읽어 두기
1983년부터 2019년까지 한국글쓰기교육연구회에서 달마다 펴낸 회보에서 가려
뽑은 시 수업 실천 사례를 묶었습니다. 학교는 그 글을 썼을 때 있었던 곳입니다.
아이들이 쓴 글은 맞춤법에 따르지 않고 그대로 실었습니다. 어떤 글에서 아이들
이름은 본디 이름이 아닙니다.

시 가 터 지 는 초 등 교 실 2 6

시 수업을 ———— 시작합니다

한국글쓰기교육연구회 씀

양철북

꼭 한번은 가 보시라,
시가 오는 그 교실로

설마 배우지 않았을 리 없겠지만 초, 중학교 때 시를 배운 기억이 없다. 고등학교 다닐 적에 '해' '승무' '나그네' '님의 침묵' 같은 시들을 국어 시간에 배웠다. 박두진은 '기독교', 조지훈은 '불교, 선(禪)', 박목월은 '목가(牧歌)적'이라고 앞뒤 없이 받아적었다. 내 마음엔 영락없는 '연애시'인데 국어 선생님은 한용운에게 '님'이란 '조국'이고 '민족'이라고 딱 잘랐다. 그렇게 "날카로운 첫 키쓰의 추억은 나의 운명의 지침을 돌려놓고 뒷걸음쳐서 사라졌"다. '아, 모든 시는 이미 정해 놓은 해석이 있구나' 하고. 그러니 지금도 시를 보면 '히야, 정말 그렇네' 하고 끄덕끄덕 못 하고 '어라, 왜 이래? 주제가 도대체 뭐야?' 하고 고개 삐끗 꼬는 버릇부터 나온다.

처지를 바꾸어 교사가 되었다. 시 단원이 나올 때마다 답답하고 먹먹했다. 나도 고등학교 때 국어 선생님이랑 다를 게 없구나 하고.

출석부를 들고 교실에 들어가면 / 나는 또 무엇을 가르쳐
야 하는가? / 무엇을 가르쳐야 하는가? (이오덕 '출석부'에서)

마음이 꼭 이랬다. 초등학교 교과서 시는 암만 좋게 봐도 '말 배우기' 말고는 그닥 관심이 없다. 동시들을 실어 놓고 문학을 읽고 느끼고 깨닫는 모든 과정을 낱낱의 기능으로 쪼개어 놓는다. 되풀이한 말, 글자 수, 시늉말, 비유하는 표현 찾기 같은 토막 낸 활동을 하고 또 한다.

시를 휘리릭 읽으라고 한 다음 머물 틈도 없이 이게 뭐냐 저게 뭐냐 귀찮게 자꾸 물어 대고 이 말 저 말 바꿔 네 것처럼 꾸며 써 보라고 잡아끌었다. 숨바꼭질이 되었든 꼬리잡기가 되었든 내가 주인이 되어야 입도 열리고 마음도 몸도 즐거운 법. 그런데 팔짱 딱 끼고 딱딱한 얼굴로 "이 시는 이렇게 읽어야 한다"고 하는데 어떤 시인들 즐겁고 반갑겠나. 마음이 푸시시 절로 식을 수밖에 없다. 좀이 쑤셔서 웅성웅성 제 입을 열 때까지 기다려 주면 안 될까. 칠판에 적어 주는 말보다, 교사용 지도서가 씨부렁대는 말보다 저도 모르게 터져 나오는 아이들 말이 더 가치롭다. 제 마음에 있는 말들을 찾아 헤매는 과정이 귀하다. 못 찾으면 또 어떤가. 함께 읽고 느낌을 나누고 어떤 지점에서 마음이 흔들렸는지 사람과 삶, 세상을 보는 눈이 어떻게 달라지고 깊어졌는지가 무엇보다 중요하다. 정해 놓은 해석이란 게 있을 수 없다. 아무것도 없는 데서 더듬더듬 찾아가는 발걸음이 더 귀하고 소중하다.

물론 제아무리 좋은 시라고 한들 교과서에 실리는 순간 아이들 눈에는 시시할 것이다. 교과서에 실려서 시시하고 삐딱하게 보인다. 에헴 하고 단상에 올라서서 시시콜콜 잔소리를 일삼는 동시가 또 얼마나 많은가. 교과서 시는 문학 교육의 관점에서 고른 게 아니라 언어 교육의 성취 기준을 충실히 따라갔기 때문이다. 결국 시를 시답게 공부하지 못하고 시답지 않은 말 공부로 끝날 때가 허다하다. 그래서 시를 배우면 배울수록 오히려 시에서 멀어지게 한다.

시 읽기는 저래도 시 쓰기는 조금 낫지 않을까. 하지만 형편은 조금도 다르지 않다. 교과서에서는 남이 쓴 동시에 빈칸을 만들어 놓고 채우게 하거나 시어 바꿔 치기, 줄글을 시로 바꾸어 쓰기 정도를 가르치고 있다. 거기에 교과서 시 가운데 어린이시가 드물다는 점도 꼭 손꼽아야겠다. 2015 개정 교육 과정에 따라 새로 내놓은 초등 교과서에 실린 시는 마흔네 편이다. 이 가운데 어린이시는 '딱지 따먹기'와 '팝콘' 딱 두 편이다. 어른이 쓴 동시를 보고 시 쓰기를 배우는 꼴이다.

교육과정 틀에서는 성취 기준에 얽매여 시 쓰기도 낱낱의 기능으로 해체된다. 1~2학년에서는 재미를 주는 말, 반복하는 말을 넣어야 하고, 3~4학년에서는 재미있는 생각이나 감각을 살린 표현을 써야 하고, 5~6학년에서는 비유하는 표현을 살려야 한다. 시 읽기는 이런 말들을 제대로 찾을 수 있는가에 초점이 있고 시 쓰기는 이런 말들을 어떻게 버무려 쓰는가에 방점이 찍혀 있다. 교과서대로 시 쓰기를 배운 학생들은 시란 머릿속에서 만들어 내는 것이요, 손끝에서 섬세하게 다듬어지는 것이라고 생각할 수밖에 없다. 그렇다고 여기서 털썩, 주저앉을 것인가.

시 쓰기는 아주 껌이다. / 마음에 있는 생각을 종이에 쏙쏙쏙 써서 / 벌떡 일어나 쌤한테 탁 갖다 내면 끝. / 그게 뭐 어렵나. / 봐봐, 난 벌써 시 다 썼지. 너도 이렇게 해봐.

히야, 시 쓰기쯤은 아주 '껌'이란다. 이 아이가 은유를 배웠을 리가 없다. 하지만 시에 절로 은유가 깃들고 시 앞에서 끙끙대는 제 짝꿍 놀려 먹는 은근한 익살도 담겼다. 선생이, 교과서가 하라는 대로 굽히지 않고 시를 쓰는 사람은 나, 이 시의 주인도 나! 그래서 나는 이렇게 시 쓴다고 당당하게 말한다.

선생에게도 아이에게도 이런 단단한 마음이 있어야 한다. 시를 찾고 즐기고 제 속에 있는 말을 드러내는 데 시 교육의 목표를 두고 밀고 나아가야 한다. 모든 공부는 '사람다움', '자기다움'을 찾아가는 길이지 죽어라고 배워서 '나'를 버리고 '남'처럼 되자는 실천이 아니지 않은가.

여기에 모인 글들은 교육과정과 교과서에만 매달리지 않고 더듬더듬 자신만의 길을 찾아온 선생님들이 만들어 낸 생생한 실천 사례다. 그 밑바탕에는 시의 길은 곧 사람의 길이다, 아이들 삶을 가꾸는 시 쓰기여야 한다는 생각이 깔려 있다. "교실에 들어가면 나는 또 무엇을 가르쳐야 하는가" 묻는 이들에게 조곤조곤 말을 건넨다. 이를 토대로 "향기로운 님의 말소리에 귀먹고 꽃다운 님의 얼굴에 눈먼" 교사들이 나날이 많아져서 우리네 시 수업이 더 다양하고 넉넉해지면 좋겠다. 함께 시 쓰고 읽고 나누고 시를 가지고 놀았으면 정말 좋겠다. 물론 '시'가 우리 목표는 아니다. 목표는 아이들이 향기롭고 꽃답게 피어나게 해 주는 일이 되어야만 한다.

2020년 5월 24일 이무완

글감 찾기, 무엇을 쓸까?

한 걸음 더, 시랑 놀아 보기

그런데, 왜 시를 쓸까?

틀 깨기,
어린이시가 뭘까?

아이 말에서
시 찾기1

"선생님, 꽃이 헐렁헐렁 흔들려요"

나무들이 막 물을 먹어요

봄비가 여름비같이 쏟아진다. 화단에 있는 우리 화분에 물이 흥건해서 이제 겨우 올라온 어린싹들이 죽을까 아이들이 걱정을 한다. 비가 조금 그치면 비 맞지 않을 곳으로 화분을 옮겨야겠다.

첫 시간, 국어 공부를 한다. '느낌이 솔솔', 시를 읽고 느낌을 주는 말을 배울 차례다. 아이들과 아침에 비 온 이야기부터 한다.

"아침에 비가 많이 와서 어떻게 학교에 왔어?"

방금 몸으로 겪은 일들이라 아이들이 서로 이야기한다.

"비가 와서요. 내 장화에 물이 첨벙첨벙 들어온 것 같았어요."

"비가 질퍽질퍽해요."

"운동장 걷는데 신발이 축축했어요."

"뉴스에서 날씨 말하는 거 있잖아요. 거기서 가르쳐 주는 대로 똑같아서 신기했어요."

일기예보가 딱 맞는 게 믿기는 신기하기만 하다. 요즘 일기예보가 정말 잘 맞는 것 같다.

"비가 와서 아기 참새들이 날기 연습을 못 해서 슬퍼요."

도희가 어제도 아기 참새들이 날기 연습하는 걸 보고 이야기하더니 오늘 이렇게 안타까워한다.

"비 맞고 오니까 머리가 차가워져서 추웠어요."
"비 맞으니 머리가 간지러워요."
"비 오는 소리 들어 보니까 칙칙 소리가 나서 뭐가 달려오는 것 같아요."

성모가 이야기하니 민기도 한마디 거든다.

"나도요, 성모 말 들으니까 생각이 났어요. 비 소리가 책책하니까 우리 집 앞에 공사하는 소리하고 비슷해서 이상했어요."
"우리 집 베란다 앞에 나무 있거든요. 나무 사이에 물방울이 똑똑 떨어졌어요."
"나무들이 행복할 것 같아요. 나무들이 비를 좋아하잖아요."

몸으로 겪은 일이라 말들이 생생하다. 아이들 말이 다 시 같다.

교과서에 있는 박목월이 쓴 '아기의 대답'을 함께 읽는다.

"박목월이 누구일까요? 너희처럼 어린이일까요? 어른일까요?"

"어른요."

"어른이 어린이를 위해 쓴 시를 동시라고 해요."

아이들이 교과서에 있는 동시를 시라고 알까 봐 조심스레 동시와 시는 구분해 주고 싶다.

"조금 전에 채희 한 말 기억나요? 내가 적어 볼게요."

칠판에 채희가 말한 걸 적었다.

"우리 집 베란다 앞에 나무 있거든요.
나무 사이에 물방울이 똑똑 떨어졌어요."

"채희는 아침에 비 온 걸 보고 느낀 걸 그냥 이야기했어요. 이렇게 채희가 한 말이 시가 되었어요. 겪은 일을 쓴 것도 시가 되는 거예요."

공부하고 있는데, 비가 많이 온다. 아이들과 비 오는 소리, 비 오는 풍경, 비 떨어지는 모습 보러 가면 좋겠다 싶어서 아이들과 우산 들고 뒤뜰로 갔다.

아이들은 비가 와도, 바람이 불어도, 햇볕이 쨍쨍 나도, 이렇게 밖으로 나오면 살아난다. 펄펄 살아 밖으로 내뱉는 말을 다 기억 못 할 정도다.

선생님 여기 와 보세요.
비가 너무 많이 와서 연못이 넘쳤어요.

그래서 물고기가 죽었어요.
빗물하고 같이 내려왔어요.
물고기 친구도 내려왔는데 하수구로 빠졌어요.
친구 물고기 곁을 안 떠나려고
계속 하수구에 헤엄치고 있어요. (최아인)

선생님.
내 우산 위에가 바다 같기도 했어요.
비가 출렁출렁했어요. (이차미)

우산 쓰고 나갈 때
비가 우산 안으로 들어올라 했어요. (김건표)

비가 오니까 나무들이 막 물을 먹어요. (김현정)

걸어가고 있는데 비가 많이 와서 하수구가 꽉 찼어요.
(장예원)

우산에서 처음에는 우두둑 소리가 났는데
우두둑 우두둑 콸콸콸 소리가 막 합쳐서 났어요.
(김도희)

우산 안에 손을 대 보니까 빗방울이 동그랗게 손에 들어
오는 것 같아요. (윤소희)

밭에 나뭇잎이 물방울에 닿아서 흔들흔들했어요.
(윤채희)

우산 안에 만져 보니까요 비가 우산으로 들어오는 것 같
았어요. (임지우)

비를 자꾸 맞아 보니까 비가 안 오는 것 같아요. (박준홍)

물이 떨어질 때 똑똑 하는 게 아니라 두둑둑 했어요.
(강수빈)

아이들과 이런 공부를 하고 난 날이면 아이들도 나도 행
복하다.

꽃이 헐렁헐렁 흔들려요

며칠 전부터 흉내 내는 말을 배우고 있다. 교과서에 있는 흉
내 내는 말을 익히는 과정이 틀에 박혀 있는 듯해서 선뜻 다
가서기가 그렇다. 누구도 흉내 내지 못한 말, 나만의 말을 찾
는 공부의 시작인데.

우선 아이들과 동화책 «울퉁불퉁 매끌매끌»로 흉내 내는
말을 찾아보고 흉내도 내 보았다. 같이 흉내 내는 말 찾는 재
미가 붙어서인지 아이들이 책을 읽다 흉내 내는 말이 나오면
들고 와서 자랑을 한다.

"처얼썩, 이 말도 흉내 내는 말 맞지요?"

"선생님, 이 책은 흉내 내는 말 억수로 많아요."

책 제목을 보니 《타조는 엄청나》. 준홍이가 자랑을 하며 아이들에게 보여 준다. 요 며칠 이 책도 인기가 많아졌다.

그리고 한 시간을 내어, 읽고 있는 그림책에서 흉내 내는 말을 찾아 칠판에 적어 보았다. 칠판 가득 흉내 내는 말이 빼곡해졌다. 칠판에 적어 보는 재미로 아이들은 쉬지 않고 흉내 내는 말을 찾아왔다. 칠판 글씨가 반듯반듯하다. 아이들이 칠판에 얼마나 글을 적고 싶었을까.

오늘 첫 시간 국어 공부.

이제 다른 사람들이 말했던 흉내 내는 말 말고 우리가 찾은 말, 무엇을 가만히 보고 듣고 있으면 떠오르는 말을 공부해 보기로 한다.

시들어 버렸던 차미 화분에 다시 꽃이 피었다. 함박꽃만큼은 아니지만 꽃이 서너 겹 제법 소담하다. 처음 보는 꽃인데 이름을 찾을 수 없다. 창가에 있던 화분을 들고 와서 아이들에게 꽃을 자세히 보라고 했다.

"선생님, 꽃이 소록소록 피었어요."

민기 이야기를 듣고 깜짝 놀랐다.

'소록소록' 꽃잎이 모여 있는 모습이 딱 맞구나 싶다. 칠판에 민기가 한 말을 그대로 적었다.

"얘들아, 민기 말을 듣고 꽃을 보니 정말 꽃이 소록소록 피어 있는 것 같아. 이렇게 누구 말을 흉내 내는 게 아니라 어떤 모습을 보고 탁 터져 나오는 나만의 말을 하면 참 좋아."

차미 화분을 갖다 두려고 들고 가는데 채희가 이런다.

"선생님, 꽃이 헐렁헐렁 흔들려요."

우아? 어쩜!

꽃잎이 많아 무거운지 고개를 숙이고 있는데, 움직이니 꽃이 헐렁헐렁 흔들린다.

"채희가 한 말 들었지? 진짜 꽃이 헐렁헐렁 흔들리는 것 같지? 아무도 하지 않은 채희만의 말이라 참 귀한 말이야."

아이들이 이렇게 말을 해 주니 공부가 절로 된다.

이제 예원이 화분을 들고 왔다. 백리향인데 아직 꽃이 피지 않았다. 작은 잎들이 졸졸이 뻗어 가고 있다. 화분을 보자 예원이가 번쩍 손을 든다.

"내 화분에 있는 줄기가 스르르르 내려가고 있어요. 놀이터 같아요."

예원이 말을 들으니 잎줄기가 옆으로 뻗어 가더니 화분 아래로 떨어지는 모습이 보인다.

"줄기가 길쭉길쭉해요."

"잎이 포록포록 피었어요."

"바람 때문에 줄기가 강아지 꼬리처럼 흔들려요."

아이들 입에서 터져 나오는 말을 칠판에 적었다. 귀한 말이기도 했지만 아이들 말이 글로 태어나는 순간을 아이들과 함께 지켜보고 싶었다. 공부가 신이 난다.

아침부터 내리던 빗줄기가 약해지더니 잠깐 교실이 환해졌다. 나도 모르게 밖을 보았다. 아이들 눈도 밖으로 향한다. 누가 먼저랄 것도 없이 아이들과 같이 창가에 붙어 섰다. 교실 앞 화단에 잎 하나 없는 나무가 보인다. 봄에 꽃이 피었던 것 같은데, 왜 잎이 안 났지? 가지마다 물방울이 송글송글 맺혀 있는 게 또렷이 보인다.

"얘들아, 저 나뭇가지에 빗방울 보여?"

"네."

"우리 잠시 이야기 안 하고 가만 보고 있자."

잠시도 가만있지 못하는 아이들이 오늘은 어쩐 일로 잠시 조용하다. 아이들만의 목소리가 터져 나온다.

새 잎사귀가 없으니 빗줄기가 친구가 되어 주었어요.
(김도희)

나뭇잎이 없으니 겨울 같아요. 물방울이 눈 같아요.
(김현정)

빗방울이 진짜 반짝반짝해요. (박준홍)

나무줄기가 갈색이니까 물방울이 갈색이에요. (윤채희)

하늘에서 떨어진 물방울이 줄기 눈물 같아요. (서우형)

빗방울이 풀로 붙인 것같이 줄기에 딱 붙어 있어요.
(김건표)

아무도 흉내 내지 못한 말, 가만 보고 있으면 나만의 말을 찾을 수 있지. 첫 시간 마치는 음악 소리가 오늘은 아쉽다.

*김숙미 부산 강동초

아이 말에서
시 찾기2

"글쎄, 비눗방울이 나무에 걸려 있지 뭐예요"

1학년 국어 시간에 '비눗방울' 동시를 배웠습니다. 비눗방울이 날아가는 모습을 떠올리며 동시를 읽어 봅니다.

> 비눗방울 날아라. / 바람 타고 동동동. / 구름까지 올라라. / 둥실둥실 두둥실.

정말 바람 타고 동동 날아서 구름까지 갈까요? 궁금해집니다. 어릴 때 비눗방울 불었던 기억도 가물가물하고요. 교과서에서 아이들이 비눗방울을 불고 있는 모습을 보니 내가 더 불고 싶어집니다. 비눗방울을 함께 불어 보기로 했습니다.

아침부터 아이들은 비눗방울 기구를 들고 와서 내게 자랑합니다. 알록달록 모양도 참 여러 가지입니다.

"선생님, 난 두 개 가지고 왔어요. 혹시 안 갖고 온 친구 있으면 줄려고요."

아현입니다. 기특도 해라.

나가기 전에 아이들과 '비눗방울' 시를 한 번 더 소리 내어 읽어 봅니다.

"이 시는 어른이 쓴 시잖아. 우리도 시를 써 볼 거야. 비눗방울 불면서 아무도 발견하지 못한 것, 나만이 보고 느낀 걸 찾아내자."

대담하게 이런 주문도 아이들에게 합니다.

엊그제 아이들과 자기만의 말이 어떤 건지 시 공부도 했거든요. 집공부로 저녁노을을 5분만 자세히 보고 오라고 했지요. 아이들이 저녁노을 본 이야기를 할 때, 아이들 말을 그대로 칠판에 적었어요.

하늘을 가만히 보고 있으니
주황색 노을이 점점 찐해지면서
검은색으로 변해 갔어요.
노을이 참 예뻤어요.
노을이 내가 좋아하는
주황색이라서 더 예뻤어요. (김규연)

하늘을 보고 있으니
벌써 깜깜해질 것 같았어요.
구름이 많이 움직여서 그래요. (송아현)

해를 보고 있으니까
점점 빛이 변하면서
구름이 빨리 움직여요. (정원우)

주황색 노을이 벌 떼가 날아다니는 것 같았어요.

(김규민)

해를 보니까 느릿느릿 해가 질 것 같았어요. (유병욱)

해가 질라 하는데

해가 산 위로 올라갈 것 같기도 하고

내려갈 것 같기도 했어요.

해가 산에 딱 걸려 있어요. (김동휘)

아이들은 자기 말이 글로 태어나는 걸 지켜보았어요.

"친구들이 본 노을이 이렇게 다 다르구나. 그러니까 느낌도 다르고 너희들이 한 말이 다 다르게 시가 되었어. 똑같으면 시시하잖아."

노을을 보고 오지 않은 아이들과 자세히 눈여겨보지 않았던 아이들은 쬐끔 이 아이들이 부러웠는지도 모릅니다.

"어른들은 어렵게 시를 쓰지만 우리 어린이는 자세히 보고 그 느낌을 잘 붙잡아 두면 시를 쉽게 쓸 수 있어."

아이들과 운동장으로 갑니다. 내가 어릴 때는 동그란 철사로 고리를 만들어 불었는데, 지금은 크기도 모양도 아이들 모습만큼 다양합니다. 불면서 떠오르는 생각이 나면 내게 이야기해 주기로 했어요. 아이들은 여기저기 흩어져서 비눗방울을 불었습니다.

나는 작정하고 공책과 연필을 들고 나갔습니다. 아이들이 저도 모르게 지껄이는 말도 엿들었다가 적고, 슬그머니 아이들 곁에 가서 말도 붙여 보기도 했습니다.

애들아,
땅바닥 좀 봐.
비눗방울 그림자가 색깔별로 보여.
보라색도 나오고
초록색도 나와.
진짜 신기해.

민영이가 아이들을 불러 모읍니다. 나도 민영이한테 갔습니다. 시커먼 그림자가 아니라 투명한 그림자가 땅바닥에 동동 다닙니다. 그림자가 알록달록하다니요. 진짜 신기합니다.

비눗방울이 저쪽으로 불었는데
자꾸 선생님한테로 가요.
선생님 좋은가 봐요. (박지한)

"비눗방울이 위로 갔다가 아래로 갔다가 해요."
"현호 비눗방울이 세 개가 붙었어요. 가족 같아요."
"비눗방울을 보고 있으면 안에 건물이 모여 있어요."
나한테 와서 이야기를 제일 많이 해 주었던 친구 같은 지한이는 비눗방울도 내 친구로 만들어 주네요.

미끄럼틀 위에서 불었는데요.

위로 조금만 있다가 바로 아래로 떨어졌어요.

선생님! 원래 비눗방울은 하늘로 올라가는데 아래로 가고 있어서 신기해요.

그리고 무지갯빛이 진짜 있는 것 같아요. (강민서)

아이들이 부는 동글동글한 비눗방울이 온통 무지갯빛입니다. 아이들 눈에는 그게 또 얼마나 신기하고 좋았을까요. 나한테 와서 무지갯빛을 보았다고 말한 아이들이 얼마나 많았는지 모릅니다. 교과서에서 배운 비눗방울은 하늘까지 동동 올라가는데 민서 비눗방울은 아래로 떨어지는군요. 하하하.

나 큰일 날 뻔했어요. 얼굴만 한 게 내한테 왔어요.

(남현우)

병욱이가 가지고 온 비눗방울 기구는 정말 크게 불어져요. 아이들이 다 한 번씩 불어 보고 싶어 했습니다. 친구들 다 불어 보게 하는 병욱이 모습이 참 보기 좋습니다. 현우 얼굴만 한 비눗방울이 용케도 안 터지고 현우를 놀라게 했네요.

내가 비눗방울 불어서 날아갔는데 글쎄 비눗방울이 나무에 걸려 있지 뭐예요.

진짜 웃겼어요. 어떻게 이럴 수가요? (양지우)

조금만 지나면 팡팡 터지는 비눗방울이 나뭇가지에 걸렸어요. 아주 짧은 순간이었겠지만 용케도 걸려 있었나 봐요. 대

단한 발견입니다. 정말 어떻게 이럴 수가 있지요? 나도 절로
웃음이 납니다.

비눗방울 엄청 크게 불어서 우리가 타고 하늘나라까지
가고 싶어요. (정준서)

준서가 부는 비눗방울은 아주 귀여운 거예요.
"선생님, 나도 크게 불고 싶어요."
내게 와서 몇 번이나 칭얼거렸어요. 비눗방울이 작아서 더
귀엽다고 몇 번이나 달래서 보냈지만 아쉬운 마음은 숨길 수
없습니다. 준서는 정말 비눗방울을 타고 싶었나 봅니다.

우와 !
비눗방울이 하늘로 올라가요.
무지갯빛을 막 내면서 하늘로 올라가요.
그게 참 예뻤어요. (정원우)

바람 따라 하늘로 멀리멀리 날아가는 크고 작은 비눗방울
이 오늘은 아이들만큼이나 이쁩니다.   *김숙미 부산 강동초

공감해
주기

시 맛보기에서 시 쓰기로

2학기가 시작 될 무렵부터 국어책에 시가 나왔어요. 늘 새로운 걸 발견하는 1학년 아이들. 이 아이들 입에서 저도 모르게 터져 나오는 말들이 다 시인데, 그걸 그대로 붙잡아 주기만 하면 쉽게 시를 쓸 수 있겠다 싶습니다. 아이 스스로 뭔가 보고 듣고 느낀 걸 썼는데 그게 바로 시가 되었다는 이야기를 해 주면서 시 공부를 시작했습니다.

자연스레 시 쓰기로 이어진 시 맛보기
1학기 때 만든 문집에서 한슬이가 쓴 '비'를 칠판에 적어 두었습니다. 비 그친 날 우리 반 아이들과 함께 운동장으로 나가서 풀, 꽃, 나무를 보고 다 같이 쓴 글이기 때문에 꽃한테 마음이 가 있는 한슬이 마음을 잘 알 것 같았습니다.

> 비
>
> 바람이 살랑살랑 참 시원해요.
> 꽃이 방긋방긋 웃어요.
> 비가 맛있어서 그런 거예요. (2007. 5. 1)

"한슬이는 어떻게 이렇게 시를 잘 썼을까? 동무들한테 말해 줄래?"

"그냥 썼는데요."

"쓸 때 한슬이 마음이 어땠는지 잘 생각해 봐."

"음, 비가 오니까요 꽃이 웃는 것 같았어요. 그래서 그걸 썼어요."

"얘들아, 한슬이는 비가 맛있다고 했는데, 한슬이 마음이 어디에 가 있었을까?"

"꽃한테요."

"우아~ 그래서 비가 맛있는 줄 알았구나. 방학 때 너희들이 쓴 일기 다 읽어 보았는데, 노을을 보고 쓴 일기가 있더라."

"어? 그거 내 건데."

태연이가 금방 알아챕니다.

"그래, 태연이 거다. 내가 먼저 읽어 볼게."

노을

노을이 졌다.
바닷가가 아니고 우리 집 앞이다.
노을이 흘러가고 있다.
바다 쪽으로 바다 쪽으로 간다.
노을은 원래 흘러갔었나?(궁금하다)
이제 노을은 서쪽으로 서쪽으로
달아난다. (2007. 8. 22)

"태연이도 어떻게 이렇게 시를 쓸 수 있었을까? 태연이도 동무들한테 이야기해 줄래?"

"그날요, 창문을 보는데요, 노을이 너무 예뻐서 나도 모르게 일기장을 꺼내서 써 버렸어요."

"노을 보고 그 자리에서 썼단 말이지? 태연아, 그때 노을 본 걸 지금 쓰라고 하면 쓸 수 있겠나?"

"아니요. 못 써요."

"태연이가 노을을 보고 예뻐서 그걸 쓰고 싶어 일기장을 꺼냈대. 너희들도 노을 본 적 있지?"

"네, 하늘이 빨갛게 되는 거잖아요."

"저녁 하늘이 억수로 멋있어요."

"다들 노을을 본 적이 있구나. 근데 태연이는 그때 노을을 보고 바로 글을 썼더니 이렇게 좋은 시가 된 거야. 우리도 이렇게 뭘 보다가 탁 하고 떠오르는 게 있으면 바로 그 자리에서 써 보도록 하자. 나중에 써야지 하고 미루면 떠올랐던 그 느낌을 잊어버리게 돼. 보자, 또 있던데."

"다 읽어 주세요."

"자, 이번엔 건우 거예요."

소나기

소나기가

딱딱하다. (2007. 8. 31)

"건우가 소나기 내리는 거를 보고 어떻게 썼지요?"

"딱딱하다 했어요."

"오늘 아침에도 비가 왔지요. 오늘 비는 어땠어요?"

"쬐끔한 물방울이 보여요."

"몽글몽글해요."

"부들부들해요."

"보들보들, 몽글몽글, 소나기하고 정말 다르게 왔지."

"소나기는 쫙쫙 와요."

"굵어요."

"그래, 소나기는 억수로 힘차게 내리지. 건우가 소나기를 딱딱하다고 쓴 건 누구 말도 흉내 내지 않고 건우 혼자만의 말이라서 참 좋아. 또 건우가 이런 일기도 썼더라."

갈매기

방파제에서 갈매기를 보았다.

'깔 깔' 하고 울었다. (2007. 7. 22, 안개가 모락모락)

"여러분도 갈매기 우는 소리 들어 봤지? 어떻게 울지?"

"깍깍." "끄얼얼" "꾸루 꾸루" "까악까악"

"야, 그거는 까마귀 소리다."

틀린 걸 고쳐 주기도 하며 아이들이 제법 실감 나게 소리를 냅니다.

"그런데 건우 귀에는 '깔 깔' 이렇게 들렸대. 교과서나 다른 사람이 하는 말 말고 나한테 들리는 그 말을 그대로 쓰면 살아 있는 말이 되는 거야."

한슬이 시로 이야기를 나누니 아이들이 참 좋아했습니다. 우리 반 아이가 쓴 시로 더 이야기를 나눠야겠다 싶어 방학

동안에 태연이가 일기장에 쓴 시 '노을'과 건우가 쓴 '소나기'와 '갈매기'를 그 자리에서 자연스레 더 읽어 주게 되었지요.

공부를 시작하기 전에 한슬이가 쓴 '비' 말고도 «허수아비도 깍굴로 덕새를 넘고»에 나오는 '남자리'도 칠판에 적어 두었습니다. '남자리'는 이슬에 앉은 잠자리가 이슬을 빨아 먹는 모습을 자세히 보고 자기만의 말로 잘 붙잡아 써서 1학년 아이들에게 보여 주기 좋을 것 같아 골랐습니다. "남자리"와 "니슬"은 처음 시 맛보기 하는 아이들에게 걸림돌이 되겠다 싶어 "잠자리", "이슬"이라고 고쳐서 썼습니다.

잠자리　　상주 청리초 2학년 정홍수

잠자리가
이슬에 붙어서
입을 조물딱
이슬을 빨아 먹습니다.

"이제 칠판에 써 놓은 '잠자리' 시 보자. 잠자리가 어디에 앉아 있어요?"
"이슬에요."
"거기 앉아서 뭐 하는데?"
"이슬을 빨아 먹고 있어요."
"어떻게?"
"입을 쪼물딱 쪼물딱 하고요."
아이들이 말을 하면서 흉내를 냅니다.
"자세히 안 보면 잠자리가 이슬에 앉은 거 봤을까요?"

"아니요."

"입을 쪼물딱거리는 것도 봤을까요?"

"아니요."

"뭐든 자세히 보고 있으면 여러분들도 다 이렇게 쓸 수 있어요."

처음에 준비했던 보기시 두 편 정도만 이야기해도 충분할 것 같았는데, 아이들과 시 다섯 편을 읽고 이야기를 나누었는데도 15분쯤 남았어요. 시 맛보기 하려다 엉뚱한 이야기로 새는 바람에 수습이 안 되던 1학기하고는 달랐습니다. 우리 반 아이들이 쓴 시라서 그랬는지, 1학년은 2학기 되면 달라진다 하더니 아이들하고 이야기가 잘되었어요. 지금 뭔가 쓰면 좋겠다는 생각이 들었는데 교실에서는 안 될 것 같았습니다.

"나 어젯밤에 잠 잘 못 잤는데."

"왜요?"

"바람 때문에. 너거는 안 그랬나."

"난 잘 잤는데."

"나도 알아요. 바람이 엄청 불어서 창문이 덜컹덜컹했어요."

"지금도 바람이 막 부네. 우리 바람 부는 거 느끼러 운동장에 나갈래?"

"네에."

"바람 때문에 풀들이랑 나무들이랑 벌레들은 어떻게 하고 있을까. 그것도 볼까?"

"네에에."

"보다가 탁 떠오르면 우리도 써 볼까?"

"네에에에에. 종합장 들고 나가요."

아이들 목소리가 점점 커집니다.

그래서 오늘 처음으로 종합장 들고 밖으로 나갔습니다. 밖에서 뭘 쓴다는 건 고학년도 잘 안 되는데. 조금 걱정은 되었지만 뭔가 떠오를 때 바로 써 보는 경험도 괜찮지 싶어서 그러자고 했어요. 사실 오늘은 시 쓴다는 생각은 없었거든요.

바깥으로 나오자마자 바람이 휙 불어 아이들이 몸을 움츠립니다. 지혁이가 이러네요.

"선생님, 몸은 추운데 발은 더워요."

"야, 지혁아, 그 말이 바로 시네. 니 그거 써라."

그러고는 아이들과 운동장으로 내려갔습니다. 역시나 뛰어다니느라 정신이 없습니다. 나오자마자 금방 써서 들고 오는 아이, 노느라 정신없는 아이, 그래도 뭘 쓸까 고민하는 아이도 보이네요.

개미　1학년 최림

개미 한 마리가 사마귀 다리를 가지고 가고 있는데
바람이 계속 밀어냈다.
내가 손을 내밀어 그 위에 올려 주었다.
그래도 바람이 밀어냈다.
나는 바람이 안 부는 데를 나아주었다.

강아지풀　1학년 박해동

강아지풀 털이

포롱포롱 부드럽다.

바람   1학년 김정은

바람이 세게 분다.
내가 날라 갈라 한다.
나무도 바람을 따라서 날라 갈라고 한다.

모기   1학년 서한슬

예진이 손에
모기가 있었다.
긴 입으로 쭈우쭈욱 빨고 있었다.
나는 그냥 보고 있었다.
잡아주고 싶었지만
모기도 살아야 돼서
그냥 봤다.
모기도 한 번만 물고 갔다.

바람   1학년 정동현

바람이 세게 분다.
내 머리카락이 든다.
풀들이 다 시들어 드러누워 있다.

강아지풀   1학년 김호진

강아지풀이 꾸불꾸불 시들어 있다.
뭐 하니?

응, 바람 쐬고 있어.

어 그러니?

살랑살랑 바람 쐬고 있는 강아지풀

시원하겠다.

림이는 개미를 오래 들여다보고 바람 때문에 자꾸 뒤로 밀리는 개미를 안전한 곳에 놓아두었습니다. 림이 마음이 개미와 하나가 되었습니다. 어디 가 있는지 보이지도 않던 림이가 혼자 진득하니 앉아서 이렇게 마음 예쁜 시를 써 왔네요.

줄을 바꿔 쓴다든지 행을 나누는 일은 전혀 안 되지만 방금 보고 느낀 것이 그대로 시가 되니 역시 1학년입니다.

1학년 아이들한테는 이렇게 글(시)을 쓰는 게 일기 쓰는 것보다 더 알맞지 싶습니다. 짤막하게, 더 쉽게 쓰고 말들이 생생하게 그대로 살아 있으니 말입니다.

아이들과 함께 걸었던 길

아침에 학교 오는 길 따라 아이들과 걸어 보았습니다. 이제 우리 학교 나무들도 조금씩 색이 달라지고 있어요. 나뭇잎도 많이 떨어져 있네요. 낙엽을 한 움큼 쥐고 뿌렸습니다. 아이들이 따라 합니다. 바람 따라 낙엽이 흩어집니다. 아이들 웃는 소리, 파란 하늘, 흩어지는 나뭇잎 한데 어울립니다.

정글짐을 늘 그늘로 만들어 주는 버드나무 가지가 바람에 흐느적거립니다. 흔들리는 나뭇가지 아래 아이들과 팔 벌려 바람을 느껴 봅니다. 두 팔 벌려 서 있는 아이들이 바람처럼 흔들립니다. 나무를 안았어요. 아이들도 나무를 안습니다. 아이들이 나무에 귀를 기울입니다. 무슨 이야기를 하고 있을까요.

아이들 손을 잡고 교문을 나섰습니다. 길 따라 아이들과 걷습니다. 찻길이 보입니다. 찻길 따라 나무가 줄지어 서 있습니다. 성빈이가 둥지를 찾았습니다.

"와! 여기 둥지다."

아이들이 우르르 몰려갑니다. 나무 위로 전깃줄이 지나가고 차들이 시끄럽게 지나다니는데 저기다 둥지를 틀었어요. 가만 보니 새가 알을 품고 있습니다. 아이들이 거기서 떠날 줄을 모릅니다.

아이들을 데리고 또 걸어갑니다. 학교 담장 아래 여기저기 조그만 달개비꽃이 피어 있습니다. 지난 3월, 한슬이가 내게 와서 그랬지요.

"선생님, 노래 불러 줄게요. 엄마가 노래 너무 좋다고 선생님께 불러 드리래요."

내 품에 폭 안겨서 수줍은 듯 조심스레 불렀던 노래가 생각납니다.

"한슬아, 여기 달개비꽃 봐. 달개비꽃 앞에서 니가 불렀던 그 노래 동무들한테도 불러 주자."

달개비꽃 옆에서 한슬이를 내 무릎에 앉히고 그 조용한 노래를 아이들과 함께 듣습니다.

"들길을 걷다 보면 도랑가로 달개비꽃 피어 있지요. 달개비꽃 볼 때마다 달개비란 이름 맨 처음 붙인 사람 궁금하지요. 누구일까. 누구일까."

아이들이 가만히 듣고 있습니다. 부끄러워 노래 부르는 내 내 땅바닥을 보던 우리 한슬이에게 아이들이 크게 손뼉을 쳐 줍니다. 이런 건 저절로 되는 거네요.

학교 담장을 따라 또 걷습니다. 높은 담장 위로 담쟁이가 빽빽이 기어올라 가고 있어요.

"선생님, 덩굴이 학교에 놀러 가나 봐요."

우리 재한이가 담쟁이덩굴한테 마음이 갔어요. 담장 아래 화단에는 동백나무가 졸졸이 서 있습니다. 우리 학교에 동백나무가 많긴 하지만 여기도 이렇게 많았네요. 동백 꽃봉오리가 터질듯 봉긋봉긋합니다. 저게 다 피는 날 여긴 온통 붉은 빛일 것 같아요.

길모퉁이만 돌면 다시 우리 학교 뒷문입니다. 며칠 전까지만 해도 개나리 가지가 보도블록으로 뻗어 나와 있더니 가지를 다 잘랐네요. 깨끗하긴 한데 뭔가 허전합니다. 우아! 우레탄을 깐 보도블록에 아기 풀꽃들이 자라고 있어요. 여기저기 연한 잎을 내며 피어 있습니다. 가지를 자르면서 씨앗이 떨어진 걸까요? 어디서 날아온 것일까요? 이런 데서 어떻게 싹을 틔웠을까요.

뒷문으로 들어와 다시 교실에 왔습니다. 함께 걸었던 길에서 본 것들을 아이들이 이야기합니다.

"선생님, 나는 새 둥지 봤어요."

"죽은 나비도 봤어요."

"한슬이가 달개비꽃 노래 불러 줬어요."

아이들이 말하는 대로 칠판에 적었습니다.

"새 둥지, 달개비꽃 노래, 낙엽, 나무……."

아이들과 함께 걸었던 길. 그 길 따라 머물렀던 마음들이 아이들 시로 쏟아져 나왔습니다.

낙엽놀이　1학년 최윤정
운동장에서 낙엽놀이를 했다.
선생님이 낙엽을 던지니깐
친구들이 똑같이 낙엽을 던진다.
친구들이 선생님에게 낙엽을 던진다.
친구들이 즐거워한다.
낙엽 때문에 웃음이 난다.
나뭇잎을 던지고, 나뭇잎이 바람에 실려 가고,
친구들한테 뿌리기도 하고
낙엽도 우리처럼 즐거워한다.

나무 안아보기　1학년 이호성
선생님,
나무에서 난 소리가
무슨 애벌레가 나무를 갉아 먹는 것 같아요.

나무를 안아　1학년 문예진
오늘 선생님과 같이
밖에 나가서
나무를 안아 보았다.
나무도 숨을 쉰다.
햇빛이 나무 사이로 들어가서
눈이 부시다.

태연이와 한슬이 얼굴이 빨개졌네.

새야, 미안해   1학년 김나래

나무에서 둥지를 발견했다.
우리가 재잘재잘 떠드니까
어미새가 아기 깬다고 화를 내는 것 같다.
내가 몹시 미안했다.

둥지 처음 보네   1학년 박해동

도로 앞 큰 나무 위에
새가 둥지를 틀었다.
새 엉덩이 반에서 꼬리 끝까지 보이고
사이사이를 보니
흰 게 보인다.
새의 알이다.
무슨 새일까?
새야! 꼭 아기새 나오게 해.

둥지   1학년 오지혁

선생님
처음에 둥지 볼 때
둥지 밖에 없었는데
쫌 옆에 가니까
새 털이랑 알이 있었어요.
근데요. 둥지는 언제부터 있었을까요?

죽은 나비   1학년 김준영

아까 길에 죽어 있던 그 나비
나뭇잎으로 숲속에 두었는데
그 나비가 괜찮은지 모르겠다.

나비가 가여워   1학년 김나래

선생님과 길 가다가
죽은 나비를 보았다.
선생님이 노란 나뭇잎 가지고
침대처럼 눕혀서
풀밭에 나두었다.
나비가 너무너무 가여웠다.

한슬이가 꽃한테 노래를 불렀다   1학년 양유빈

조용한 데서
꽃한테 조용한 노래를 부르면
꽃이 좋아하겠다.
한슬이도 조용하게 불러서
꽃이 어떻게 말하는 줄 알았다.
꽃한테 어울리는 노래 불러주면
쑥쑥 자라겠다.

달개비꽃   1학년 전하성

한슬아!
그 노래가 참 좋구나.

그 노래가 좋아서
내가 울라고 했다.

덩굴   1학년 김재한
덩굴이 학교에 간다.
어떤 일이 있을까
기대하는 마음으로 간다.

아기풀꽃   1학년 임수현
아기풀이 땅바닥에 있으니깐
사람들이 모르고 밟을까봐
걱정된다.

쓸 게 많아졌어요

가을   1학년 양유빈
벌써 가을이 왔네.
눈 깜짝할 사이에
아이 추워
나뭇잎이 떨어지지도 안 했는데
날라간다.
땅에 떨어지면 쉴 수 있는데. (2007. 11. 10)

유빈이가 나흘 동안 식구들과 체험 학습을 하고 돌아왔는
데 경주빵이랑 이 시를 한 편 써 와서 내게 선물이라고 주었

습니다. 스케치북 한 장에 알록달록 손으로 꼭꼭 눌러쓴 시가 어찌나 고맙고 이쁘던지. 유빈이 덕택에 우리 학교에 있는 가을 나무 아래서 아이들이랑 나뭇잎도 관찰하고 경주빵 나눠 먹으면서 놀았지요. 운동장으로 나가기 전에 유빈이가 써 온 시를 실물화상기에 비춰서 읽어 주고 나뭇잎에 마음이 가 닿은 유빈이 마음도 이야기했습니다. 유빈이 시를 칠판에 붙여 두었는데 쉬는 시간마다 보고 가는 아이들이 많았습니다. 아이들이 소리 내어 읽어 보기도 하고. 그게 좋은 공부가 된 것 같았어요. 그날 유빈이가 쓴 시 덕택에 이제 아이들이 제법 행을 나누며 쓸 줄 알게 되었습니다. 역시 아이들은 아이들이 쓴 걸 보고 배웁니다.

유빈이처럼 아침에 가끔 스케치북이나 이면지, 색종이 같은 데 시를 적어서 내게 내미는 아이들이 있습니다. 집에서 혼자 시도 쓰고 그 시에 어울리는 그림도 쓰윽 그려 놓기도 하고. 일기장에 시를 쓰는 아이도 생겼어요.

눈길을 멈추게 했던 일들을 짧은 글이든 긴 글이든 이제 조금은 자유롭게 쓸 수 있는 아이들이 하나둘 늘어 가는 게 참 즐겁습니다. 여전히 쓸거리를 못 찾는 아이도 있긴 하지만 아침에 내 책상 위에 쌓여 있는 일기장 보는 일이 참 좋습니다. 아이들 눈길이 가닿은 곳을 내가 함께 볼 수 있는 행복감 같은 것.

할머니 집에 놀러갔다   1학년 박주은

금요일을

기다리고 또 기다리고

자꾸 기다렸습니다.

할머니는 "안녕"이라고 인사했습니다.

나도 반가운 목소리로

"할머니" 말했습니다. (2007. 9. 21)

주은이는 할머니랑 함께 살다 여기로 이사 오면서 할머니랑 따로 살게 됐습니다. 할머니가 혼자 있어서 늘 걱정이에요. 전학 온 첫날 동무들에게 자기소개 할 때도 할머니 이야기를 했어요. 이사 가는 것 때문에 할머니랑 엄마가 싸웠다고. 그래도 일요일마다 할머니 집에 가게 해 주었다며 눈물을 글썽이던 주은이. 할머니 만나러 가는 날이 그래서 이렇게 기다려집니다.

할아버지   1학년 박해동

우리 옆집 할아버지는

새벽 5시에 일어나셔서 병들을 모은다.

힘드시면 박스 하나 주워서

노란 의자에 박스 펴서 앉아 계신다.

하루에 500원씩 받아서

한 달에 2만3천원을 번다.

예전에는 나한테 탱탱볼 하나 주셨다.

병도 있으시면서. (2007. 12. 14)

이른 아침에 병을 주워서 사는 이웃집 할아버지가 눈에 들어왔습니다. 하루에 얼마나 버는지도 알고 힘들 땐 박스를 펴서 앉아 계시는 것까지 보았습니다. 그래서 할아버지하고도 친해졌어요. 아침 일찍 김밥 가게에 가서 힘들게 일하는 엄마를 걱정할 줄 알고 그 엄마를 누구보다도 자랑스러워하는 해동이한테 열심히 살아가는 이웃들이 다 보입니다.

학예회   1학년 김재한

오늘 학예회를 했다.
하필 엄마가
맨 앞에 돌아다니고 있었다.
엄마는 부끄러운 줄도 모른다. (2007. 11. 29)

학예회 하는 날 꼭 무대 둘레를 아무렇지도 않게 돌아다니는 학부모들이 있습니다. 내 아이 나오는 게 반가워 사진 찍는다고 뒷사람 생각을 못 하는 거지요. 무용하다 앞에 어정거리는 엄마를 보았어요. 나는 그런 엄마가 부끄러운데 엄마는 그런 것도 모릅니다.

동재   1학년 임수현

동재는 개별반에 갈 때
손을 흔든다.
남자애들은
"잘 갔다 와" 그런다.
놀 때는 서로 놀리지만
잘 갔다 와 그러니깐
보기 좋고

기분이 좋다. (2007. 11. 22)

우리 동재, 한두 글자 겨우 알고 여름방학을 했는데, 개학을 하고 보니 다시 도루묵입니다. 어쩔 수 없이 개별반에 가서 한 시간 글자 공부를 하고 옵니다. 우리 반 동무들 두고 나가는 동재가 발걸음이 안 떨어지는지 천천히 손을 흔듭니다. 그러면 아이들이 같이 손을 흔들어 주며 그래요. "잘 갔다 와. 많이 배우고 와. 재미있게 하고 와." 첫째 시간에 늘 보는 이 짧은 순간을 수현이가 붙잡았습니다. 나도 그 순간이 참 좋았는데.

엄마   1학년 양유빈
오늘 아침에 가방 매러 갈려는데
엄마가
키위를 떠준다.
"우리 딸 먹여서 보내야지.
줄넘기 많이 해라."
엄마가 마음속으로 하는 말
다 들었다. (2007. 11. 22)

아침에 내게 와서 한 이야기를 유빈이가 시로 썼어요. 유빈이는 아침에 오면 가방 맨 채로 내게 재잘대기를 좋아합니다. 어제 있었던 일이면 그 얘기를 일기장에도 꼭 써 놓습니다. 엄마하고 싸운 날은 이야기가 한없이 길어집니다. 이야기 다 하고 나면 꼭 이래요. "나한테도 잘못은 좀 있어요. 그래도 속

상했단 말이에요." 엄마 때문에 속상한 얘기를 많이 하지만
엄마 마음을 이렇게 잘 압니다.

내 짝지 놀리지 마 1학년 문예진
학교에서 점심 먹는데
통닭이 나왔다.
갑자기 친구들이 동재에게 눈치를 보았다.
친구들이 동재를 놀려대며
"신통닭이 나왔네.
우리 동재 먹자."
나는 동무들을 보며 울상을 지었다.
"친구들을 안 놀리는 게 좋을걸.
놀려봤자 소용없어."
그러자 우리 반이 갑자기
다 조용해졌다.
이제야
동재가 밥을 먹을 수 있게 되었다. (2007. 11. 20)

동재 대신 우리 반 동무들을 혼내 준 예진이. 동재에게 얼
마나 힘이 되었을까.

우리 형 1학년 이호성
내가 학교 갔다 와서
3시간 30분쯤 지나면 형이 온다.
형하고 난 텔레비전을 조금 본다.

형은 이번에는 학원에 간다.

그래서 형은 8시에 온다.

그리고 형은 갔다 와서 바로 공부를 한다.

형이 공부하면서 짜증을 내는지

지켜보던 내 마음이 슬펐다. (2007. 9. 29)

형이 없는 날은 심심해서 견디지 못하는 호성이. 힘들게 학원 갔다 와서 또 공부에 시달리는 형. 같이 노는 시간이 얼마 안 되지만 형이 짜증이 나면 호성이는 슬픕니다.

우리 엄마   1학년 최윤정

우리 엄마는 나랑 떨어져 산다.

엄마는 서울에 사신다.

언니도 엄마랑 같이 서울에 산다.

엄마랑 언니가 보고 싶다.

전화로 걸어보아도

언니만 전화 받고

엄마는 일만 하고 전화를 안 받으신다. (2007. 9. 29)

윤정이는 할머니, 할아버지랑 사는데 그동안 엄마 이야기를 하지 않았습니다. 집에서는 투정도 많이 부린다는데 학교에서는 언니처럼 의젓해요. 쉬는 시간까지 수학 문제 못 푸는 동무 도와주고, 혼자 노는 정은이 곁에 가서 놀아 줍니다. 식구 이야기 쓰는 날 엄마 이야기를 썼어요. 엄마랑 언니가 서울에 사는 걸 나도 그날 알았습니다.

내 나무   1학년 전하성

선생님

내 나무가 오늘은 작아졌어요.

잎이 다 떨어졌어요. (2007. 10. 30)

오래된 학교라 나무들이 꽤 많습니다. 마음에 드는 나무를 정하고 자주 나무를 보러 다녔어요. 낙엽이 많이 떨어진 어느 날 하성이가 보고 와서 적은 시입니다. 잎이 다 떨어진 나무는 내가 봐도 조그맣게 보여요. 자기 나무 춥겠다고 꼭 안아 주기도 했지요. 교회 일로 늘 바쁜 부모님 때문에 어쩔 수 없이 전학을 가야 했던 하성이. 동무들과 마지막 인사를 하던 날 눈물을 참으려고 하늘을 올려다보던 우리 하성이. 글 한 자 한 자 쓸 때마다 다섯 손가락 다 힘주어 쓰던 아이. 그래서 하성이가 써 온 글은 어느 누구 글보다 귀했습니다.

1학기 때처럼 내게 와서 재잘대는 이야기를 내가 적기도 하지만 아이들이 신이 나서 이야기할 때 "우아, 그거 시가 되었네" 하고 맞장구를 쳐 주며 방금 한 이야기를 적어 보라고 하면 아이들이 좋아합니다. 하고 싶은 말이 있을 때 이젠 이렇게 말해요.

"선생님, 나 시 쓸 거 있어요. 종이 주세요."

얼마나 듣기 좋은 말인지. 아이들이 하는 말 들어 주고, 함께 읽어 주고, 기뻐해 주고, 그러다 보니 아이들이 시 쓰는 일을 참 좋아하네요.   *김숙미 부산 동백초

시를
보는 눈

어떤 시가 마음에 와닿을까?

어떤 시가 마음에 와닿을까?

올해도 2학년 담임을 하고 있다. 올해는 해마다 하는 글쓰기는 물론, 동요도 부르고 옛날이야기도 많이 들려주고 있다. 아이들이 옛날이야기를 무척 재미있어한다. 저학년 아이들일수록 더 그런 것 같다. 옛날이야기 들려줄까? 하면 눈이 반짝하고 시끄럽던 교실이 금세 조용해진다. 긴 이야기는 잠깐 들려주고, 나머지 이야기는 그다음에 들려주기도 한다.

아이들의 시와 어른들이 쓴 동시로 만든 노래를 아이들과 함께 4월부터 재량활동 시간에 가끔 불렀는데 ⟨딱지 따먹기⟩에 나오는 곡을 제일 신나게 부른다.

참고로 우리 반 아침 활동 시간은 월-옛날이야기 듣기, 화-관찰 그림 그리기, 수-동화책 읽기, 목-줄넘기, 금-시 감상, 토-노래 부르기이다.

3월 한 달은 아이들에게 참 시(삶이 담긴 시)와 거짓 시(삶이 없고 말만 매끄럽게 꾸민 시)를 많이 들려주고 아이들과 함께 이야기를 나눈다. 이렇게 하는 까닭은 정말 참다운 시가 무엇이라는 것을 조금이라도 알게 되면 말만 매끄럽게 꾸민 시를 덜 쓰고 시를 쉽게 쓰기 때문이다.

아래 시들은 지금까지 아이들에게 같은 제목으로 된 시들을 들려주면서 견주어 보고, 짧게 자기 생각을 쓰게 한 것이다. 이때 발표를 시키는 것도 좋다.

개구리 　2학년 어린이
비가 오면
개구리가

땅에 와서
개굴개굴

마당에서
개굴개굴

연못에서
개굴개굴

개굴개굴 되풀이되는 말만 썼다. (소현우)
개구리에 대해 실제 본 것을 쓰지 않은 것 같다. (이경문)

개구리 소리 　오색초 5학년 최광복
선생님,
오늘 밤에

창문 열어 놓으세요.

개구리 소리가 나요.

어젯밤에

개구리가 막 울었어요. (2000. 3. 16)

밤에 개구리가 우니까 선생님도 들어 보라고 한다. (이경문)

자전거가 좋은 개구리　　상동초 5학년 장재원

아침에 자전거를 타고

학교에 가려는데

자전거 페달 위에

개구리가 있다.

손잡이 왼쪽에도 있다.

개구리가 딱 붙어서

움직이지도 않는다.

할 수 없이

개구리랑 같이

학교로 갔다. (2003. 7. 12)

개구리가 학교 갈 때 자전거에 붙어 있는 걸 썼다. 참 정답
게 보인다. (박지수)

자전거와 개구리가 친구 같다. (이경문)

개구리를 참으로 사랑하는 아이다. (김누리)

콩밭 개구리　　청리초 4학년 정정술

아이들이 콩밭 개구리를 잡아가지고
산에 가서 꾸어 먹었다.
소고기보다 더 맛이 좋다 한다.
불쌍한 콩밭 개구리. (1964. 5. 9)

개구리가 불쌍하다. (채지현)
개구리를 잡아먹다니? 동물을 잡아먹으면 안 된다. (이경문)

청개구리   안동 대곡분교 3학년 백석현

청개구리가 나무에 앉아서 운다.
내가 큰 돌로 나무를 때리니
뒷다리 두 개를 펴고 발발 떨었다.
얼마나 아파서 저럴까?
나는 죄 될까 봐 하늘 보고 절을 하였다. (1970. 5. 3)

동물을 사랑하는 마음이 나타나 있다. (소현우)
하늘에 죄 될까 봐 절했다는 게 참 좋다. (김현)

개구리   길산초 6학년 우경희

저녁때 논두렁에 가면 개구리들이
개굴개굴 하고 울어요.
모포기 상간에 개구리와 올챙이들이 끼어서
엄마 개구리 새끼 개구리들 울고 있어요.
새끼 개구리는 천생 엄마 엄마 하는 것 같아요.
그것을 들을라고 논두렁에 두 발 쪼그리고

앉아 있다가
해가 지는 줄도 모릅니다.
개구리 소리 들으면 참말 개구리도
사람과 같다는 생각을 해요. (1976. 7)

저녁마다 논두렁에 가면 개구리들이 시끄럽게 우는 것을 실감 나게 나타내었다. (김중현)
실제로 보고 개구리가 사람 같다고 생각했다. 그래서 사실같이 느껴진다. (박지환)

개구리   2학년 어린이
점프왕 개구리
멀리멀리 뛰어서 서울에서 부산까지
점프왕 개구리
수영왕 개구리

첨벙첨벙 헤엄쳐서 남한에서 북한까지
수영왕 개구리.
서울소식 부산소식 전해다오.
남한소식 북한소식 전해다오.

엉터리다. 개구리가 첨벙첨벙 헤엄치는 것도 점프하는 것도 실제로 본 것이 아니다. (김중현)
서울에서 부산까지 개구리가 어떻게 가지? 거짓말이다.

(김누리)

개구리는 잘 뛰니깐 진짜 점프왕이다. (이동준)
상상한 것으로 사실이 아닌 것 같다. (이경문)

감   6학년 어린이
가을이 되어
감은

뜨거운 햇살에
깨어났다.

감은 뜨거운
햇살이 부끄러워
빨갛게 익었다.

그냥 생각해서 쓴 것 같다. (심준성)
감이 뜨거운 햇살에 깨어난다는 게 이상한 말이다. (정병석)
이 시는 감이 잘 익어 가는 모습을 잘 썼다. (최해랑)
이 시는 재미없다. (황연주)

감홍시   온정초 4학년 황도곤
감홍시는 빠알간 얼굴로
날 놀긴다.
돌을 쥐고 탁 던지니까
던져 보시롱
던져 보시롱

헤헤 안 맞았지롱 이런다.

요놈의 감홍시

두고 보자.

계속 계속 돌팔매질을 해도

끝까지 안 떨어진다.

감홍시하고 주고받는 사투리가 재미있다. (정병석)

감홍시가 어떻게 사람을 놀릴 수 있을까? 못 믿겠다.

(최해랑)

자기가 감홍시를 따 먹으려고 한 걸 솔직히 썼다. 이 시가 왜 재미있냐 하면 "던져 보시롱, 던져 보시롱" 하는 말이 참 재미있다. (황연주)

하늘   4학년 어린이

하늘이

파랗다

가을이

되자.

하늘이

파랗다

가을이 되자

가을이 되자

바람이 분다.

하늘을 실제 보지 않고 그냥 말만 쓴 거다. (황연주)

제목은 하늘인데 가을바람에 대해 썼다. (김누리)

하늘　경주 2학년 정상문

하늘은 높다.

하늘은 저리 노푸단하다고

하늘은 지가 대통령이다고

생각하였습니다. (1967. 7. 24)

하늘을 잘 올려다보고 사실대로 썼다. (박지환)

하늘같이 높다는 뜻으로 대통령이라고 썼다. (김소희)

눈물　6학년 어린이

사람에게는

누구나

눈물이 있다.

눈물은

소금물보다 짜다.

눈물은

사람의 마음을

나타내주는 것이기

때문에

그 무엇보다도

값진 것이다.

땀보다도
값진 것이다.

그 어느 물보다
값진 것이다.

감정이
메마른 사람도 때로
눈물은 나오는 것이다.

눈물보다 소금물이 더 짜다고 생각한다. (이동준)

눈물 　대곡분교 3학년 배옥자

어머니는 언니에게
방아를 찧으러 가자 했다.
언니는
돈 백 원 주면 간다 하니
어머니는 돈도 안 주면서
언니의 머리를 콱 쥐박았다.
나는 눈물이 막 났다. (1969. 10. 4)

실제로 있었던 일을 정직하게 쓴 시다. (박건우)
언니를 생각하는 마음이 잘 나타나 있다. (김민경)

산

산이 옷을 갈아
입는다.

우리 앞산이
변신하였다.

앞산을 보니
빨강 노랑
단풍이 정말 예쁘다.
그 산을 보고 오늘
동시를 써야겠다고
생각하였다.

산이 변신하고 옷을 갈아입는다는 말은 상상하여 썼다.
(박지환)
이 시는 산에 대하여 잘 썼다고 생각한다. (소현우)
산이 어떻게 옷을 갈아입냐? (김다정)
산이 어떻게 바뀌어 가는지 그걸 적어 주면 좋겠다. (김민경)

산   청리초 3학년 박선용

먼 하늘 밑에는
삐쭉삐쭉한 할아버지 산들이 있고
할아버지 산 밑에는
아버지와 어머니 산들이

할아버지 산들을 따라가고

그 밑에는

누나와 오빠 산들이

막 뛰놀고 있다. (1963. 5. 18)

산들이 사람같이 느껴진다. (박지환)

본 것을 사람처럼 상상해서 썼다. (김다정)

이 시는 산을 가족같이 썼다. 근데 할머니산은 왜 없는 것일까? 아무튼 이 시는 잘 썼다. (김민경)

산이 어떻게 막 뛰어놀고 있을까? 이상하다. (채지현)

이 시를 읽으니 정다운 우리 가족 생각이 난다. (장헌빈)

길   대곡분교 3학년 이승영

길은 아무리 걸어도 끝이 없다.

맨 수수 백 리 걸어도 끝이 없다.

돈이 많으면 고향으로 갔으면 좋겠다.

아무리 벌어도 돈은 벌지 못한다. (1970. 7. 11)

슬픈 느낌이 든다. 돈을 벌지 못했다는 느낌이 든다. 앞으로 돈을 벌어 고향에 가서 잘 살았으면 좋겠다. (이재욱)

앞으로 자기가 갈 길과 자기가 가난하다는 것을 다 적었다. (박소현)

이 오빠는 가난한 거 같다. 가난하면서도 시를 잘 썼다. "수수 백 리 걸어도 끝이 없다." 이 표현이 좋다. (김민정)

고향에 대한 그리움을 나타내었다. (박건우)

길은 가도 가도 끝이 없다. 지구는 둥그니까 가면 갈수록 같은 길이다. (황연주)

　길　3학년 어린이
　사랑으로 가는 길
　기쁨으로 가는 길
　행복으로 가는 길
　미움으로 가는 길
　즐거움으로 가는 길

직접 가 보지도 않고 자기 마음대로 썼다. (허예진)
무슨 뜻인 줄 모르겠다. (이재욱)
사랑으로 가는 길이 무엇인지 모르겠다. 다른 길도 마찬가지다. (김민정)

1학년 시 쓰기 지도의 실제

1학년 국어 교과서에 어른들이 쓴 동시가 나오고 흉내 내는 말 넣기가 나온다. 교과서 집필자들의 의도는 흉내 내는 말 쓰기로 시를 가르치려는 듯하다. 하지만 이는 잘못된 방법이다. 말만 짜 맞추기 때문이다. 1학년에게 처음 시 쓰기를 가르칠 때는 자기 혼자 지껄인 말이나 누구하고 했던 말을 짧게 써 보게 하고 거기에 자기의 생각과 느낌을 간결하게 적어 보게 하면 좋겠다고 생각한다. 그러면서 차츰 글감 찾는 범위를 넓혀 가면 된다.

처음 써낸 시들은 모두 글자가 많이 틀리고 산문처럼 되기

일쑤다. 하지만 몇 번 해 보면 아이들은 시가 정확히 무엇인지는 모르지만 자기 생각과 느낌을 넣어 짧게 쓰는 글임을 스스로 알게 되는 것 같다.

다음은 몇 년 전 처음 시를 공부하는 1학년 아이들한테 가르쳤던 기록이다.

(1) 보기시 들려주기

본보기 시로는 생활하면서 자기가 한 말이나 식구들과 나눈 말을 쓴 시를 들려주었다. 1학년이고 시를 처음 쓰지만 자기가 한 말은 짧게 쉽게 쓸 수 있기 때문이다. 그리고 자기 혼자 한 말이나 다른 사람들과 이야기 나눈 것도 시가 될 수 있다는 걸 알려 주고 싶었다.

① 누구와 마주 지껄인 말

달 　매화초 2학년 최민정

언니야, 언니야!
보름달 봐라!
너무 둥글지?
너무 좋다. 언니야!
어, 정말 좋네! 정말 둥글지.
달빛이 너무 환하다.
불 한번 꺼 볼까?
그래 꺼 봐.
방 안은 깜깜했다.

밖은 환하다.

보름달이 높게 떴다.

언니와 나는 웃었다. (1999. 10)

② 내가 한 말

파리   삼동초 1학년 이현우

엄마, 엄마

내가 파릴 잡을라 항께

파리가 자꾸 빌고 있어.

내가 좋아하는 참새   죽변초 1학년 박민수

어미 참새가요.

먹이를 찾으러 가요.

갔는데요.

지렁이가요.

없었어요.

그래서요.

먹이를요.

못 찾았거든요.

또 다른 데 갔어요.

지렁이를 물고 왔어요.

집에 오니깐

새끼들이요.

갑자기 잠들었어요.

그래서요.

깰 때까지 기다렸어요.

③ 시가 간결한 말이라는 것을 알려 주기 위한 시

비　대곡분교 1학년 강분자

비가 옵니다.

가랑비가 옵니다.

세상 다 옵니다.

죽은 새　청리초 4학년 김윤원

입이 발갛고

이상한 새

담 밑에

묻어 준

새

(2) 글감 찾기

글쓰기 지도에서 아이들이 글감 찾기만 제대로 한다면 글쓰기 공부는 반쯤 성공한 것이나 다름없다. 이오덕 선생님은 글감 찾기 지도의 원칙을 다음과 같이 들고 있다.

첫째는, 무엇보다 글감을 강요하지 말 것이다. 어디까지나 어린이 스스로 찾아내어야 한다.

둘째는, 삶을 현실감 있게 보도록 해야 한다.

셋째는, 아이들의 재능을 키워 주고, 생각을 깊게 해 주어야 한다.

넷째는, 쓰고 싶은 의욕이 왕성해지도록 해야 한다.

……글감 찾기의 범위로는 저학년에서는 그들의 생활환경에서 흥미를 갖는 것이 주로 놀이, 동무, 식구, 동물 들이다. 이 밖에도 가정과 학교의 생활에서 누구든지 관심을 갖게 되는 글감들이 있다. 예를 들면 '내 신' '내 가방' '싸움' '시험' '청소' 같은 것들이다. (《글쓰기, 이 좋은 공부》에서)

그래서 처음에는 글감을 주위에서 볼 수 있는 것, 들은 것, 자기와 가장 가까운 사람이나 동물과 있었던 일 중에서 쓰고 싶은 것을 찾아보게 했다.

• 3~4일 전부터 글쓰기를 예고하고 글감 찾아 적어 오기
• 글감 찾을 때 자세히 볼 것(행동과 모양을 본 것, 소리, 냄새, 둘레의 모습, 그 밖)
• 자기가 쓰고 싶은 것(주제)을 공책에 서너 가지 적어 보기
• 이 가운데에서 가장 마음에 드는 것(쓰고 싶은 것) 동그라미 치기

(3) 어떻게 쓸 것인가 생각하여 정하기

글감이 정해지면 아래 여섯 가지에서 어떻게 쓸 것인가를 생각하게 했다. 1, 2학년 아이들은 주제와 제목을 잘 구별하지 못한다. 주로 제목이 주제라고 보면 된다. 이렇게 하는 까닭은 쓰기 전에 주제를 좀 뚜렷이 잡을 수 있도록 하기 위해서였다.

- 말하듯이 중얼거리듯이 쓰겠다.
- 자세히 본 것만 짧게 그 느낌을 쓰겠다.
- 소리를 들은 것에 대해 그 느낌을 쓰겠다.
- 그때 본 행동과 모습을 보고 생각한 것을 쓰겠다.
- 그때 보고, 듣고, 생각하고 느낀 것을 모두 쓰겠다.
- 적어 온 글감으로 생각나는 대로 짧게 쓰겠다.

(4) 쓰기 전에 다음과 같은 말 해 주기
- 어떻게 쓸 것인가를 정했으면 쓱쓱 마구 써 나가세요.
- 칠판에 보여 준 시처럼 짧게 쓰세요.
- 말을 하다가 쉬어야 한다고 생각하는 곳은 줄을 바꾸어 쓰세요.
- 남이야 어떻게 쓰든 상관 말고 자기 생각과 느낌을 쓰세요.
- 글 끝에 날짜를 반드시 쓰세요.

(5) 처음 써낸 시 고쳐 보기

1학년 들어 처음 시를 써 보았다. 아이들이 써낸 시를 보면 시의 내용과 형식에 맞게 써낸 아이들이 서른일곱 명 가운데 열 명 남짓, 산문을 길게 써낸 아이들이 열다섯 명, 무슨 내용을 썼는지 알 수 없는 아이들이 여덟 명, 아무것도 안 써낸 아이들이 네댓 명이다. 산문을 써낸 아이들에게는 물어서 필요 없는 말을 줄로 그어 생략하게 했다. 1학년은 시 쓰기가 처음이기에 시가 간결하다는 것을 보여 주기 위해 처음에는 필요한 활동이라고 생각한다. 아무것도 안 써낸 아이들은 따로 한 사람씩 불러서 자기 생각과 느낌을 말로 나타내도록 했다. 다음은 고치기 지도 과정이다.

① 초롱이가 처음 쓴 시

밤 죽변초 1학년 전초롱

하늘은 아주 깜깜했다. 달은 환했다. 은비야, 은비야 밤은 왜 깜깜할가. 몰라, 몰라 고개를 저었다. 동생 은비는 텔레비전도 끄고 불도 끄고 돌아다니면서 아버지! 밤은 왜 깜깜할까요? 물었다. 해가 업어서 그렸다고 하였다.

② 초롱이하고 나눈 이야기

이 아이는 아버지와 동생과 자기가 서로 주고받은 짧은 말을 시로 썼다. 다만 시의 형태를 줄글처럼 썼을 뿐이다. 아이가 시를 줄글처럼 써도 시로 인정해 주어야 한다. 대부분의 아이들이 쓴 시를 자세히 보면 줄(행)을 나눌 줄 몰라 줄글처럼 붙여 쓰고 있다. 줄과 행은 학년이 올라갈수록 저절로 터득하기 때문에 그다지 중요하지 않다.

초롱이는 시를 참 잘 썼다. 했거나 묻는 말에 느낌표나 물음표를 넣어라. "할가"→"할까", "업어서"→"없어서"로 고쳐라. 말이 끝나는 곳에서 줄을 바꾸어라. 했던 말만 간결하게 써라. "그러셨다고 하셨다" 같은 설명하는 말은 없어도 된다. 그리고 낮과 밤이 다른 점을 잘 생각해 써 보아라.

③ 고쳐 쓴 시

밤

하늘은 아주 깜깜했다.

달은 환했다.

은비야, 은비야!

밤은 왜 깜깜할까?

몰라, 몰라!

동생 은비는 텔레비전도 끄고

불도 끄고 돌아다니면서

아버지! 밤은 왜 깜깜할까요?

해가 없어서 그렇지.

그렇지만 밤에는

달이 있어 이렇게 환해요.

낮에는 해

밤에는

달이 있어 좋아요.

① 성찬이가 처음 쓴 시

방귀 죽변초 1학년 전성찬

아침에 텔레비전을 보다가 바기를 셋번 뀐다. 아버지는 냄새가 지독허고서 아버지가 소리처습니다. 이제 화장실에서 바귀를 뀐니다.

② 성찬이하고 나눈 이야기

"성찬이 잘 썼네. 방귀 소리가 어떻게 났는데?"

"뿡뿡 났어요."

"그래, 그럼 소리 난 대로 '뿡뿡'이라고 써넣어야지. 아버지가 어떻게 소리쳤니?"

"'아후, 성찬이 방귀 지독하네!' 하고 말했어요."

"옳지, 그럼 아버지가 너한테 말한 대로 써라. 그래서 화장실에 왜 갔니?"

"화장실에서요. 방귀를 세 번 뀌었어요."

그리고 바귀→방귀, 셋번→세 번, 뀐다, 뀐니다→뀐다, 뀝니다, 낼새→냄새, 지독허고서→지독하다, "소리쳤습니다"는 실제 했던 말을 써 보아라. 말이 끝나는 데서 줄을 바꾸어라. 날짜를 써라.

독자들은 위에 든 아이 시를 읽고 그 내용이 무슨 뜻인지 다 알 수 있을 것이다. 이것이 중요하다. 글자를 틀리게 쓴 것은 둘째 문제다. 맞춤법보다는 어떤 내용을 썼느냐가 더 중요하다.

우리는 흔히 1학년 때 아이들에게 받아쓰기를 열심히 시킨다. 나는 가끔 맹목으로 하는 받아쓰기가 아이들이 글을 쓰고 표현하는 데 얼마나 효과가 있을지 의문이다. 받아쓰기는 글자를 틀리지 않게 쓰기 위함인가? 어른들이 받아쓰게 하는 문자는 때로는 아이들의 생생한 말이 아니고 그야말로 교과서에 나오는, 어른이 만들어 놓은 말이라 할 수 있다. 아이들이 자기 말(글)로 생생하게 쓸 수 있게 하는 것이 받아쓰기보다 더 중요하다고 생각한다.

③ 고쳐 쓴 시

방귀

아침에 텔레비전 보다가
뿡뿡
방귀를 뀌었다.
아후, 성찬이 방귀 지독하네.
아버지가 말했다.
이제는 화장실에서
방귀 뀌어야겠다.
나는 화장실에서
뿡뿡뿡
세 번 뀌었다.

1, 2학년 아이들이 쓴 시 몇 편

소 매화초 2학년 이상수
우리 소는 맨날 밥만 먹고 논다.
배가 부를 때는 움무움무한다.
또 심심할 때도 움무움무한다.
우리 소는 왜 맨날 노는지 모르겠다.
밭도 안 갈고 논도 안 간다.
아버지가 경운기로 간다.
우리 소는 팔자가 되게 편하다. (1997. 10. 18)

갈매기 죽변초 1학년 안석환
바닷물에 동동 떠서

날개를 필라 한다.

파도가 쳐도 동동 떠다닌다.

한 마리는 날아가고

한 마리는 동동 떠다닌다. (1999. 10. 22)

새똥   죽변초 1학년 전혜진

우리 아빠 차에다

왜 새가 똥을 쌀까?

그래서 내 동생이

아빠 차보고

똥차라 한다.

아빠는 그래도

아무 말도 안 한다. (1999. 10. 22)

웃어라 히히히히히   죽변초 1학년 백주영

웃어라, 빨리, 웃어!

오빠야, 웃어!

빨리 못 웃어!

오빠, 나처럼 웃어 봐!

그냥, 하하하하 호호호호호

히히 웃어

히히 그래 잘했어!

히히히히히

아하하하하

그래그래, 잘했어!

계속 히히히히히

헤헤헤헤헤

웃으면 정말 재미있지!

히히헤헤하하하하 (2001. 12. 10)

토끼   삼당분교 1학년 지예후

토끼가요.

귀여워요.

풀 먹을 때

귀여워요.

짜글짜글

소리 내면서

먹어요. (2003. 7. 12)

버들강아지   부구초 2학년 황연주

오빠,

나 오늘 버들강아지 만져 봤다.

선생님이 냇가에서

꺾어 왔대.

버들강아지 눈은 아주 부드러워.

우리 집 강아지 튼튼이 털하고 똑같다.

오빠도 만져보고 싶지?

나도 선생님처럼 냇가에서

버들강아지 꺾고 싶다. (2005. 4. 11)

달   부구초 2학년 장은희

달이 떴다.

운동하면서 보았다.

내가 뛰었다.

달도 뛰었다. (2005. 5. 2)

우리 아버지   부구초 2학년 박건우

내가 컴퓨터를 했다.

아버지가 오셨다.

야, 컴퓨터 꺼, 평일에 하지 마!

네!

컴퓨터 대신 책을 읽든지.

컴퓨터 하려면 타자 연습하든지.

아빠, 컴퓨터 끄라고 좀 하지 마세요.

야, 컴퓨터 하면 바보 돼, 꺼!

나는 컴퓨터 끄라는 소리가 참 싫다. (2005. 4. 30)

*김진문 울진 부구초

감각
일깨우기1

'버들강아지'로 시작한 시 공부

국어 읽기 시간.

시를 읽고 느낌을 동무들에게 말하는 공부가 나왔습니다. 교과서에 나온 시는 이렇습니다.

우리들은 2학년

발걸음도 가볍게 / 학교 가는 길. // 우리들은 2학년 / 희망찬 가슴. // 손잡고 웃는 얼굴 / 씩씩한 걸음. // 오늘부터 우리는 / 언니랍니다.

어른이 새 학기에 맞춰 적당히 지어낸 동시로 보입니다. 교사용 지도서에는 이 시를 쓴 사람 이름도 안 나와 있어요. 이런 시를 가지고 무슨 느낌을 어떻게 나누나 싶습니다. 그래서 이 시 대신 또래 아이들이 쓴 시 다섯 편을 골라 영사기에 비추면서 함께 맛보았습니다.

봄   청리초 2학년 성옥자

봄아, 봄아, 어서 오마

우리도 큰다. 나물도 큰다.
오늘 학교 오다가 보니
강아지가 출렁출렁 뛰어갑니다. (1963. 2. 14)

잎사귀   고오치현 2학년 소오자키 유우

잎사귀가 바람을 타고 날아간다.
나는
"새 같구나" 했다.
콩코드같이 날아갔다.
지 맘대로 날아가니 좋겠네.

전화   도쿄초 1학년 핫타 유우이치

전화가요 잘못 걸려 왔어요.
그러니까 '미안합니다'도 안 하고
타당 끊었어요.
우리 엄마 같으면 꼭
'미안합니다' 하고 말하는데.

달   안동 대곡분교 2학년 권종진

하늘에는 아직도 달이 있다.
달이 하얀 것이
꼬불탕하다.

버들강아지   안동 대곡분교 3학년 김종철

냇가에 가서

버들강아지를
꺾어보니
물이 쪼매 올랐다.
봄이 쪼매 왔는 게다.
할미꽃도 피고
봄아 어서 온나.

맛보기 시를 고를 때 생각한 것은 먼저, 시를 처음 대하는 아이들이기 때문에 되도록 쉽고 단순한 내용, 그리고 우리 아이들도 알 수 있는 내용을 담았는가, 또 입말이 살아 있고, 사투리도 섞여 있나, 읽는 사람이 금방 고개를 끄덕일 수 있는가 하는 것이었습니다.

네 편은 함께 읽고 내가 설명을 좀 하고, 마지막 '버들강아지'는 아이들에게 느낌을 적어 보라고 했습니다.

나는 이 시가 마음에 든다. 버들강아지는 물이 왜 올랐는지 궁금하다. (하동균)

나는 버들강아지라는 제목을 처음으로 읽어 보았다. 그리고 나는 진짜 강아지를 꺾은지 알았다. 그런데 궁금한 게 있다. 어떻게 물이 올라오는지 모르겠다. 어른이 되면 다 알 수 있을 거야. 재미가 있네. (김수민)

버들강아지는 참 신기하다. 어떻게 냇가에서 물을 먹는지 궁금하다. 버들강아지에게 물이 조금 있으면 봄이 조금 왔고 물이 많으면 봄이 다 왔다고 한다. (한지유)

"지금 우리가 시를 읽고 느낀 것을 말하고, 또 동무들이 말한 것을 듣는 것을 '시 맛보기'라고 합니다. 시를 읽고 맛을 본 거지요. 자, 그럼 여러분도 시를 한번 써 볼래요? 예, 좋아요. 그러면 지금부터 밖에 나가서 20분 동안 학교 구석구석을 둘러봅시다. 둘러보다가 내 마음을 끄는 것이 있으면 잠깐 거기에 멈추어서 자세히 들여다봅시다."

아이들이 밖에 나갔다가 들어왔습니다.

"지금부터 시를 써 볼 텐데 여러분, 시를 쓰는 사람을 뭐라 하는지 압니까?"

아무 대답이 없다가 한 아이가 말합니다.

"시맨!"

"아, 맞아. 동균이 말대로 시맨이지. 그런데 맨은 미국 말이야. 우리말로 하면 뭐라 할까?"

"시 사람?"

"그래, 비슷하네. 시를 쓰는 사람을 시인이라고 해. 이제 여러분이 시를 쓸 텐데 바로 시인이 되는 거야. 자, 지금부터 여러분은 시인입니다.

시를 쓰기 전에 두 가지만 이야기할게요. 첫째, 조금 전에 우리가 맛본 시를 흉내 내서는 안 됩니다. 둘째, 자기가 본 것, 들은 것, 생각한 것을 써야 합니다. 보지도 않았으면서 본 것처럼 써서는 안 됩니다. 없는 것을 있는 것처럼 지어내서는 안 되지요. 이 두 가지만 생각하며 시를 써 봅시다. 조금 전에 운동장에서 본 것을 써도 좋고 어제 집에서 있었던 일도 좋아요. 며칠 전에 있었던 일도 좋구요. 자, 지금부터 이 교실에 자기 혼자 있다고 생각하고 자기 마음하고만 이야기하며 시를 써 보세요."

새 자동차   2학년 한지유
아빠가 새 자동차를 몰고 오셨다.
자동차가 멋있다.
자동차가 아빠한테 어울렸다.
아빠가 자동차를 타고 탑마트에 갔다 와서
막걸리를 꺼내고 계란도 꺼냈다.
그리고 막걸리를 새 차에 뿌렸다.
계란은 바퀴로 깼다.
차가 잘 가기 위해서 그랬다.
그리고 차한테 절도 했다.

나무가 많은 학교   2학년 김수민
운동장에 나무가 아주 많다.
이상한 나무가 있다.
죽은 나무도 있다.
내가 개미나 나무가 아니어서
다행이다는 생각을
몇 번 했다.

　다음 날 우리 마을 저수지 둘레에 있는 버들강아지를 꺾어
와 아이들에게 보여 줬습니다. 버들강아지를 만져 보고 볼에
대 보기도 하고, 또 시도 썼습니다.

버들강아지   2학년 정재호

재혁아,
행님아 오늘 버들강아지 만져 봤다.
좋겠제?
버들강아지 아주 부드러워.
니도 만지게 해줄게.
우리 선생님이 줄 거야.
이제 집으로 가져갈게.

버들강아지   2학년 정은영

버들강아지는 귀엽다.
부드럽다.
그런데 어떤 거는
싹이 필라고 한다.
그거는 오돌오돌하다.

　아이들이 버들강아지에 대해 잘 모르는 데다가 꺾어 온 것
을 교실에서 구경만 하니 거의 버들강아지가 부드럽다는 느
낌에서 벗어나지 못합니다. 한번 만져 본 게 신기하고 집에
가져가서 자랑할 마음으로 들뜨는 정도입니다. 동네 냇가에
서 늘 버들강아지를 보며 자란 아이라야 버들강아지에 물오
르는 것도 알고, 그러면 봄이 온 것이라는 것도 몸으로 알아
차릴 건데.
　집에 가서 다른 식구들한테도 보여 주라고 한 가지씩 잘라
줬습니다.

밤새도록 비가 내렸습니다. 집 앞 마른 개울에 제법 물이 콸콸 흐릅니다.

아침에 시 맛보기로 '비 오는 날 일하는 소'를 골랐습니다. 시가 좀 길기는 하지만 비 오는 날이라 그랬습니다. 소가 일하는 게 아이들에게 얼마나 가닿을지 모르겠지만.

비 오는 날 일하는 소　울진 온정초 4학년 김호용

비가 오는데도
어미 소는 일한다.
소가 느리면 주인은
고삐를 들고 때린다.
소는 음무음무거린다.
송아지는 모가 좋은지
물에도 철벙철벙 걸어가고
밭에서 막 뛴다.
말 못 하는 소를 때리는
주인이 밉다.
오늘 같은 날 소가
푹 쉬었으면 좋겠다.

소가 불쌍하다. 내가 소라면 금방 쓰러진다. 나는 소가 비 오는 날은 쉬면 좋겠다. (하동균)

나는 소가 음매음매 하는 줄 알았는데 음무음무라고 적으니 이상하다. (하서영)

왜 소 주인은 고삐를 들고 때리는지. 소 주인이 소라면 내

가 고삐를 들고 소 주인을 때릴 것이다. 소가 주인한테 안 맞았으면 좋겠다. (한지유)

맛본 느낌들이 비슷합니다. 아이들이 거의 '소가 불쌍하다'는 생각에 쏠려 있어요. 소가 일하는 모습을 실제로 본 적이 없으니 다른 이야기가 거의 없습니다. 집에 소를 키우는 아이도 하나뿐이네요. 게다가 요즘 누가 소한테 쟁기 걸어 논밭을 갈게 하나요?

느낌을 다 나누고 나서 그림책 «우리 순이 어디 가니»를 실물화상기에 비추며 소가 일하는 모습, 어미 소 곁에서 송아지가 노는 모습을 함께 보았습니다. 아이들이 신기하게 바라봅니다.

쉬는 시간이 지나고, 이번에는 «비 오는 날»이라는 그림책을 읽어 줬습니다. 책에 나오는 그림과 우리 학교 풍경을 서로 이어 가면서 그림 비춰 보여 주고 읽어 줬습니다.

책을 다 읽고 나서 모두 밖으로 나왔습니다. 비 좀 맞을 각오하고 나왔는데, 다행히 비가 거의 그쳤어요. 밖에 나오니 아이들이 펄쩍펄쩍 뛰고 장난치고 야단입니다. 지금 우리가 왜 운동장에 나왔는지 다시 한번 이야기하고 나서 천천히 학교 둘레를 돌아봤습니다. 앞산에 안개가 피어오르고 학교 꽃밭 동백나무에 동백꽃이 살짝살짝 피어 있습니다. 배롱나무 나뭇가지에 매달려 있는 물방울, 이제 막 머리 내밀고 있는 상사화 순, 옥상 홈통으로 미끄럼 타고 내려와 사방으로 튀는 빗물, 냉이, 광대나물, 꽃다지……

맨발로 운동장 흙이랑 고인 물을 밟고 종이배도 띄우며 놀고 싶었지만 날이 추워서 다음으로 미루었습니다.

교실에 들어와 세 번째 시를 썼습니다.

빗방울   2학년 정은영
나뭇가지에 있는
콩만 한 빗방울
아주 귀엽다.
만져 보면
차갑다.

비 오는 날에   2학년 이주윤
빗방울들이 나뭇가지에
떨어질랑 말랑 맺혀 있다.
만지면 떨어진다.
연못에 물고기가 나왔다.
원래 있었나 보다.
나는 없는 줄 알았다.

비   2학년 하동균
비가 와서 꽃들은 잘 자라겠다.
홈통 물소리가 처박처박거린다.
그 소리가 참 좋다.

안개   2학년 정재호
산에서 갑자기 안개가 나왔다.

안개를 본 것은 처음이다.
정말 신기하다.

2학년 손해곤
학교 뒤 연못이 깊어졌다.
홈통에도 물이 흘러내린다.
동백꽃에 빗방울이 떨어진다.

　새 학년 들어 아이들과 시 쓰기를 세 번 해 봤는데, 아이들 시에 군더더기 말이 거의 없어요. 상황을 정확하게 쓰지 못하는 때도 더러 있지만 그런 것은 그 아이와 마주 보며 이야기 나누면 금방 또렷해집니다. 나이가 어릴수록 직관이 더 생생하게 살아 있구나 싶습니다. 한참 생각하고 쓰는 말이 아니라 바로바로 입에서 터져 나오는데, 그게 다 새롭고 순박합니다. 정말 한순간에 시가 한 편 만들어집니다.
　몇 년을 높은 학년 아이들하고만 지내다가 어린아이들을 만나서 이 아이들과는 글쓰기를 어떻게 해야 하나 막막했는데, 버들강아지 덕분에 시작할 수 있었습니다.

*이승희 밀양 상동초

감각
일깨우기2

보리밭에 눕고 싶어요

아침에 학교 오며 보리밭을 보니 노란빛이 돈다. 보리가 패기 시작한 게다.

'아! 보리가 팰 때 햇빛을 받으니 노란빛이 도는구나. 자연이 가지고 있는 색은 하나로 정해진 게 아니고 햇빛에 따라 다르게도 보이는구나.'

아침에 아이들과 함께 시 쓰기 공부를 했다. 올해 들어서는 금요일 아침마다 글쓰기 공부 시간에 아이들끼리 밖에 나가 시를 쓰게 할 때가 많았는데, 오늘은 함께 글쓰기 공부를 해 보아야겠다고 마음먹었다.

칠판에 '보리' 글자를 크게 써 놓았다. 우리 아이들이야 날마다 보리를 가까이서 보고 지내니 저마다 보리에 대해 느끼는 게 한두 가지쯤은 있을 게다. 칠판에 글씨를 써 놓은 뒤 내가 오늘 학교 올 때 본 보리 모습을 아이들에게 얘기해 주었다. 그리고 칠판에 "보리밭에 보리가 햇빛을 받아 노랗게 빛이 나요. 보리 머리 위에 노란 꽃들이 피었네요" 하고 써 보았다. 아이들에게 보리가 팰 때 빛깔이 어떤지 물어보았다. 정말 노란빛이 도는지도 물어보았는데 동준이는 하얀빛이 돈다고 한다. 동준이는 작년 늦봄 너무 가물어 보리가 하얗게 말라 가는 모습을 지금까지 기억하고 있는 모양이다. 사람마다 똑같은 걸 보아도 다르게 느낄 수 있는 것이다. 그래서 작년에 동준이가 보리를 보고 쓴 시를 읽어 주었다.

보리밭   3학년 김동준
보리가 다 자랐네요.
보리밭은 가뭄 때문에 하예요.
우리는 보리를 베어 밥을 먹는데
보리가 잘 안 익으면 안 돼요. (2001. 5. 25)

동준이 시를 읽어 준 뒤 아이들에게 '보리' 하면 떠오르는 느낌을 한 사람씩 얘기해 보라고 했다. 얘기한 것은 칠판에 써 놓았다.

김일용 | 보리를 보면 마음이 뜻뜻해요. ─느낀 것
김희원 | 하우스에 있는 보리는 더 컸어요. ─본 것
고현우 | 보리밭에 바람이 불면 하나하나 구부러진다.
        ─본 것
변의춘 | 보리밭에 눕고 싶어요. ─느낀 것
김동준 | 희원이가 보리밭에 오줌을 쌌대요. ─들은 것
변의영 | 보리에는 털이 있어요. ─본 것

아이들이 얘기한 것들을 칠판에 써 놓고 '본 것과 들은 것, 느낀 것'을 나누어 보았다. 느낌을 말한 아이들 가운데 일용

이가 보리를 보면 "마음이 뜻뜻하다"고 해서 왜 그러냐고 하니 "따뜻하잖아요"는 말만 한다. 일용이는 아직 뚜렷하게 까닭을 밝혀 말하지 못하기 때문에 더 얘기 나누지 못했다. 의춘이는 땅바닥은 딱딱한데, 보리는 그렇지 않기 때문에 누우면 좋겠다고 한다.

아이들에게 시를 쓸 때 자기가 본 것, 들은 것, 느낀 것을 쓰면 되겠구나 하고 얘기를 해 주었다. 그리고 다른 동무들이 한 말들과 내가 한 말을 가지고 시를 한번 써 보자고 했다. 그랬더니 현우, 희원이, 의춘이는 여섯 개 모두를 써야 되는지 물어보았다. 그래서 자기 마음에 와닿지 않는 몇 개는 빼도 된다고 했다. 아직 글을 잘 쓰지 못하는 2학년 일용이와 5학년 의영이는 동무들이 말한 것을 모두 차례대로 써 보자고 했다.

보리   2학년 김희원
보리밭에 눕고 싶다.
보리에는 털이 있고
보리를 보면 마음이 뜻뜻해요.

보리   3학년 고현우
보리밭에 바람이 불면 하나하나 구부러진다.
보리는 털이 있다.
보리를 보면 마음이 뜻뜻하다.
하우스에 있는 보리는 더 컸다.
보리밭에 눕고 싶다.

보리밭에 바람이 불면 하나하나 구부러져요.

하우스에 있는 보리는 더 컸어요.

보리에 털이 많이 있어요.

보리밭에 눕고 싶어요.

희원이가 보리에게 오줌을 쌌어요.

보리를 보면 마음이 따뜻해요.

보리밭에 바람이 불면 하나하나 구부러져요.

보리에는 털이 있어요.

하우스에 있는 보리는 더 컸어요.

보리밭에 눕고 싶어요.

　글을 쓴 아이들 가운데 2학년 희원이를 빼고는 모두 "보리
밭에 눕고 싶어요" 하고 글을 맺었다. 왜 그랬을까? 아이들과
얘기해 보니 그냥 그렇게 쓰고 싶었다고 한다. 그리고 마지막
줄에 써야 될 것 같다고도 한다. 보리에 대한 느낌을 정리할
수 있는 말이 "보리밭에 눕고 싶어요"일까? 아무튼 아이들은
모두 이 말로 글을 맺었다.

　아이들과 함께 학교 옆 보리밭으로 갔다. 아이들을 보리밭
으로 들어가 보게 했다. 좁은 골을 따라 아이들이 보리밭으로
들어갔다. 보리가 많이 팬 곳은 의춘이가, 아직 패지 않은 보
리가 많은 밭에는 동준이, 현우, 희원이가 들어갔다. 동준이
는 보리들 사이에 가만히 앉아 시를 쓴다. 의춘이는 팬 보리

들 사이에서 앉았다 일어섰다 하다가 누워 있기도 한다. 현우는 처음 앉았던 자리가 마음에 안 드는지 자리를 옮겨 가만히 앉아서 쓴다. 희원이는 자기가 보리라도 된 듯이 보리들 사이에 누워 하늘을 보고 있다. 뒤늦게 나온 의영이와 일용이는 보리밭 곁에서 뛰어다니며 놀다 잠깐 앉아 보리를 보며 시를 쓴다.

아이들이 시를 쓰는 동안 골을 따라 보리밭을 걸어 보았다. 바람이 살살 부니 보리도 바람과 함께 살살 흔들거린다. 가물어서 그런지 보리가 다 자라지도 못하고 이삭이 팬 것도 있다. 어릴 때는 보리밭 사이에 숨어서 놀기도 했는데, 이제는 누워야 겨우 내 몸을 숨길 수 있을 것 같다. 보리밭 둘레를 따라 걷다가 돌아오니 아이들이 시를 다 썼다고 공책을 가져온다.

보리   2학년 김일용

해가 따뜻해요.
보리가 따뜻해요.
나는 놀았어요.

보리   2학년 김희원

바람이 불면
보리가 날아가는 것 같아요.
보리는 안 핀 것도 있어요.
보리밭은 넓어요.
보리는 길쭉해요.

보리가 있는데 바람이 불면

인사를 하는 것 같아요.

보리   3학년 고현우

보리가 한 줄 한 줄 있어요.

바람이 불면 파도가 오는 것 같아요.

보리가 크면 숨어도 돼요.

그러다 주인한테 혼나요.

보리   4학년 변의춘

보리밭에 있으면

나도 보리가 된 것 같아요.

보리들은 반갑다고 흔들흔들 인사를 해요.

보리밭에 누우면 얼굴이 따가워요.

무릎에는 흙이 묻었지만

기분은 참 좋아요.

보리   4학년 김동준

보리가 따가워요.

보리가 열린 보리는 좋겠어요.

보리는 어떻게 햇빛을 봐도

눈이 안 부실까?

보리가 나 때문에 불편하나 봐요.

보리는 인사를 해요.

허리를 구부리면서 해요.

보리   5학년 변의영

보리가

보리 바람이 불어요.

아이들이 쓴 시를 고쳐 보는 공부는 하지 않았다. 하지만
아이들이 쓴 글들을 보면 보리에 대해 너무 많은 것을 쓰려
다 보니 글에 중심이 없는 것 같다. 그리고 글 속에 "보리" 글
자가 너무 많이 들어간 것이나 뺐으면 하는 부분들이 여럿 있
는 것은 아쉽다. 그 가운데 의춘이, 동준이, 희원이가 쓴 "보
리가 인사를 해요" 같은 표현은 함께 공부해 봐야 할 것 같아
글 쓴 뒤 교실에서 잠깐 얘기를 나눴다.

보리밭에 앉아 있는데 바람이 부니 보리가 자기한테 인사
를 하는 것 같다고 느낀 것일까? 왜 모두 보리가 흔들리는 게
인사를 한다고 생각했을까? 사람이 옆에 오니 무서워 고개를
들지 못한다고 생각할 수도 있고, 햇볕이 따가워 고개를 숙일
수도 있는데 왜 모두 인사를 한다고 했을까? 고개를 숙이는
것은 모두 인사를 하는 것이라고 생각하게끔 하는 무엇인가
가 있는가? 교과서에 나오는 표현들이 아이들에게 영향을 주
었을 수도 있고, 우리들이 늘 쓰는 말도 영향을 주었으리라.
아이들이 누구나 늘 쓰는 표현을 넘어서 느낀 대로 자기 말로
나타낼 수 있다면 얼마나 좋을까? 의춘이한테 물어보았다.

"글 가운데 인사한다고 쓴 말 있잖아. 뭐 다르게 쓸 수 없
을까? 나는 이거 좀 재미없게 느껴지거든. 그리고 동준이, 희
원이도 비슷하게 썼고."

"응, 보리들이 자기들끼리 있다가 내가 오니까 친구 하자

고 막 반가워서 좋아하는 것 같아요."

"그래, 반가워서 손을 막 흔드는 것 같다는 말이지?"

'온몸으로 붙잡은 빛나는 말'이라고 했던가? 정말 온몸으로 온 마음으로 잡아야 쓸 수 있다는 생각이 든다. 그리고 느낌이 사라지지 않을 때 바로 써야 하겠고…….

보리밭에 앉아서 시를 쓰는 아이들 모습은 참 보기 좋다. 자연과 함께할 수 있는 시골에 있어 이런 공부도 해 볼 수 있겠지. 아이들과 함께 가까운 산과 들로 봄을 느끼러 나가 보면 어떨까?

*이광우 삼척 고천분교

시
다듬기

고장 난 타임머신

하얀 서리가 내린 아침. 승현이가 교실로 들어오자마자 내게
로 온다.

"선생님, 오늘 같이 온 친구가 있어요. 내 몸속에."

같이 온 친구인데, 몸속에 있는 친구라? 햄스터? 고무딱지?
몸속에 있다 했지. 뭘까? 궁금해지네. 승현이 말이 듣고 싶어
지네.

승현이가 손짓을 한다. 자세를 낮추라고, 내 귀를 달라고.
자세를 낮추어야 한다. 궁금하니까. 승현이 손짓을 따를 수밖
에. 승현이가 귓속말로 허스스하게 조용히 말한다.

"그림자."

뭐?

"그림자랑 오면서 친구가 됐어요."

승현이가 한 말을 적어 보면, 시다. 승현이가 오늘 아침 내
게 시를 들려주었다.

그림자   1학년 김승현

같이 온 친구가 있어요.

90

내 몸속에

그림자

그림자랑 같이 오면서 친구가 됐어요.

하얀 서리가 내린 아침, 춥다. 몸을 움츠리고, 목을 속 집어넣고 학교로 간다. 움츠리고 있던 몸, 그 몸이 대운산을 넘어온 해를 만나 그림자를 내보냈다. 그림자야, 내 몸속에서 나온 그림자야. 오늘 춥지? 넌 안 추워? 승현이는 그림자와 무슨 이야기를 나누었을까? 학교 오는 길 승현이는 그림자와 친구처럼 왔다.

말은 둥둥 떠다니지. 금세 달아나 버리지. 써야지. 기록해야 뿌리를 뻗지. 내가 승현이 말한 것을 받아쓴 것보다 승현이가 쓰면 더 나을 거야. 승현이가 방금 말한 것을 일기장에 써 보자. 장면이 그려지게, 그림자를 봤을 때 승현이 마음에 떠올랐던 것을 딱 붙잡아 써 보자. 승현이 목소리로.

그림자

나는 추워서 아무것도 볼 수가 없었다.

그런데 그림자가 날 쳐다보고 있는 것 같아

나는 그림자와 같이 이야기를 나누는 것 같았다.

나는 그림자와 친구가 되었다.

나와 그림자는 친구다. (2013. 11. 21. 목. 으스스 춥다)

마음에 떠올랐던 것을 붙잡아 쓰려면 그때로 가 있어야 하는데, 그때로 가 있는 '지금'이 되어야 하는데, 승현이는 '없었다'는 과거형으로 썼다. 내게 말할 때는 바로 거기에 가 있었는데.

"나는 추워서 아무것도 볼 수가 없다" 이렇게 시작했으면 스윽 바로 그때로 자기를 데리고 갔을 것이다. 그럼 그때 그림자랑 주고받았던 말이 떠올랐을 것이고, 승현이 마음을 스쳤던 그 무엇이 떠올랐을 것이고, 이보다 더 멋진 시가 될 텐데. 아까처럼 내게 말해 주고 싶어서 입이 근질거리듯 해야 되는데. 내게 귓속말로 들려준 것보다 못하다. 다시 떠올려 보고 쓰는 거라면 입말을 적어 놓은 것보다 훨씬 장면이 잘 드러나고, 주고받은 말까지 탁 나와야지.

승현아, 다시 써 보자. 그때로 돌아가 그때의 나를 따라가 보는 거야. 주고받았던 말을 떠올려 봐. 타임머신을 타고 가 보는 거야. 타임머신 알지?

그림자

나는 추워서 아무것도 볼 수가 없다.
옆에 보니 그림자가 있었다.
나는 그림자와 이야기를 하는 것 같다.
춥나 안 춥나 물어보는 듯했다.
나는 그림자와 친구가 되었다.

점점 멀어진다. 승현이가 처음 내게 들려주었던 시에는 별다른 말도 없는데, 확 귀에 들어오고 느낌이 환해지면서 승현이가 발견한 것을, 순간을 딱 붙잡아서 말해 주었구나 하고 느꼈는데. 그 느낌은 어떻게 해서 갖는 걸까? 자기 목소리가 들려서일까? 생생함? 다른 이들도 보면 나처럼 느낄까? 이 시에서는 자기 목소리가 빠진 것 같은데, 어떻게 설명하나?

내가 일러 준 말을 승현이는 기억해 냈을 뿐이다. 머리로 썼다. "나는 추워서 아무것도 볼 수가 없다"와 "춥나 안 춥나"는 내가 일러 준 말을 따른 것일 뿐이고, "나는 그림자와 친구가 되었다"에서는 자기 목소리가 약하다. "그림자가 있었다"처럼 설명해 놓거나 "이야기한다"가 아니라 "이야기하는 것 같다" "춥나 안 춥나" 물어본 게 아니라 "물어보는 듯했다" "나는 그림자와 친구가 되었다" 긴장감이라고 할까, 김이 새어 나가 버렸다. 점점 생생한 기운이 빠져 버렸다.

잘해 보려고 했는데. 승현이가 한 말을 잘 살려서 글을 쓰면 멋지게 시가 나올 거라 여겼는데. 내 말이 오히려 방해를 했다. 어떻게 할까? 다시 이 글을 놓고 조금 더 다듬으면 나아질까? 승현이가 잘 써내서 그걸 가지고 반 애들한테 들려주면 아이들 시가 술술 나올 것 같은데. 딱 한 번만 더 써 보자고 해 볼까? 어떻게 꼬셔 볼까?

승현아, 또 써 보자. 딱 한 번만 더. 타임머신을 타고 진짜 그때로 들어가 보는 거야. 니 몸속에 있는 그림자, 그 그림자와 주고받았던 말을 잘 떠올려 봐. 멋진 시가 될 건데.

"선생님, 내 타임머신이 고장 났어요."

내가 고장 냈구나. 내 욕심이 승현이를 시에서 멀어지게 했구나.

1학년 아이들은 시를 마구 뿌려 댄다. 내가 그걸 잘 주워 담는 것만으로 충분한데, 오늘은 고장이 나 버렸다.

*금원배 양산 평산초

시에 담긴
아이 마음 읽기

그래도 이야기를 들려주는 아이들

4월이 되었는데도 나는 여전히 정신을 못 차리고 있다. 긴 휴직 뒤 복직이기도 했지만, 학교를 옮긴 탓에 적응하는 게 힘들었다. 바쁜 몸과 마음으로 늘 쫓기며 살다 보니, 늘어나는 짜증과 피곤은 고스란히 우리 반 아이들 몫이 되고 말았다. 거기다 올해 우리 반 아이들은 유달리 교실에 앉아 있는 게 힘겨워 보인다. 안 그래도 앉아 있는 게 힘든 아이들을 좁은 교실 안에 억지로 잡아 놓고 화풀이나 하고 있는 내 모습이 나도 한심스럽다.

그러던 어느 날, 무얼 하든 밖에 나가서 하는 거라면 다 좋다며 아이들이 시 쓰러 나가자고 했다.

예전 같으면 보기시도 준비해 놓고, 학교 어디에 뭐가 있는지도 속속들이 다 알아보고, 글쓰기 공부에 대해 한바탕 연설을 한 뒤에나 나갔겠지만, 이 모든 걸 하고 나가자면 학년 말에나 시 한 편 쓸까 말까다.

에라, 모르겠다, 좋다며 무턱대고 아이들과 밖에 나가 학교 꽃밭과 언덕을 걸어 다니며 시를 썼다.

할미꽃은 보송보송하다.
이름만 할미꽃이지
털은 아기 털 같다.

내가 만약 할미꽃을
처음으로 봤다면
아기꽃이라고 불렀을 거다.

정완이 시를 읽고 할미꽃을 보니 하나도 안 늙어 보인다.
꼬부라진 줄기도 할머니 허리가 아니라 웅크린 아기 모습 같
다. 정완이 따라 눈을 감고 나도 가만가만 할미꽃 털을 만져
본다. 우리 보민이 아기 때 팔 쓰다듬었을 때랑 비슷한 느낌
이다. 나중에 꽃 지면 이름처럼 흰머리 할머니처럼 보일지도
모르겠지만, 지금은 딱 정완이 말처럼 보송보송 아기 꽃 같다.

막둥이 벗나무 3학년 이나은

벗나무 모두 다
꽃이 떨어졌는데
막둥이 벗나무만 남았다.
나는 외로울까
걱정이 되었다.

학교 한쪽에 작은 언덕이 있다. 다른 벗나무들에 꽃이 한창
일 때 한 나무만 꽃이 안 피더니, 옆에 나무들 꽃 다 질 때쯤

벚꽃이 피기 시작했다. 그걸 보고 언젠가 아이들에게 이야기해 준 적이 있었는데, 나은이가 그 나무를 찾아 시를 썼다. 나는 그 나무를 보고 귀엽다고 했는데, 나은이는 혼자 있는 게 안쓰러웠나 보다. 외동인 나은이 마음이 벚나무에 스며들었다. 나은이가 내 이야기를 흘려듣지 않고, 나무를 찾아 마음을 주고 시를 쓴 것만으로도 막둥이 벚나무는 외롭지 않을 거다.

홀로　3학년 김수지

나무 밑에
홀로 피어 있는
예쁜 노란 꽃
혼자라도
씩씩하게 잘 자라는 걸 보면
친구가 있는 것 같다.

수지는 참 예쁘게 생겼다. 속눈썹이 기린처럼 길고, 몸도 여리여리하다. 말도 조리 있게 잘하고, 언제나 정성 들여 글을 쓰고 그림을 그린다. 아침이면 집 앞 목련나무 본 이야기, 엄마랑 나눈 이야기, 까치 본 이야기를 나에게 조곤조곤 말해 주는 정다운 아이다. 그런데 반에서 무슨 일이 생길 때마다 아이들은 수지가 소리를 질렀네, 수지가 욕을 했네, 하며 수지를 이르기 바빴다. 그럴 때마다 수지에게 직접 물어보겠다 하고 수지와 이야기를 나누었다. 수지는 이야기만 시작하면 큰 눈에 눈물이 가득 고여 억울해했다. 그래도 절대 거짓말하는 법이 없었다. 울면서도 자기가 그럴 수밖에 없었던 상황을 이야기해 주었다. 나중에 학부모 상담 시간에 만난 어머니도 수지처럼 울먹거리며 지난해 있었던 여러 억울한 일들을 말해 주었다. 아이들 사이에서 거칠고 센 아이로 낙인찍힌 뒤 수지는 거기에서 헤어나질 못하고 있었다.

난 오늘 학교를 오면서 나무에 혼자 앉아 있는 까치를 봤다. 오늘 비도 많이 오는데 나무 사이에 웅크려 있었다. 너무 불쌍했다. 그리고 가만히 있어 죽은 줄 알았다. 까치의 눈은 말똥말똥 움직이고 있어 안 죽은 줄 알게 되었다. 나도 까치였으면 그 까치 옆에 같이 앉아주고 싶다. (3. 8. 김수지)

오늘은 학교를 오면서 벚꽃나무에 벚꽃이 많이 떨어져 있었다. 어저께만 해도 나무에 벚꽃이 활짝 많이 피어 있었는데 오늘은 땅에 꽃이 핀 거같이 벚꽃잎이 떨어진다. 난 봄이 벌써 가나보다 생각이 들었다. (4. 3. 김수지)

글쓰기회 선생님들과 수지 시를 나눌 때 한 선생님이 수지 시에 쓸쓸함이 배어 있다고 했다. 수지가 본 예쁜 노란 꽃처럼 수지가 혼자라도 씩씩하게 잘 자랄 수 있도록 나부터 수지를 믿어 주는 동무가 될 거다. 어제 본 꽃을 오늘 또 마음 두고 다시 볼 줄 아는 수지, 홀로 있는 까치가 안쓰러워 곁에 앉아 주고 싶다는 수지, 나는 그런 수지 말이라면 다 믿을 거다.

민들레 3학년 정해수

민들레야 민들레야

너 외롭지 않니?
춥지도 않니?
꽃밭에서 너 혼자 자니?
친구도 없는데
여기까지 버티다니
너 아주 용감하다.

　해수는 학교에서 버스로 세 정류장 떨어진 마을에 산다. 몸집도 유치원생만 하고, 목소리도 아주 작다. 몸이 약해 자주 결석을 하다 보니 다른 아이들보다 모든 게 늦다. 한 자릿수 덧셈도 손가락을 꼽으며 해야 하고, 한글도 잘 모르는 글자가 많다. 몸이 약한 해수가 늘 걱정인 엄마는 해수를 끼고 다닌다. 해수가 다른 동무들처럼 혼자 학교에 오고 싶어 하는데도 굳이 교실 앞까지 아이를 데려다주는가 하면, 조금만 몸이 아파도 쉬어야 한다며 2주에 한두 번은 결석을 시킨다. 그런 해수 눈에 가녀리고 약하지만 혼자 꿋꿋이 피어 있는 민들레가 들어왔다. 해수가 민들레에게 말한 것처럼, 해수가 천천히 홀로서기를 할 수 있도록 나도 해수를 응원해야겠다. '해수 너 아주 용감하다'고 말할 수 있는 그날이 머지않았다고 믿는다.

　빨리 가는 봄　3학년 김영철
봄은 너무 빨리 간다.
꽃과 같이 다음 봄으로 간다.
다음 봄으로 가는 꽃은
시들시들하다.

영철이는 남자아이인데도 꼭 빨간머리 앤 같다. 한번 공상에 빠지면 끝도 없이 빠진다. 늘 호기심이 넘쳐 나고, 질문도 많다. 무언가에 집중하면 다른 일은 하나도 못 해서 시간 안에 해야 하는 일을 잘 못한다. 그래서 느린 아이라고 생각하기 쉬운데, 자기가 좋아하는 일은 그리 열심히 할 수가 없다. 지나가는 개미에게도, 작은 풀꽃에게도 궁금한 게 많아서 남들보다 더 오래 마음을 주고 지켜본다. 그래서 영철이는 다른 아이들이 흔히 지나치는 것들을 찬찬히 지켜볼 줄 아는 힘을 가지고 있다. 영철이가 쓴 시 몇 편이다.

비

비가 온다.
둑둑 비가 온다.
그 소리에 개구리가 운다.
비가 오면 그 소리에
달팽이 온다.
비가 오니 새싹 핀다. (4. 6)

엄마 짜증

엄마가 차가 막혔을 때 하는 말
빨리 좀 비켜라, 나오라고!
엄마가 차가 없을 때 하는 말
왜 차가 없지, 혼자 가니깐 무섭다. (4. 13)

슬픈 어제

어제는 슬픈 하루인지도 모르고 기쁘게 놀았다. 어제가
왜 슬프냐면 엄마 언니 아들 강연우가 죽은 날이다. (3. 21)

사촌동생이 죽은 지 딱 1년째 되는 날, 영철이는 슬픈 날에
즐겁게 논 게 미안하다며 글을 써 왔다. 모르고 그랬지 않냐
고 동생도 다 이해할 거라고 달래 줬지만, 영철이는 정말 미
안해했다. 우리 반 남학생들 가운데 제일 작지만, 누구보다
섬세한 눈으로 세상을 바라보는 영철이. 나도 영철이 눈으로
하루만 살아 보면 얼마나 좋을까.

마음은 늘 한 아이, 한 아이 눈 맞추고, 손 맞잡고, 꼭 껴안
아 주고 싶다. 하지만 하루에 한 아이 말도 제대로 귀담아듣
지 못하고 시간을 흘려보낸다. 이래 정신없이 사는 내 곁에서
'그래도' 자기 이야기를 들려주는 아이들 덕분에 두 귀가 조
금이나마 귀 노릇을 하고 있다.　　　　　　　*김구민 양산 서창초

시를 찾아가는 길,
어떻게 쓸까?

자기만의
느낌 붙잡기

시 붙잡기

아침 자습 시간에는 시 맛보기를 하기로 했다. 제목 붙이기, 마음이 끌리는 부분에 밑줄 긋기, 느낀 점을 쓰기도 하고, 떠오르는 풍경이 있으면 그림도 그려 보았다. 느낀 점을 적을 때는 쓴 아이의 마음이 되어 보고 그 시를 읽을 때 내 마음이 어떻게 움직였는지, 어떤 장면이 떠오르는지 이야기를 나누었다. 시 맛보기를 몇 번 하고 아이들 일기장에서 시 느낌이 드는 글을 보면 읽어 주었다. 우리들이 쓰는 시는 겪은 일을 얼마나 잘 붙잡아 쓰는지가 중요하다고 했다.

식빵   5학년 박민정

아침에 평소 때와 같이
일어났는데
어머니가 아침 준비를
늦게 하셔서(못 하셔서)
토스트를 먹었다.
"엄마, 아침부터 토스트가

뭐예요."

그러니 어머니가

"살다 보면 그럴 수도 있지.

빨리 먹어라" 하며

스리슬쩍 말을 피하셨다.

어머니도 참. (3월 8일 맑고 오후에는 좀 흐렸다.)

　아침에 일어난 일을 꾸밈없이 솔직하게 쓰면 이렇게 시가 된다고 일러 주었다. 우리가 생활하면서 겪은 일을 잘 붙잡으면 시가 되는 거지 책상머리에 앉아 그럴싸하게 시를 만들어 내는 게 아니라고 했다.

　그런데 시를 붙잡아 내는 게 아이들한테는 얼마나 어려운 일인가. 또래 아이들 시를 많이 읽어 주고, 아이들이 시를 쓰는 게 어려운 게 아니라는 걸 깨닫게 하여 스스로 시를 써 보게 하는 수밖에 없겠다.

　오늘 사회 시간에 모둠별 발표를 했다. 발표하다 갑자기 오줌이 마려워 화장실에 뛰어가는 유정이를 보고 아이들이 막 웃었다. 발표하다 느닷없이 "선생님 쉬 마려운데요" 하고 막 뛰어가는 모습이 나도 참 우스웠다. 이런 장면도 놓치지 않고 시를 쓸 수 있겠다고 아이들에게 말해 주었는데, 그날 일기장에 이것을 글감으로 시를 써 온 아이가 몇 명 있었다.

유정이　5학년 황수진

내 친구 유정이

사회 발표하다 말고

쉬 마렵다고
후다다닥 뛰어간다.
우리는 막 웃었다.

유정이가 나갈 때는
양떼 소떼가 지나가는 것처럼
쿵쾅쿵쾅거린다.
올 때는
개미떼처럼
살금살금 들어온다.

"어제 사회 시간에 있었던 일을 잘 보고 썼지요?"

"어떤 표현이 실감이 나나요?"

"오줌 누러 갈 때는 급해서 막 뛰어가는 모습과 교실에 들어올 때는 부끄러워 살금살금 들어온 모습을 잘 썼어요."

"그래요. 무엇이든지 시가 될 수 있어요. 보잘것없고 아무렇지도 않은 일 같지만 마음으로 깊이 살피고 느껴 보면 시가 될 수 있는데, 그것을 잘 붙잡지 못하는 것 같아요. 뭐든 예사로 보아 넘기지 말고 눈여겨보는 태도를 가지면 여러분도 좋은 시를 쓸 수가 있어요."

'느낌'이 뭘까?

시는 자기만의 느낌을 붙잡아 쓰는 것이다. 이오덕 선생님은 '그 대상에 자기의 마음을 비쳐 보고 마음과 대상이 온전히 하나가 되었을 때의 감동을 잡은 것'이라 했다. 이런 걸 말로 해서 아이들이 알 수 있을까. 아이들에게 느낌을 말해 보라고 하면 뜬구름 잡는 소리를 한다. 느낌이라는 게 어떤 것인지, 뭔가 느꼈을 때 마음이 어떻게 변하는지 이런 것을 이야기해야겠다 싶어서 한 아이 등에 차가운 내 손을 쑥 집어넣었다.

"앗! 차어라. 선생님 왜 그래요."

"놀랐어? 뭔 줄 알았는데?"

"……."

"저도 모르게 '차어라' 하고 튀어나온 말. 이런 게 느낌이 있는 말이에요. 주연이 모습을 보고 너희들 마음이 움직였을 텐데, 그것도 느낌이라 할 수 있어요. 느낌이라는 건 뭔가 고상한 말로 만들어 내는 것이 아닌 줄 알겠지요?"

"예."

"자, 그럼 국어책 펴 볼까요? 하늘에 구름 몇 개 있는 그림을 보고 책에 뭐라고 적어 놓았지요?"

"하늘에 떠다니는 배 같은 구름."

"구름은 하늘에 떠다니는 배."

"어때요?"

"느낌이 아니에요."

"이래저래 말을 만들었어요."

"그렇지? 책에 있는 그림을 보지 말고 우리는 직접 보고 말해 봅시다."

"교실 안에 있는 것이나 밖을 보고 뭐든 한 가지를 정해서 그 마음이 되어 봅시다. '이렇게 보면 재미있겠지' 그런 마음은 버리고 새로운 느낌으로 보세요. 뭘 정하면 오랫동안 깊이 들여다보고 아! 하고 떠오르는 게 있으면 짤막하게 적어 보세요. 지금부터는 말하지 마세요."

오늘 날씨는 흐느죽죽하다.
손금을 따라가면 자꾸 끊긴다.
손가락은 대나무 같다.
나팔꽃같이 피어 있는 백합꽃. 꽃잎 한쪽만 시들어 있어 꼭 따돌림을 받는 것 같다.
구름사다리가 물결선 같다.
보송보송 피어 있는 프리지어는 병아리 같고 안개꽃은 병아리들이 따뜻하라고 감싸 준다.
가지에 잎이 없는 앙상한 나무가 추워서 엉덩이를 쏙 빼고 몸을 움츠리고 있는 것 같다.
지문은 돌아가는 토네이도(회오리바람)다.
프리지어와 안개꽃이 서로 마주 보고 웃고 있다.
손바닥에 있는 줄이 지렁이가 기어가는 것 같다.

아무래도 느낌을 붙잡는 것이 어려웠는지 제대로 된 게 별로 없었다. 내가 말만 장황하게 한 것 같다. 또래 아이들 시를 보고 자주 이야기를 나누어야겠다. 아이들의 죽어 가는 감성을 살려 주는 게 무엇보다 중요하겠지.

시 쓰기
"오늘은 우리 함께 시를 써 봐요. 근데 얼굴을 보니 쓰고 싶지 않은 눈치네? 밖에 나갈 건데……."
그제야 아이들 표정이 밝아진다.

"3학년 동생이 쓴 시를 들려줄게요."
감정을 잔뜩 넣어 읽어 주었다.

비는 별 같아요   양양 오색초 이수현
빗방울이 전깃줄에 거꾸로 매달려 있다.
빛이 난다.

"한두 줄이라도 자기만의 말로, 자기만의 느낌을 적으면
이렇게 아름다운 시가 됩니다. 나도 전깃줄에 매달려 있는 빗
방울을 본 적이 있어요. 나는 참 예쁘구나 하고 마음속으로
생각하고 지나쳤지 이렇게 아름다운 시는 써 보지 못했어요.
여러분은 어때요?"
"한 번도 본 적 없어요."
"나는 본 적은 있지만 아무 생각 없이 그냥 지나쳤어요."
"그래요. 이 아이처럼 그걸 눈여겨보고 순간 아! 하고 떠오
르는 걸 글로 적으면 시가 되는 거지요. 여러분도 쓸 수 있겠
지요?
밖에 나가서 가만히 뭔가를 바라보고 문득 아! 하고 느껴지
는 게 있으면 그 느낌을 놓치지 말고 시를 쓰세요. 시를 쓰기
전에 동무들이 하는 말 가운데 참 좋구나 하고 느낀 것이 있
다면 그것도 괜찮아요. 남들이 안 보는 것, 보이지 않는 것도
잘 보고 생각해서 씁시다."
교실에서 벗어나 학교 앞 화단과 운동장을 돌아다니며 아
이들이 시를 썼다. 생각이 떠오르지 않으면 자기가 정한 것을
적어도 5분 동안 깊이 바라보고 있으라고 했다. 애들이 가만

있지 못하고 이리저리 돌아다니더니 어느새 한두 명씩 적었다고 내게 가져왔다. 표현이 확실하지 못한 부분을 물어보고 다시 관찰해서 고치기도 했다. 한 시간에 시 쓰기를 마쳤다.

친구들   5학년 신현정
통나무 그늘에는
다른 반 친구들이
술래잡기를 하고 논다.
요리조리 술래가 아주 급하다.

우리 친구들은
시를 적는다고 가만히 앉아 있다.
꽃을 보는 아이
풀을 보는 아이
우리 반 아이들은
조용하다.

새싹   5학년 장유정
장미 줄기에서
새싹이 머리를 쏘옥 내밀었어요.
세상을 오랫동안 구경하고 싶어서
밑 부분을 꼭 잡고 있어요.
바람이 불어도 흔들리지 않아요.

꽃봉오리   5학년 이다롱

화단에 목련꽃 나뭇가지
엄지손가락만 한 봉오리가
돋아나고 있다.
살짝 만져보니
보송보송한 털이 나 있다.
금방이라도 터져 나올 것 같은
새하얀 봉오리가
올라오고 있다.

작은 풀잎 5학년 최설경

작은 풀잎 하나가
바람에 흔들린다.
'조금만 버텨라 제발'
풀잎이 쓰러지려 한다.
결국 풀잎은 바람에 못 이겨
쓰러져 버렸다.

똑똑한 거미 5학년 고용렬

야! 거미다.
홍대가 거미를 막대기로
툭툭 쳤다.
거미가 무지 빠르게
도망간다.
그러다가 죽은 체한다.
갑자기 벌떡 일어나더니

또 도망을 친다.
거미는 참 머리가 좋다.

벌레   5학년 박민정

화단 풀잎 사이로 다니는
자그마한 벌레
어디로 가야 할지
이리저리 다닌다.
불쌍한 벌레
길이라도 찾아주고 싶다.

거미   5학년 허경석

향나무 가지 사이
거미줄에 걸려 있는 거미
막대기로 건드리니
살려주라는 듯
발버둥을 치더니
'걸음아 나 살려라' 하며
줄을 타고 잽싸게
올라간다.

아이들이 개미를 발로 밟아 함부로 죽인 일, 레이저 지휘봉
으로 아이들에 장난쳤던 일, 장난감 총으로 친구들 괴롭힌 이
야기를 하며 무엇보다 우리가 아끼고 사랑해야 할 것은 목숨
이라는 걸 함께 공부했다.

이야기 나누기

아침 자습 시간에 우리 반 아이가 쓴 시를 가지고 시 맛보기를 하였다. 지난 토요일에 진규가 짧은 줄글로 일기장에 쓴 글인데, 진규에게 시로 한번 적어 오랬더니 적어 왔다. 진규는 동생과 할머니 집에 살고 있는 아이다. 아침에 진규를 살짝 불러 동무들에게 네 시를 읽어 주고 싶은데 괜찮겠느냐고 물어보았다. 생각보다 진규는 쉽게 허락해 주었다.

전화

오늘 학교 마치고
집에 오니
엄마한테 전화가 왔다.

할머니가 옆에 계셔서
'엄마 보고 싶어요'라고
말하지 못하고
시간만 질질 끌다가
엄마가 전화를 끊었다.

마음이 허전하고
눈물이 나올 것 같았다.

"오늘은 우리 반 동무가 쓴 시를 맛보도록 해요. 먼저 이 시를 읽고 진규한테 묻고 싶은 이야기나 해 주고 싶은 이야기를 서로 나누어 보도록 합시다."

모두 눈치만 보고 입을 다물고 있다. 그래서 내가 먼저 물었다.

"엄마한테 가끔 전화 오니?"

"예."

"엄마하고 무슨 얘기를 했어?"

"엄마가 필요한 물건 말하라고 했어요. 그래서 동생 리코더, 동생 전과, 내 전과, 카세트테이프라고 했어요. 엄마가 그거 다 사 보내 줄게 했어요."

아이들이 한두 명씩 손을 들었다.

"진규는 엄마하고 안 살아요?"

내가 진규를 쳐다봤다. 준비가 되어 있는지 눈으로 물어보고 진규가 답해 주면 좋겠다고 했다.

"응."

"왜 당당하게 보고 싶다고 말하지 그랬노."

"할머니한테 미안해서."

"할머니한테 자리 좀 비켜 달라고 하지."

"한 번도 할머니한테 대든 적이 없는데 대드는 것 같아서"

"엄마한테 전화 오면 할머니가 싫어하나?

"응."

"엄마랑 왜 떨어져 사는데."

"……엄마랑 아빠랑 이혼해서…….."

대답하는데 진규 눈에 눈물이 그렁그렁하다. 우리 반 애들 눈도 따라 벌게진다.

"엄마 전화 끊고 눈물 많이 흘렸나."

"응."

"동생도?"

"아니, 그때 없었다."

"다음부터는 시간만 질질 끌지 말고 엄마한테 사랑한다고 말해라."

감동의 물결이 우리 반 아이들 마음 구석구석까지 퍼져 가는 듯했다. 정리를 해야겠다 싶어 시를 읽고 이렇게 이야기 나눈 느낌을 조용히 적어 보자고 했다. 부모님에 대해 쓰고 싶은 이야기가 있으면 지금 써도 좋다고 했다.

진규의 시를 읽으니 거의 마음이 끌린다. 또 다음번에 엄마 전화 오면 할머니가 엄마 싫어해도 할머니가 옆에 있을 때, 엄마 사랑해, 엄마 보고 싶어 하고 용기 있게 말해 줬으면 좋겠다. 오늘 난 이 시를 읽고 가슴이 너무 아프고 슬펐다. 내가 진규 상황이어도 눈물을 많이 흘렸을 것이다. (현유진)

슬픈 날   5학년 박슬기

우리 반 윤진규라는 아이가

슬픈 시를 썼다.

윤진규의 마음이 슬픈 것을 느꼈다.

나라면 더욱 울었겠다.

엄마하고 살지 못한다고 해서.

나도 엄마 생각이 났다.

마음이 아팠다.

나는 윤진규를 위로해 줄 마음이

갑자기 생겼다.

진규의 시 (현유진) | 오늘 진규 시가 칠판에 적히게 됐는데, 너무 슬픈 시였다. 첫째 시간 때, 우리는 진규에게 물어보았다. 나는 진규에게 "눈물을 많이 흘렸니?"라고 물어보았다. 진규는 "응" 하며 대답했다. 나중에 이야기가 끝나고 선생님은 시와 노래 공책에 느낀 점이나, 진규에게 하고 싶은 말을 적으라고 했다. 난 너무 가슴이 아파 11줄이나 썼다. 그다음은 부모님 때문에 뭐 슬펐다든지 나빴다든지 이런 게 있으면 쓰라고 했다. 난 솔직히 털어놓았다. 사실은 우리 엄마와 아빠는 이혼을 할 상태이기 때문에 엄마가 우리 세 남매를 혼자의 몸으로 우리를 키워 주신다. 이때까지 내가 친구들에게 거짓말을 한 이유는 너무 창피할 것 같아서 친구들에게 거짓말을 한 것이다. 아빠가 몇 달에 한 번 집에 밤에 오면 엄마가 올 때까지 기다린다. 그래서 한판 싸우는데 아빠는 다시 합치자, 엄마는 이혼하자로 계속 나가 싸운다. 그 얘기를 몰래 듣는 내 마음은 두 분이 합쳤으면 좋겠다는 생각밖에 안 든다. 난 너무 슬프다. 난 집에 와서 정말 눈물을 많이 흘렸다.

*김숙미 부산 신연초

작은 것도
지나치지 않고

올해는 4학년 하나, 5학년 일곱 아이와 같이 지내고 있다. 5학년 아이들 중 여섯은 재작년 3학년 때 만났던 아이들이고, 한 명은 학기 초에 전학 왔다. 3월부터 아이들과 글쓰기하며 지낸 이야기를 해 보려고 한다. 여러 선생님들이 고민하고 애쓴 지도 방법을 따라 해 본다고 했지만 알맹이 없이 겉모습만 흉내 내고 말았다.

저절로 나온 말 옮겨 쓰기

3월 3일. 쉬는 시간에 5학년 상훈이가 내 얼굴을 이렇게 보더니 턱 밑을 손가락으로 가리키며 말했다.

"어, 선생님 턱에 가시 박혔다. 이거 봐요. 가시가 되게 많아요."

웃다가 생각하니 이 말을 그대로 옮기면 글이 되겠구나 싶었다. 그래서 상훈이한테 시처럼 써 보라고 했다.

수염

어?

선생님 턱에 가시 박혔다.

이거 봐요, 가시가 되게 많아요.

선생님은 얼굴을 피며 웃었다.

"모두 모여 봐" 해서 상훈이 글을 보여 주며 무엇을 보거나
듣고 저절로 나오는 말을 써 보자고 했다.

수연이는 개울에서 버들강아지를 보며 연실이한테 한 말을
썼다.

버들강아지

버들강아지는 보들보들하다.

강아지 털같이 너무 보들보들하다.

어우 진짜 보들보들해.

야, 연실아! 이거 만져 봐.

진짜 이뻐.

보들보들해.

강아지 만지는 거 같애.

눈 감고 만지면 진짜 좋아.

무슨 말을 해야 할지 모르겠어. (2000. 3. 3)

아침에 교문을 들어서며 광복이를 만났다. 개구리 우는 소
리를 들었다고 자랑했다. 그 말 그대로 써 보라 해서 썼다.

개구리 소리

선생님,

오늘밤에
창문 열어 놓으세요.
개구리 소리가 나요.
어젯밤에
개구리가 막 울었어요. (2000. 3. 16)

공부 시작하기 전에 연실이가 한 말이다. 말 그대로 글로
옮겨 보라 했다.

초록이네 동생

선생님 초록이네 동생이요.
박박 대머리예요.
원래 머리가 길었는데
머리를 이쁘게 나라고
머리를 박박
대머리로 깎았어요. (2000. 3. 18)

4학년 승찬이가 교실 문 나서려다가 교실 뒤편에 놓인 우
유를 보더니 다시 자리에 앉아 몇 글자 적었다.

버린 우유

왜 애들이
우유를 안 먹는지 몰러.
내가 다 가져가야지.
햇빛에다가 나둬야지.

그래서 요구르트랑 치즈 만들어야지.

상한 우유는 아빠 구두 닦아 드려야지. (2000. 4. 7)

　우리 교실에 들어와서 4학년, 5학년 아이들이 쓴 글을 읽은 6학년 아름이가 자기도 써 보겠다며 '누군가에게 말 건네기' 방법으로 쓴 글이다.

　진달래
　애들아.
　이리 와서 진달래 먹어 봐라.
　맛이 좋다.
　니넨 모르지.
　진달래가
　허기질 때 먹는다는 거
　화전도 부쳐 먹는다.
　먹고 싶지. (2000. 4. 23)

마음이 쏠리는 것 자세하게 풀어 쓰기

4월 10일. 6학년 세라가 자기 글을 봐 달라고 공책을 가져왔다. 작년에 함께 지냈던 6학년 아이들 셋은 올해도 가끔 내게 글을 써서 보여 준다. 세라 공책을 보니 시가 다섯 편인데 모두 자연에 대한 글만 있다. 새소리를 듣고 썼거나 산과 나무를 보고 쓴 글이다. 몇 번 읽어 봐도 어쩐지 마음이 잘 안 모인다. 이 글도 그렇다.

밖에서 노는데 / 까마귀 한 마리가 / 전깃줄에 앉아 있다. / 조금 있으니 먹이를 문 까마귀가 와서 / 전깃줄에 앉는다. / 먼저 와 있던 까마귀가 / 부리로 쫓으려는지 / 콕콕 쫓으려 한다. / 먹이를 문 까마귀는 / 무서운지 어디론가 도망가 버린다.

왜 별 느낌이 없을까. 자연을 이야기할 때는 마음에 닿아 있는 한 가지 느낌을 더 깊게 자세하게 풀어 보면 어떨까 하는 생각이 들었다. 사람을 이야기하는 것과 자연을 이야기하는 것, 둘의 표현 방법에 차이가 있는 건가 싶기도 하고. 작년부터 아이들이 썼던 글을 내 나름대로 나누어 보았다.

◇ 사람에 대한 이야기를 쓴 글

손님 5학년 최아름

어제 인천에서 손님이 왔는데요.
손님이 장님이에요.
자고 일어나니
그 손님이 이불을
앞을 보는 사람보다 더 잘 개 놨어요.
일 년 전에도 왔는데
설거지를 하더래요.
앞이 보여 기계에 휘말려 사는 사람보다
마음으로 보는 눈이 더 잘 보이는 것 같아요.

(1999. 9. 20)

◇ 자연을 나타낸 글

매   4학년 양승찬
날개를 쫙 펴고
바람을 타고
소용돌이처럼
빙글빙글 돈다.
날개를 한 번 딱 치고
다시 오르니
날개 깃털 사이로
햇빛이 비쳐서 눈부셨다.

◇ 자연을 나타내면서 사람의 마음을 쓴 글

벚꽃   6학년 차혜진
밤 9시쯤
벚꽃이 피어 있다.
벚꽃이 밤을 비춰 주었다.
달밤에 분홍색으로 빛난다.
나는 화장실 갈 때에도
하나도 무섭지 않겠다. (1999. 4. 18)

◇ 사람 이야기를 하면서 자연을 쓴 글

벚나무 꽃   4학년 노세라

오빠 둘이 공을 들고 있다.

공을 잡고

두 손을 뒤로 넘기더니

벚나무로 던진다.

나무가 맞아

꽃잎이 부딪히고

부딪혀서 떨어진다.

너무 많이 떨어진다.

오빠 하지 마!

오빠 하지 마!

꽃잎이 다 떨어지면

나무가 허전하잖아. (1998. 4. 28)

이렇게 나누어 놓고 보니 뭔가 있어 보인다. 아이들을 밖으로 데리고 나가 수돗물을 틀어 놓고 들통을 밑에 댔다. 물이 콸콸콸 쏟아진다.

"자기 마음이 가장 쏠리는 것을 그림으로 그려 봐."

어떤 아이는 쏟아지는 물줄기를 그렸고 어떤 아이는 떨어진 물줄기가 물에 닿아 방울을 부글부글 만들어 내는 모습을 그렸고, 어떤 아이는 들통에 물이 넘쳐 줄줄줄 흘러 나가는 모습을 그렸다.

"지금 그린 것이 글에서도 중심 생각일 거야. 내가 어떤 일을 겪고 왜 글을 써야겠다는 마음이 들었을까, 그걸 빠뜨리지 말아야지. 그럼 지금 그린 걸 중심으로 다른 것들도 마저 그려 봐."

그래서 수도꼭지에서 물이 쏟아지고 들통에 떨어진 물이 방울을 만들며 들통 밖으로 흘러 나가는 모습을 그리게 되었다.

"글을 쓸 때도 그림 그리는 것과 마찬가지로 자기 마음이 가 있는 것을 정확하게, 자세하게 써 놓고 그다음 전체 이야기를 알 수 있도록 앞뒤 이야기를 덧붙이며 풀어 나가면 좋겠다야."

그 뒤에 아이들이 쓴 글이다. 내가 한 말이 맞는 말인지 안 맞는 말인지 자신이 없고, 아이들은 저들 쓰고 싶은 대로 썼을 뿐이다.

학교 가는 길 　5학년 차상훈

백구가 나한테 온다.
바람이 많이 부는데
백구가 온다.
백구는 한쪽 귀가 바람에
왼쪽으로 쏠렸다.
나는 추우니까
"가! 가!" 겁을 주었다.
그래도 안 간다.
돌을 던지는 척했다.
백구가 뒤를 돌아보며
집으로 간다. (2000. 4. 11)

소수레 　4학년 양승찬

강림이네 할아버지와

관대문 감자밭 갈러 가는 길

소수레 위에 타고 간다.

돌 있는 곳을 지날 때

달그닥 덜그닥

소수레 소리.

소나무 옆에서

소는 꼬리로 파리 쫓느라고

가만히 서 있고

할아버지는 얼른 가자고

으랴 으랴

한다. (2000. 4. 15)

일 마치고 돌아가는 아저씨와 소   5학년 이명준

소가 끄는 수레에 아저씨가 탔다.

수레엔 삽, 괭이 여러 가지 도구가 있다.

농사일을 마치고

집으로 가는 길인가 보다.

아저씨는 눈을 조금하게 떴고

입을 넓적하게 벌렸다.

농사일을 마쳐서

행복해서 그럴 것이다.

소가 언덕길을 올라간다.

소는 질컴질컴

느리게 느리게 올라간다.

아저씨는 얼른 내려

수레를 민다.

소가 빨리 올라간다.

농사일을 마치고 집에 가는 아저씨와 소

내가 고추밭 일궜을 때처럼 기쁘겠지. (2000. 4. 15)

메늘취   5학년 박명호

비가 그쳤다.

소나무 가지에서

물방울이 떨어진다.

아버지가 문을 열면서

메늘취가 많이 컸겠구만 하셨다.

아빠, 같이 가자. (2000. 4. 17)

글쓰기를 어떻게 해 보자 해서 그날 글이 나오는 날은 별로 없다. 아침 공부 시작하기 전에 어떤 말을 하면 집 가기 전에 쓰기도 하고 며칠 뒤 집에서 써 오기도 하고 글을 안 쓰는 아이도 있다. 무엇을 써 보자 해도 그 주제에 맞게 글을 쓰는 건 아니다. 가끔 아이들에게 보기글을 읽어 주거나 글쓰기에 대한 이야기를 하기는 하지만 글은 쓰고 싶은 아이만 쓴다.

순간 터져 나오는 감정 쓰기

4월 21일. 아랫마을에 갔다가 울컥 화나는 이야기를 들었다. 곧이어 마음이 따뜻해지는 일을 겪었다. 그래서 다음 날 아이들에게 이런 글을 써 보자고 했다.

"살다 보면 어느 순간 감정이 솟아날 때가 있습니다. 어제 밥을 먹다가 이런 말을 들었습니다. 어디서 산불이 났는데 산이 마구 탔답니다. 산에 살던 짐승들은 얼마나 살려고 몸부림을 쳤겠어요. 불이 나니까 토끼 한 마리가 살겠다고 산 아래쪽으로 사뭇 내달렸어요. 시뻘건 불덩어리는 토끼 뒤를 따라오고 토끼는 넋이 나가 내달리고. 그걸 보고 산 아래에서 불을 끄던 아저씨가 불 끄다 말고 옳다구나 하며 몽둥이를 들고 쫓아가더니 그 토끼를 패 잡더랍니다. 이 이야기를 듣고 너무나 화가 나고 절망스러웠습니다.

불 때문에 고성 삼척 사람들은 큰 고통을 겪고 있습니다. 집이 다 불타고 당장 먹을 것도 부족하고, 입을 옷도 없답니다. 우리 할머니가 장에 갔다 오더니 읍에서는 불난리 만난 사람들한테 줄 옷을 구하고 있더라며 장롱을 열고 옷을 꺼냅니다. 며느리가 선물해 준 남방, 아직 한 번밖에 입지 않은 외투, 예쁜 치마, 추리닝 그리고 편지를 써서 털신 속에 넣더니 모두 모아 보따리에 곱게 쌉니다. 그걸 불난리 만난 사람들한테 보낸답니다. '내가 필요 없는 걸 주면 그것도 죄여, 내가 아까워하는 걸 줘야지.'

옆에 있던 나는 너무나 부끄러웠습니다. 나는 남에게 도움을 줄 때 그런 정성스런 마음으로 도움을 준 일이 없습니다. 토끼 때려잡는 이야기를 듣고 화가 났습니다. 아끼는 물건을 보내는 할머니를 보며 마음이 따뜻해졌습니다. 화가 나거나, 슬프거나, 따뜻한 마음이 생겼거나, 그 밖에 어떤 감정이 터져 나왔거나 하는 이야기를 글로 써 보세요."

과학   5학년 박명호

과학은 무엇인가
조금 더 편하다고 편하자고
그래 봤자 공해 일으키고 전쟁 무기 만들고
핵폭탄을 손가락 하나에 맡기고
터지면 시체는 맨 정신으로 볼 수 없는 광경
과학이 발전하면 당분간은 편해
그러나 그걸로 끝이야.

부자는 필요 없어.
보통이면 되지.
농사를 짓고
밤에 편히 자고
가을에 수확하면 얼마나 기뻐.
심어 본 사람은 알 거야.
피곤하면 자고
몸도 건강하고
공기 좋은 거 마시고
물도 좋고.

사람은 바보다.
사람이 만든 과학에
사람이 죽는다는 것을 알면서도
지금도 공장을 짓고
공장에서는 공해가 나온다. (2000. 4. 22)

닭과 참새　5학년 차상훈

참새가 닭장에 들어가 그릇에 담아둔 모이를 먹는다.
닭도 같이 먹는다.
닭 등어리에 모이가 묻었다.
참새는 닭 등어리에 올라가 모이를 먹는다.
닭은 아무 상관도 안 한다. (2000. 4. 22)

그때 나는 어떻게 했는지 쓰기

상훈이는 수첩을 가지고 다니며 그때그때 쓸거리를 적어 놓고 나중에 글로 쓴다. 5월 중순쯤에 상훈이 수첩을 보니 이런 글이 있다.

아침　5학년 차상훈

아침 7시
변소에 가려고 하는데
너무 밝아
한쪽 눈을 감고 간다.
부엌 앞에 참새 두 마리
꼬리를 마주치고 있다.

"너무 밝아 한쪽 눈을 감고 간다" 햇빛이 밝다는 말을 이보다 더 뚜렷하게 나타낼 수 없을 것 같다. "너무 밝아 눈부셨다" 이런 말보다 그때 나는 어떻게 했는지 써야 무엇을 뚜렷하게 보여 주는 글이 되겠구나.

민들레 겉절이　5학년 박명호

장독 옆 상추가 작아서 상추 겉절이를 못 먹었다. 그 대신 민들레 겉절이를 먹었다. 시큼한 것이 밥맛이 확 났다. 나는 밥을 두 공기 먹었다. (2000.5. 20)

새끼 가진 개　5학년 이명준

우리 개가 토를 한다.

나는 아버지에게

우리 개가 진짜 새끼 가졌냐고 물어봤다.

아버지는 분명히 새끼 가졌다고 그랬다.

요전에도 엄마가

우리 개가 새끼 가졌다고 그랬는데

그 말이 진짜였다.

우리 개도 이제 새끼 낳겠구나.

새끼 나면

할머니 집에도 새끼 주고

고모네도 줄 거다.

내가 얼마나 좋은지 아무도 모를 거다.

나는 웃음을 참을 수 없어

이불 위에서 뒹굴었다. (2000. 5. 29)

*탁동철 양양 오색초

나흘 동안의
시 쓰기 공부

올해 5학년 세 명, 6학년 세 명을 가르치게 되었다. 5학년 아름이, 세라, 유정이. 6학년 별님이, 혜진이, 금선이. 이 아이들과 3월 6일 토요일부터 3월 10일 수요일까지 나흘 동안 시 쓰기 공부를 해 보기로 했다. 며칠이라도 시를 생각하고 있으면 눈과 귀와 마음을 활짝 열고 학교에서, 집에서, 길에서 보고 듣는 모든 것들을 더 자세히 살피려고 애쓸 것이다. 토요일 한 시간은 시 쓰기에 대한 이야기를 하고 나머지 날은 아침 시간이나 집에서 쓰도록 숙제를 냈다.

첫째 날

토요일 아침, 시 쓰는 과정을 칠판에 적어 보았다. 먼저 칠판에 "개밥 주었다"고 쓰고 나서 "내가 4학년 수연이네 집에 갔을 때 수연이가 개한테 밥 주는 걸 보았거든. 이것을 글로 쓰려고 해. 무엇을 더 쓰면 좋은지 말해 봐." 아이들이 더 써야할 것을 물어보면 내가 대답하면서 칠판에 적어 나갔다.

"뭘 먹였는데요?"

"먹다 남은 밥찌꺼기."

"언제요?"

"어제저녁에."

"개가 어떻게 해요?"

"꼬랑지를 흔들며 펄쩍펄쩍 뛴다."

"어떤 생각이 들어요?"

"식구들이 먹다 남은 음식인데 너무 반가워하니 오히려 미안하다."

"개를 어디다 뒀는데요?"

"앞마당에 매 놓았지."

"어떻게 생겼어요?"

"털이 누런 기 순해."

"그 개는 어디서 났어요?"

"옆집 아저씨가 주었어. 자기네는 너무 많아서 못 키운다고."

대충 이런 식으로 말을 주고받으며 칠판에 적은 걸 다시 정리해서 썼다. 제목은 '개밥 주기'로 했다.

저녁 먹다 남은 밥찌꺼기와 국을 / 찌그러진 냄비에 담아 개한테 준다. / 밥을 들고 가니 / 개가 좋다고 / 꼬랑지 흔들며 / 펄쩍펄쩍 뛴다. / 식구들이 먹다 남긴 / 별것도 아닌 음식인데 / 너무 반가워하니 / 오히려 미안하다.

그다음 《엄마의 런닝구》에 나오는 '땅바닥'을 읽어 주고 눈에 보이는 대로 써 보라고 했다.

땅바닥   경산 부립초 6학년 박치근

길을 걸으면서
땅바닥을 자세히 보면
한쪽 날개 없는 파리가
이이잉 이이잉 발버둥치고
다리 세 쌍 달린 까만 벌레가
골목을 왔다 갔다 한다.
집 잃은 거미
먹이 물고 가는 개미
나무에서 떨어진 풍뎅이
땅강아지
지렁이도 나온다.
도로 위에는 이름 모르는 시체
머리밖에 없는 개구리
다리를 다쳐 절뚝거리며
도로를 지나간다.
사람 보고 날아가는 참새
땅을 자세히 보지 않고 걸으면
힘 없는 벌레들이
죽는 줄 모른다. (1987. 11)

5학년 세라는 밖에 나가서 천천히 둘러본다. 밭에 풀이 나왔나 보기도 하고 새소리를 가만히 듣기도 한다. 5학년 유정이는 학교 옆에 있는 가겟집에 가서 개를 살펴보고 뭐라고 쓰더니 방울나무 있는 데로 와서 또 뭘 쓰기 시작한다. 5학년 아름이는 나가자마자 후딱 써 놓고는 6학년 별님이와 목지놀이를 한다. 6학년 금선이와 혜진이는 둘이 웃으며 손잡고 돌아다니더니 계단에 앉아서 턱을 괴고 쓰기 시작한다. 아이들이 공책에 쓴 글을 집에 가져가서 읽고 글 밑에 내 생각을 적었다.

봄이 오는구나 6학년 이금선
아침부터 새소리가 들린다./봄이 오는구나.//시냇물 소리가 '졸졸졸'/흐르는 소리가 들린다./봄이 오나 보다.//땅에서 파릇파릇/새싹이 돋고 있다./봄이 오나 보다.//어젠 봄비가 내렸다./봄이 온다는 소식이다. (……)

금선이 시에도 봄이 오는구나. 그런데 어제 보니 금선이가 학교 계단에 턱을 괴고 앉아 있던데 어떻게 "졸졸졸" 흐르는 시냇물 소리를 들었겠니. 더구나 그저께 비도 많이 오고 해서 개울물이 불어났으니 물소리가 "졸졸졸" 하지 않을 거야. (……)

봄 오는 소리 6학년 차혜진
푸르게 우거진 숲속 한가운데에/맑은 시냇물이 졸졸졸 흐르고/있습니다.//나뭇가지에는 새들끼리/짝지어 노래를 부르고/시냇물은 졸졸졸 노래를/부르고 있습니다.//벌들과 나비들은 봄이/왔다고 잠에서 깨어나/훨훨 날아다닌다. (……)

그런데 내가 산을 보니 아직 나뭇잎이 돋지 않아 바짝 말랐는데, 어디 산이 푸르게 우거졌는지 모르겠다. 그리고 우리 집 벌을 보니까 잠깐 나와서 벌통 앞에서 어른어른하다가 다시 들어가더라. 나는 아직 나비를 못 보았지만 5학년 아름이가 어제 보았다니까 혜진이도 보았겠지. 그러나 훨훨 날지는 않을 거야. 아름이 말대로 아직 날개에 힘이 없어서 조금 날다가 쉬고 쉬고 할 거야. (……)

개가 똥을 싼다. / 드럽다. / 우습다. / 귀엽다. / 나중에 똥이 굳었다. (김유정)

본 대로 쓴 것은 잘했다. 그런데 좀 급하게 쓴 느낌이다. 더 천천히, 한 가지를 오랫동안 자세히 살피면 '사랑'의 느낌이 더 묻어나는 글이 될 것 같은데.

둘째 날

월요일 아침, 교실에 들어가서 글쓰기 공책에 아이들이 쓴 글과 내가 밑에 적어 놓은 글을 읽어 주고는 집 가기 전까지 쓰고 싶은 사람은 써 보라 했다. 5학년 아름이는 '거름 나르는 아저씨' 본 이야기를 쓴다고 하고, 5학년 세라는 토요일에 쓴 글을 다듬어 보겠다고 했다. 내가 말하는 동안에 5학년 유정이는 밖을 내다보며 글을 쓰고 있다. 집 가기 전까지 아이들이 써낸 글이다.

거름 나르는 아저씨   5학년 최아름

칼칼칼칼

경운기 소리

가라피 사는 아저씨

소똥을 경운기로 한 차 싣고

우리 마을 논으로 온다.

아랫논에 군데군데 쏟아 놓고

또 가라피에 갔다가

웃논에 군데군데 쏟아 놓고

휴, 똥 냄새

우리 아버지 방구 냄새보다 독하다.

선생님이 똥 냄새는 고향 냄새라는데

이런 게 고향 냄새인가.

아저씨는 여섯 시간을 참고

왔다 갔다 한다.

아저씨는 쉬지도 않나?

나는 소똥 나르는 아저씨 마음을 안다.

죽어라 힘써서

아들 딸 공부시키는 것 땜에

일한다는 것을. (1999. 3. 7)

산까치   5학년 노세라

교문 앞

자작나무 위에서

산까치가 삐유 삐유

누구와 이야기하듯

소리를 낸다.
내가 보고 있으니
저 멀리 날아간다.
날아가면서
날개를 힘차게
접었다 핀다.

밖을 내다보던 유정이는 이런 시를 썼다.

이젠 봄인데 왜 눈이 오는 걸까? / 근데 눈이 오는 모습이 아름답다. / 아깐 눈이 쪼꼼씩 왔는데 이젠 / 많이 온다. / 땅에 눈이 쌓이려다 녹고 쌓이려다 녹는다. / 나무엔 쌓인다. / 점점 많이씩 온다. / 눈송이도 커진다. / 찻길에 있는 개와 가겟방 개는 추워서 개집으로 들어가서 / 벌벌 떨고 있을까? / 눈아 겨울엔 오지 않았으면서 / 왜 이제 오니? / 개는 얼마나 추울까? / 털이 있어서 괜찮겠지만 따뜻해야 하는 봄날에 또다시 겨울로 만든 눈. / 개는 지금 뭐하고 있을까? / 추워서 자기 몸을 핥고 있기도 하겠지. / 봄에 이렇게 추우면 개들은 추워서 잘못하면 얼어 죽겠다. / 눈아 오지 마라. / 개들 추워서 얼을라.

글이 좀 늘어지는 느낌이다.
"유정아, 너 마음속에 무엇이 들어와 있었니?"
"눈이 와서 떨고 있는 개 모습이요."
"그러면 개한테 마음을 모아서 다시 써 봐."

그래서 유정이가 다시 쓴 글이다.

봄에 오는 눈   5학년 김유정
이젠 봄인데 왜 눈이 오는 걸까?
아까는 쪼끔씩 왔는데 이젠 많이 온다.
점점 되게 많이 온다.
눈송이도 커진다.
찻길 밑에 개와 가겟집 개는 추워서
개집으로 들어가 벌벌 떨고 있을까?
추워서 자기 몸을 핥기도 하겠지.
따뜻해야 하는 봄날을 또다시 겨울로 만든 눈.
눈아 오지 마라.
개들 추워서 얼을라.

셋째 날
화요일 아침, 교무실에 있는데 아름이가 공책을 들고 오며
"선생님 저 썼어요" 한다. 너무 예쁜 아름이. 아름이는 늘 이
야깃거리가 넘치는 아이다. 아름이 글을 읽었다. 장작 패는
이야기를 썼는데 열 번째 줄을 "한 번은 오른쪽에서/한 번
은 왼쪽에서 내리치니/짝 벌어진다"고 썼길래 "나무를 그렇
게 패는 사람이 있을까? 그럴 수도 있겠지만 확실하지 않은
데 억지로 자세히 쓸 필요는 없어. 자신 있으면 그냥 두고. 그
리고 아버지 장작 패는 모습을 조금 더 써 봐" 했더니 교실에
가서 다시 쓴 글이다.

팍! 딱! 팍! 딱!

힘쓰며

장작 패는 아버지

겨울인데

이마에 땀이

동글동글 조금씩 맺혀 있다.

도끼를 내리칠 때마다

흡! 흡! 흡! 하며

나무를 패신다.

한 번 내리치고 또 한 번

짝 벌어진다.

여러 번 장작을 패시다

허리를 펴신다.

엄마는 장작을 쌓는다.

우리는 장작을 나른다.

할머니는

힘든데 그만 해, 내일 내 할게.

아버지는 기어코

다 패고 말았다. (1999. 3. 8)

세라는 눈물이 많은 아이다. 내가 동화나 시를 읽어 줄 때 슬픈 이야기가 나오면 눈물을 흘린다. 남한테 화내는 걸 못 보았고, 청소를 열심히 한다. 어제 할머니 이야기를 쓴다고 하더니 이런 시를 써 왔다.

할머니는 밥을 꽤적꽤적 먹으면 안 된다고 하신다.

우리에게 작은 것부터 알려 주신다.

넷째 날

수요일 아침, 교실에 들어가니 글을 써 온 아이가 아무도 없
다. 풀 죽은 얼굴로 서 있으니 아름이가 "저는요, 뭘 쓸지 생
각해 왔어요. 지금 쓸 거예요" 한다. 세라는 지금 밖에 나가서
한 가지를 자세히 보고 쓰겠다고 하고, 유정이는 어제 보고
느낀 것을 쓰겠다고 한다.

닭   5학년 최아름

신작로 옆 거름더미 위로

닭들이 궁뎅이를 치켜들고

거름을 파 둥긴다.

날개를 퍼덕거리며

껑충 뛴다.

서로 머리를 맞댄다.

거름더미는 꼭

닭들의 놀이터 같다.

"닭이 이렇게 했어요, 이렇게" 하며 엉덩이 내밀고 손으로
뭘 파헤치는 시늉을 하더니 쓴 글이다.

마른 나뭇잎   5학년 노세라

벚나무에

기어이 매달려 있는

바싹 마른 나뭇잎 하나.

벚나무 가지마다

새로 싹이 돋으려고 하는데

눈, 비

다 겪고

떨어지지 않은

나뭇잎 하나. (1999. 3. 10)

죽은 새   5학년 김유정

교통사고로 목숨을 잃은 작은 새

3학년 승찬이가 죽은 새를 손에 들고 웃으며

"나 이 새 구워 먹을 거다."

하며 장난을 쳤다.

2학년 아이들이 운다.

미경이는 한쪽 팔로 얼굴을 가려서 울고

효정이는 쪼그려 앉아서 운다.

나라면 묻어 줘서

하늘로 보냈을 텐데.

나무   6학년 차혜진

아침 일찍 일어나

학교에 오는 길

나무가 보인다.

자두나무 벚나무
여러 가지 나무가 보인다.
가지만 남아 있는 앙상한 나무
빨리빨리
푸른 잎으로 덮여라.

　나흘 동안 글쓰기를 했는데 날이 추워서 아쉬웠다. 새싹이 나오고 꽃도 피는 봄이 와서 아이들이 너무나 글을 쓰고 싶어서 참지 못하는 때가 어서 왔으면 좋겠다. 아이들한테 틈나는 대로 열심히 써 보자고 했다.
　"얘들아, 나흘 동안 애썼다. 앞으로 살아가면서 무엇을 보고 듣고 마음이 움직일 때가 있으면 글을 써 봐. 글을 써야겠다고 마음먹고 있으면 모든 것이 다 공부거리가 될 수 있어. 작은 일도 그냥 지나치지 않고 관심을 갖게 될 테니까."

*탁동철 양양 오색초

환히 보이게,
묻고 답하며 써 보기

국어 시간, '시의 일부분을 바꾸어 쓰는 방법'

　5학년 1학기 《말하기·듣기·쓰기》에 있는 내용이다. '닭들에게 미안해'라는 시를 읽고 그럴듯하게 바꾸어 놓았다. 이렇게 하면 "시를 쉽게 쓸 수 있고, 생각을 많이 해서 좋다"고 설명해 놓았다. 과연 그럴까? 말만 바꾸어 놓으면 새로운 시가 되나? 하기야 동무가 쓴 시를 보고서 내용만 바꾸어 쓰는 애들이 있긴 하지. 하지만, 그런 시는 맛이 떨어진다. 자기 삶에서 꺼낸 게 아니면 더욱 그렇다. 교과서에 있는 대로 시를 공부하려고 하니까 거부감이 생긴다.

　탁동철 선생님이 나흘 동안 아이들과 시 쓰기 공부한 것을 읽었다. 이게 낫겠다. 시간을 두고 하진 못하지만 하루만이라도 해 보자. 탁 선생님이 한 것처럼 시를 쓰기 전에 아이들에게 먼저 시 쓰는 것을 보여 주자. 묻고 답한 것을 칠판에 써 보자. 무엇으로 해 볼까? 탁 선생님은 개 이야기를 나누면서 시를 써 보였다. 난 뭘로 해 볼까? 지금 내 마음에는 무엇이 남아 있나?

　"난 하달리 선생님(아내) 이야기로 시를 써 보려고 하는데 무슨 이야기인지 궁금하지?"

"아니요!"

글을 쓰자 하면 싫다 하는 아이들이다. 거기다 대고 먼저 쓰자는 이야기를 꺼냈다. 시 쓴다는 말을 빼고 시작했으면 좋았을걸. 그냥 하달리 선생님하고 아침에 있었던 이야기 좀 해 줄게 하면 되는데. 어쨌거나 이럴 땐 교과서가 무기다.

"어, 그럼 교과서 펴자. 오늘 아침 무슨 일이 있었는지 물으면 내가 가르쳐 줄라 했는데."

마지못해 묻는다.

"무슨 이야기 쓰려고요?"

"아내한테 미안한 이야기."

"뭐 때문에 미안한데요?"

"아침 일을 같이 하지 못해서."

"무슨 일이요?"

"밥하고, 차리고, 애들 씻기고 옷 입히고 그런 일. 난 이불만 개고, 식탁에 앉았지. 밥 먹고 나오는데 많이 미안테. 그래서 옆구리를 간질였지."

처음에 조금 묻다가 줄곧 나 혼자 말을 해 버렸네. 시들해진다. 시이든 일기이든 지금 이 아이들에게는 노는 것보다 못하다. 곧 시험인데. 그냥 밖에 나가서 피구 하자 이러면 소리치며 난리일 텐데. 아이들에게 텔레비전 화면을 보여 주면서 묻고 답했던 것을 정리하는 기분으로 시를 썼다.

아침에

아내는 밥하고 / 식탁 차리고 / 셋째 씻기고 옷 입히고 / 나는/나 하나 씻고/이불 개고/차려놓은 밥상에 앉았다./아내가 셋째 가방 챙겨주는 동안/나는 앉아서 밥을 다 먹었다./학교 간다고/"나 먼저 간다. 안녕"/인사하니까/"당신은 좋겠다. 자기 것만 챙기면 되니까."/어깨를 주무르고/옆구리를 간질이면서/"미안해. 아, 내가 왜 그러지?"/"학교 늦겠다. 먼저 가요."

　내 부끄러운 아침이다. 아이들에게 이런 내 모습을 보여 주는 게 무슨 의미가 있을까? 지금 내 마음에 남아 있는 걸로 썼다. 내 시가 잘되었다고는 못 하겠다. 그래도 묻고 답한 것을 써 보이는 과정이 나타나니 좋다. 오늘 아침 있었던 일로 지금 내 마음에 남아 있는 걸 묻고 답하듯 너희들도 한번 써 보자.

　울음소리　5학년 임혜진
　울음소리가 옆방에서 들려온다.
　온 식구 다 자고 있지만
　쌍둥이 셋째, 넷째는 울고 있다.
　온 가족이 울음소리에 깼지만
　시간은 다섯 시 반
　온 식구가 다시 자려고 했지만
　나는 잠이 안 와
　옆방으로 갔다.
　옆방에는 셋째, 넷째가 따로 놀고 있다.
　나는 셋째, 넷째랑 같이 놀았다.

놀고 있는 동안 온 식구는 다 잔다.

오늘 아침 전학 왔다. 오자마자 시 쓰기. 글을 쓰고 있는데 혜진이가 내게 와서 묻는다.

"선생님, 꼭 아침에 있었던 일을 써야 해요?"

"어떻게 써야 할지 막막하제?"

혜진이는 이렇게 글 쓰는 것이 처음인 것 같다. 지어내지 말고 떠오르는 대로 쓰면 된다고 일렀다.

배고픈 아침   5학년 허준영

오늘 아침에는 배가 고프다.

집에서는 빵 한 조각과 우유 한 잔으로 아침을 때웠다.

내 배는 꼬르륵 꼬르륵 하면서 울고 있다.

나는 그래서 엄마에게 "엄마, 밥은 없어요?"라고 물었다.

엄마는 "없다. 아빠가 다 먹고 갔네."

나는 충격 받았다.

아침밥을 대충 먹은 날은 점심밥을 빨리 먹고 싶다.

아침   5학년 안무진

아침에 엄마가 깨웠다.

아무것도 안 먹고

부모님이 회사 갔다.

난 잤다.

일어나니 8시 30분이다.

자주 지각하는 무진이. 언젠가 왜 지각하느냐고 물었더니, 텔레비전 본다고 늦었다 했다. 늦었지만, 내게 솔직하게 말해 준 무진이를 나무랄 수는 없었다. 그래도 자꾸 늦으니 곱게 봐지지 않는다. 나도 모르게 벼르게 된다. 화가 차오른다. 그러고 있는데 무진이 시를 보니까, 화가 빠져나가는 것 같다. 마음이 달라진다. 아침, 부모님이 회사 가고 혼자서 아무것도 먹지 못하고 학교 갈 준비해야 하는 무진이를 생각하니까 늦었다고 야단칠 수가 없다.

아침   5학년 이동준
할머니가 깨운다.
벌떡 일어나고 싶다.
하지만 몸이 거부한다.

웃음부터 난다. 덩치 큰 동준이가 벌떡 일어나는 모습이 상상이 안 가지. 자기도 일어나고 싶지. 그런데 어디 마음처럼 되나. 그래, 동준이 입에서 터져 나온 말, '몸이 거부하지'

운동화   5학년 윤재민
아침에 엄마랑 싸웠다.
새로 산 운동화 신어라고 하고
나는 싫다 하고
계속 계속 싸웠다.
엄마가 운동화를 버린다고까지
말해서 어쩔 수 없이 신었다.

아침부터 엄마랑 싸우니

기분도 좋지 않고

친구랑 이야기하면서 와도

교실에 들어와도

기분이 안 좋다.

운동화만 봐도

그 생각이 난다.

아침에 식구들과 다투면 학교 와서도 생각이 난다. 내가 아
내 생각에 마음이 무겁듯 재민이는 엄마 생각에 마음이 무거
울 거다. 이 시를 쓰면서 재민이는 자신을 봤다. 지금 시를 쓰
고 나서는 어떤 마음이 들까? 엄마한테 미안해할 게다. 운동
화만 봐도.

아침 5학년 박예린

매일 아침 일어나기가 싫다.

오늘도 역시 일어나기가

너무너무 싫다.

7시 30분이면 엄마께서

"일어나라" 하신다.

난 "10분만 더" 한다.

10분 뒤 나는 세수하고 양치한다.

우리 동생은 욕조 옆에 앉아서

양치하나 했더니 얕은 잠에 빠졌다.

엄마가 "유린이 자나? 귀엽고로" 한다.

양치하고 세수하고 나오니

잠이 또 온다.

소파에 누웠다.

엄마가 옷을 내주신다.

옷 입고 밥 먹고 나온다.

친구 기다리면서 동생과

그네를 탄다.

잠이 싹 가신다.

예린이 집 아침이 그려진다. 세수하고 잇솔질하는 동생이 잠에 빠져든 모습을 그려 본다. 모자란 잠에 소파에 또 눕고. 그런 예린이를 어머니는 야단치지 않고 옷을 내주신다. 우리 집 같으면? 예린이 집 아침은 바쁘지만 평화롭게 느껴진다. 장소가 바뀌는데 자연스레 이어진다.

바쁘다 바뻐   5학년 이효리

아침만 되면

난 어른보다

직장인보다

바쁘다 바뻐.

그 학교 하나 때문에

그 버스 하나 때문에.

내 몸은

바쁘다 바뻐.

6시 50분에 일어나면

스트레스가 머리끝까지
차오른다.
버스 타면 나만 졸고
나만 바쁘게 보인다.
바쁘다 바빠.

시험 기간. 더 바쁠 때다. 더 스트레스 받을 때다. 버스 타고 오는 효민이. 난 몰랐다. 걸어서 오는 줄 알았다. 이렇게 생활 속 이야기를 글로 쓰다 보면 새로운 사실들을 본다. 그 사실이 아이들을 이해하는 마음을 갖게 하고, 내 감정을 순하게 한다.

아이들이 무엇을 써야 할지 잘 모를 때 난 묻는다. 아이들은 그 물음에 답한다. 그러고는 이렇게 말한다. "그래, 나한테 해 준 그 이야기를 쓰면 돼."

오늘 시 쓰기도 그렇다. 대신 아이들이 먼저 묻고, 내가 답한 것을 글로 옮겼다. 아이와 내 자리를 바꾼 것이다. 글은 이렇게 묻고 답하며 쓰면 슬슬 풀리는 것 같다. 그런데 그런 물음을 던질 아이들이, 선생이 없다면 어떻게 해야 하나?

"애들아, 어떻게 써야 할지 막막할 때는 내가 묻고, 내가 답하면서 그걸 글로 옮겨 보자. 글쓰기는 나와 이야기 나누는 거지. 그걸 글로 쓰면 되는 거야."

번뜩 떠오른 생각들을 애들에게 자랑삼듯 말했다. 이 말을 애들이 새겨들었을라나? 내게 한 말 같다. 내가 글을 쓸 때 그렇게 쓰자고 말하는 거지.   *금원배 양산 평산초

감흥을
되살려 쓰기

1 교재 새봄

2 목표 자연이나 삶의 현장에서 새봄의 모습들을 보고

그 감흥을 시로 쓰게 한다.

3 시간 계획 1차시 - 감흥을 되살려 쓰기 지도

2차시 - 시 감상 비평 지도

4 준비 새봄이 오는 들판에 나가 겪어 보고 살펴보기, 나들

이 갈 수 있도록 책받침과 공책, 필기구 준비 (새봄

나들이 나가서 시 쓰기를 할 경우)

5 시 쓰기 지도 방법

1차시 감흥을 되살려 쓰기 지도

여러분 시란 무엇일까요? 한마디로 말하기란 참 힘들겠지요.
그래서 여러 가지로 말하고 있지만 그 가운데도 시를 읽었을
때 '참 그렇구나! 하고 느끼는 것'이 매우 중요하다고 봅니다.

이렇게 볼 때 여러분들이 쓰는 참된 시는, '살아가면서 그
때그때 부딪히는 온갖 일들에 대해서 느끼고 생각한 것(감
동)을 될 수 있는 대로 짧은, 꼭 써야 할 자기의 말로 토해 내

듯이 쓴 것'이라고 말할 수 있겠습니다.

여러분들이 지금까지 시라고 읽어 온 것들은 대부분 '참!' 하고 느낄 수 있는 삶이 없이 말만 요리조리 끼워 맞추어 쓴 시입니다. 다시 말해 감동이 없는, 시 같지 않은 시라고 생각하면 되겠습니다. 그러니 지금까지 보아 온 시는 모두 지워 버리는 것이 좋습니다. 무엇보다 자기 마음속에 있는 간절한 생각이나 또렷이 남아 있는 느낌이 중요합니다.

다음의 시를 맛봅시다.

팔려 가는 소　　경산 부림초 6학년 조동연

소가 차에 올라가지 않아서
소장수 아저씨가 '이라' 하며
꼬리를 감아 미신다.
엄마소는 새끼 놔두고는
안 올라간다며 눈을 꼭 감고
뒤로 버틴다.
소장수는 새끼를 풀어 와서
차에 실었다.
새끼가 올라가니
엄마소도 올라갔다.
그런데 그만 새끼소도
내려오지 않는다.
발을 묶어 내릴려고 해도
목을 맨 줄을 당겨도
엄마소 옆으로만

자꾸자꾸 파고 들어간다.

결국 엄마소는 새끼만 보며

울고 간다. (1987. 12. 18)

어떻습니까? '찡' 하고 울리는 것이 있지요. 이렇게 찡하고 울려 오는 것이 있는 시가 진짜 시라 말할 수 있겠습니다. 어떤 시가 진짜 시인지 잘 알겠지요. 그러면 지금부터 진짜 시 쓰기를 해 봅시다.

① 무엇을 쓸까 찾아보기

여러분, 들판에도 나가 보고 강이나 개울에도 나가 보았지요. 양지바른 언덕의 마른 풀 밑에는 벌써 이름 모를 새싹이 돋아나고 있을 것입니다. 뾰족이 내미는 새싹을 보고 있으면 정말 신비하다는 느낌도 갖게 될 것입니다. 겨우내 움츠리고 있던 동물들도 이제 활발해졌지요. 농사꾼인 우리 아버지 어머니는 무엇을 합니까?

이렇게 보고, 듣고, 겪고, 느낀 이른 봄의 모습들을 떠오르는 대로 본 것, 한 일, 놀이, 들은 일, 생각한 일, 그 밖의 일 따위로 나누어 제목을 모두 적어 봅시다. (잠시 아이들이 쓸거리들을 생각나는 대로 적도록 한다.)

② 가장 감동 있는 글감 고르기

다음은 쓸거리 찾기에서 언뜻언뜻 떠올랐던 글감들 가운데 가장 또렷하게 마음에 남아 있는 글감, 다시 말하면 놀랍고 새로운 발견이 있거나 깊이 느낀 것이 있어 '참 그렇구나!' 하고 느껴지는 것, 찡하게 울려 오는 것이 있는 글감을 하나 골라 보세요. (아이들이 각자 글감 하나를 고른다.)

③ 또래 아이들 시 맛보기

글감을 골라 두었으면 내가 읽어 주는 여러분 또래 동무들의 시를 맛봅시다. (두세 편의 시를 또박또박 읽어 준다. 읽어 주는 시는 봄을 주제로 하고 진정한 삶이 담겨 있는 시라야 한다. «허수아비도 깍꿀로 덕새를 넘고»나 «일하는 아이들»에서 봄에 관계되는 시를 읽어 주면 좋다.)

지금 맛보기한 시들을 흉내 내지 말아요. 앞서 이야기했듯이 자기 자신만이 보고, 듣고, 느낀 감동을 써야 자기의 시가 되는 것입니다. (잠시 한숨 쉬고, 겪어 보기로 들어간다.)

④ 마음과 몸짓으로 다시 겪어 보기

조용히 눈을 감으세요. 그리고 골라 놓았던 글감에 대해 그때 그 일로 돌아가 다시 겪어 보도록 합시다. 그때 그 모습, 그때 나 자신도 모르게 중얼거렸던 말, 행동, 놀라움 따위를 잘 살려 내도록 해야 합니다. 때로는 손짓 발짓도 해 가며 그 일에 빠져들어 가면 더욱 좋습니다. (들판에 나가서 시를 쓰도록 하면 더욱 좋겠다. 그때는 아이들이 우르르 모여 있지 않고 혼자 앉아서 겪어 가며 그 일에 빠져들어 가도록 하는 것이 좋다.)

⑤ 감동을 되살려 시 쓰기

'겪어 보기' 할 때 떠올랐던 그 감흥이 깨어지지 않게 쉬지 말고 바로 이어서 시를 쓰세요. 쓰다가 쉬거나 다른 생각을 하면 떠올랐던 감흥이 어느새 달아나 버릴지도 모릅니다. 마음의 움직임을 빠뜨리지 말고 자세하게, 생생하게 잡아서 쓰도록 하되, 필요 없는 설명은 넣지 않도록 말을 아껴서 꼭 해야 할 말만 써야 합니다. 하지만 너무 신경 쓰지 말고 자유스럽게 써 내려가세요. (겪어 보기와 시 쓰기는 따로따로 떼어서 하지 않고 바로 이어지도록 해야 한다.)

⑥ 고치고 다듬기

시를 다 썼으면 먼저 찬찬히 한번 읽어 봅시다. 충실하지 못한 곳이 어디인가 알아보고 그 부분 부분을 자세하게 겪으면서 미처 떠올리지 못했던 감흥을 살려 보태어 적어 봅시다. 다른 사람들이 보았을 때 무엇을 썼는지 알 수 없겠다 싶은 곳은 없는가, 확실하지 않는 표현은 없는가, 사실과 맞지 않는 곳은 없는가, 자기의 말이나 꼭 맞는 말로 썼는가도 살펴서 고쳐 적어 봅시다. 이렇게 내용을 충실히 보태어 적은 뒤에 같은 말이나 비슷한 말이 쓸데없이 되풀이되거나 어떤 말을 빼어 버려도 뜻이 통할 때는 그 말을 빼어 버립시다. (그다음 형식 부분을 하나하나 지도해 나간다. 내용을 고쳐 쓰도록 지도한다 해도 한 번에 한두 가지씩 해 나가는 것이 좋다.)

2차시 시 감상 비평 지도

이번 시간에는 지난번에 쓴 시 가운데 몇 편을 다 같이 감상해 보겠습니다. 우리가 다 같이 감상하고 따져 보는 것은 우리 삶을 더 풍부하게 가꾸고, 정신을 한층 더 끌어올리려는 것이지만 더 좋은 시를 쓰기 위함이기도 합니다. 그러니 자기의 생각을 감추지 말고 말해야 합니다. 먼저 다음 시를 읽어 봅시다. (칠판에 다음 시를 적고 조용히 읽어 보게 한다.)

봄　경산 부림초 6학년 한진숙

바람이 분다.
까만 비닐봉지도 날리고
내 마음도 날린다.
금호강을 보니
아아, 시원하다.
새들이 날고 있다.
그 바람에 마음이 커지는 것 같다.
그 바람이 봄을 불렀는가?
밭가에 보니
냉이가 속곳속곳 올라온다.
쑥도 강아지 귀처럼
쫑긋쫑긋 세웠다.
아이들 셋이 웃으며
밀고 당기며
냉이 캐러 간다. (1991. 3)

읽어 봤으면 자기가 느끼는 생각을 누구라도 말해 봅시다.

아이1 ｜ 내가 들판에 나가 보았는데 정말 냉이와 쑥이 올라와서 봄이 찾아온 느낌이 들어요.

아이 2 | 따뜻한 봄에 냉이 캐러 가는 모습이 떠오르고 봄이 온 느낌이 납니다.

아이 3 | 냉이 캐러 가는 게 꼭 봄맞이하러 가는 것 같아요.

(여러 아이들에게 발표를 시키고, 종이쪽지에 감상한 느낌을 짧게 적어 내도록 하는 것도 좋겠다.)

나도 이 시를 읽으니 어릴 때 생각이 납니다. 따뜻한 봄날에 누나 따라 나물 캐러 많이 갔지요. '아, 그렇지!' 하는 느낌이 나는 좋은 시인 것 같아요. 다시 시의 내용을 살펴봅시다.

바람이 분다./까만 비닐봉지도 날리고/내 마음도 바람에 날린다.

그렇지요. 아주 맑아서 햇볕이 따뜻하게 쬐어 주는 봄날에 들판에 나서면 훈훈한 바람이 들판 저쪽에서 살랑 불어오지요. 머리카락이 멋대로 날리고, 옷자락도 한번씩 날리지요. 아마 들에 까만 비닐봉지가 하나 떨어져 있었던 모양이지요. 비닐봉지가 이따금 날리는 좋은 봄날이니 지은이의 마음도 봄바람에 날릴 수밖에요.

금호강을 보니/아아, 시원하다./새들이 날고 있다./그 바람에 마음이 커지는 것 같다.

또 시원스레 굽이쳐 흐르는 강을 보니 얼마나 시원하겠어요. 거기다 그 맑은 하늘 가운데 새들이 마음껏 날고 있으니 마음은 부풀어 풍선처럼 되겠지요. 마음이 한껏 커지겠지요.

그 바람이 봄을 불렀는가? / 밭가에 보니 / 냉이가 속곳속곳 올라온다. / 쑥도 강아지 귀처럼 / 쫑긋쫑긋 세웠다.

멀리서 봄바람이 봄을 불러왔다고 한 것은 마치 지은이 자신이 봄을 당겨 온 것같이 느껴지지요? 지은이는 또 멀리 바라보다 바로 앞의 밭둑에 눈을 돌렸지요. 그래 보니 냉이도, 쑥도 올라옵니다. 봄기운이 쑥쑥 올라오는 게지요.

아이들 셋이 웃으며 / 밀고 당기며 / 냉이 캐러 간다.

다시 저쪽 편에 보니 겨울 동안 웅크려 지내던 아이들이 장난을 쳐 가며 봄맞이하러 갑니다. 지은이가 봄을 맞이하는 기쁨을 시로 썼다는 것을 쉽게 알 수 있지요.

봄 봄 바쁜 봄 / 메말랐던 나뭇가지 / 눈 틔우기 바쁘고 // 봄 봄 바쁜 봄 / 진달래 개나리 / 고운 옷 입기에 / 바쁘고.

이렇게 머리로 꾸며 낸 삶이 없는 시와는 다르지요. 따져 보기는 있다 다시 하기로 하고 다음 시를 감상해 봅시다.

냉이   경산 부림초 6학년 허미경
싸늘하게 불어오는 바람
살갗이 차갑다.
손 시려 호호 불다
다리 사이에 넣고 비비면

화끈하다.

땅에 납작 붙어 있던 냉이가

얼굴을 내밀더니

이제는 시끌벅적 올라온다.

냉이를 캐 보면

약하고 길다란 뿌리가

쭉 뻗었다.

아직 아무도 보지 않고

아직 아무도 만지지 않아서

깨끗하고 하얀 뿌리,

냉이를 캐면

손이 시려도 재미가 난다. (1991. 3)

들판   경산 부림초 6학년 양정실

들판에 없던 풀들이

모습을 조금씩 내민다.

딱딱한 땅 밑에 있던

보이지 않던 풀들도

군데군데 보인다.

딱딱한 땅들이 녹아서

물렁물렁

거미줄처럼

갈라졌다.

누렇게 마른 풀들은

사람에게 밟힌다. (1991. 3)

이 시도 이른 봄의 모습이지요. '봄'과 '냉이'와 견주어 그 느낌을 한번 이야기해 봅시다.

아이1 | 이 시도 '봄'처럼 겨울 동안 얼었던 땅이 녹으며 봄이 오는 느낌이 나타납니다.

아이2 | 그런데 앞에 시들보다는 감동이 덜한 것 같아요.

교사 | 왜 그럴까?

아이2 | "들판에 없던 풀들이 / 모습을 조금씩 내민다. / 딱딱한 땅 밑에 있던 / 보이지 않던 풀들도 / 군데군데 보인다" 하는 부분이 생생하게 나타나지 않아서 그런 것 같은데요.

교사 | 그래 내 생각도 그래요. 삶이 없이 머리로 꾸며 쓴 것은 아니지만 좀 더 생생하게 붙잡아 내지 못한 것 같아요. 여러분 생각은 어때요?

(아이들이 그렇다는 대답을 하거나 다른 의견이 나올 수 있다. 이렇게 아이들이 자기 생각을 발표하도록 잘 이끌어 낸다.)

지금까지 어떤 느낌(감동)을 받았는지 감상했습니다. 또 생생한 삶이 나타나 있느냐 하는 것도 알아보았습니다. 이제는 어떤 곳이 표현이 잘되었나, 진짜 지은이 자신이 겪은 데서 나온 살아 있는 말인가, 좀 더 자세하게 표현했으면 싶은 곳은 없는가, 군더더기 말은 없는가 따위를 살펴보도록 합시다.

아이1 | '봄'에서 "냉이가 속곳속곳 올라온다"와 "쑥도 강아지 귀처럼 / 쫑긋쫑긋 세웠다"의 표현이 참 좋습니다.

아이2 | 저는 '냉이'가 '봄'보다 더욱 생생하고 좋은 것 같

습니다. 특히 "땅에 납작 붙어 있던 냉이가" "이제는 시끌벅적 올라온다." "아직 아무도 보지 않고 / 아직 아무도 만지지 않아서 / 깨끗하고 하얀 뿌리" 하는 곳은 더욱 살아 있습니다.

아이 3 ｜ '들판'은 좀 더 자세하게 표현했으면 좋겠습니다.

교사 ｜ 어떤 부분을 자세하게 나타냈으면 좋겠습니까?

(자세하게 표현했으면 싶은 부분을 아이들이 찾아 이야기 하도록 한다. 교사도 그 부분을 찾아보고, 예를 들어 어떻게 표현하면 좋은지 발표하도록 하는 것도 좋은 공부가 될 것이다. 또 교사는 표현이 생생하게 잘된 부분을 종합해서 이야기 해 주어야 한다. 그리고 아주 잘못된 시도 다 같이 따져 보도록 하고, 시간이 많으면 반 아이들의 시를 모두 발표시켜 한 마디씩 해 주는 것이 좋겠다.)

지금까지 여러분들이 쓴 시를 감상하며 따져 보기도 했습니다. 어떻게 써야 감동을 받을 수 있는 시를 쓸 수 있습니까? 첫 시간에 이야기한 것처럼 살아가면서 그때그때 부딪히는 온갖 일들에 대해서 느끼고 생각한 것(감동)을 될 수 있는 대로 짧은, 꼭 써야 할 말로 토해 내듯이 써야 한다는 것을 잊지 맙시다.

＊이호철 청도 덕산초

마음 그물을 펴고
천천히

얘들아, 왜 이러니?

올해 5학년을 맡았다. 올해 맡은 아이들은 유난히 말을 참 거칠게 한다. 한 아이가 발표를 잘해 내가 칭찬하면 한 아이가 입을 삐쭉이며 "참 재수 없다" 한다. 그 말을 들은 아이는 "니가 더 왕싸가지거든." 이런 식으로 큰 소리를 주고받으니 공부 시간이 재미있기는커녕 늘 아이들에게 설교를 늘어놓거나 사정을 하는 것으로 마무리가 되었다. 그러니 진도가 늦어져 진도 나가느라 바쁘고. 아이들에게 일기 이야기를 해 줄 시간도 없고, 어쩌다 좋은 일기를 만나도 때맞춰 읽어 주기가 힘들었다. 아이들에게 본래 마음을 찾게 해 주고 싶은데 바쁘다는 핑계로 시간만 흘러가고 나도 아이들에게 상처를 받고 있었다.

이 시가 왜 이리 맛이 없지?

9월 2학기가 시작되었다. 국어 첫 시간이 〈시의 여운〉이라는 단원이다. '빗방울의 발'이란 시를 읽고, 인상적인 표현을 찾아 표현에 어울리게 표정이나 몸짓으로 나타내는 단원이었다.

1학기에 시 공부를 몇 번 했더니 아이들 나름으로 좋은 시와 좋지 않은 시를 가리는 눈이 생긴 듯하다.

"이 시는 가짜예요. 빗방울마다 발이 있다고 하면서 소리는 막 지어냈어요."

"비유를 너무 심하게 해서요, 무슨 말인지 잘 모르겠어요."

"발소리는 지금 듣고 있는데요, 물이 튕긴 건 그다음 날에 찾았어요. '비 온 지난 밤 사이'라고 했잖아요. 그러니까 말이 좀 안 맞아요."

비유에 대해 배운 뒤라 그런지 아이들이 비유가 지나치면 오히려 시 쓴 이의 솔직한 마음을 알기 어렵다는 걸 느끼는 것 같다.

그런데 이렇게 말하는 우리 아이들은 비가 오면 비를 자세히 볼까? 학교를 오가며, 교실에서, 집에서 우리 아이들의 마음에는 무엇이 닿을까?

우리, 밖으로 나갈까?

아침부터 아이들이 인상을 찡그리며 내게 온다.

"샘, 비 와요. 에이씨, 우리 밖에 나가서 국어 공부 하기로 했는데. 아, 짜증 난다."

"비 오면 어때. 비 오니 더 좋네. 국어책에 있는 시로 비를 느끼는 것보다 너희가 직접 느끼는 게 더 좋잖아."

나가기 전에 마음 그물 이야기를 했다. 자기 마음의 그물을 펴고 마음에 어떤 것이 걸려드는지 살펴보라고 했다. 여기저기 마구 돌아다니면 그물이 엉성해서 걸려드는 것이 하나도 없을 것이니 비 내리는 속도에 맞추어 천천히 걷거나 한자리에 서서 둘레를 천천히 살피는 것도 좋은 방법이라고 했다. 우산에 떨어지는 빗소리도 들어 보고, 걸을 때 나는 소리도 들어 보고, 손으로 빗방울을 만져도 보라고 했다. 카메라가 급하게 이리저리 움직이면 보는 사람이 어지럽고 무엇을 비추는지 자세히 알기 어려우니 마음속에 든 카메라를 천천히 움직이며 마음에 담아 보라고 했다. 몇몇이 함께 다니면 오히려 방해가 되니 오늘은 한 사람씩 따로 다니자고 약속했다.

비가 와 공책을 들고 나가 쓸 수 없으니 마음에 무엇인가 담기면 그걸 잊어버리기 전에 빨리 교실로 올라와서 조용히 마음이 움직인 차례대로 글을 써 보자고 했다.

말은 쉽다만 내 마음에는 무엇이 담길까?
우산을 들고 모두 다 흩어졌다. 대숲으로, 운동장으로, 잔디밭으로, 철봉 아래로, 우리 아이들이 우산을 들고 아무도 없는 운동장을 차지하고 섰다. 안개비가 살살 뿌리는 날에 아이들이 조용히 사뭇 진지하게 서 있는 모습이 평화롭다.

운동장 한가운데에서 현수는 발로 물장난을 한다. 예진이는 향나무 앞에서 뚫어져라 뭔가를 보고 있다. 동준이는 우산을 쓰지 않은 채 "아이씨, 쓸 거 없네. 쓸 거 없으면 어떻게 해요 예? 예?" 중얼거리며 내 앞을 왔다 갔다 한다. 영준이는 "마음의 그물 그런 거 없는데요" 하며 계속 웃는다.

아이들에게만 마음의 그물에 뭘 담으라고 할 게 아니라 나도 함께 해 보아야 한다는 생각이 번쩍 들었다. 나도 아이들에게서 눈을 거두고 아이들과 똑같이 마음의 그물을 펴려고 애썼다. 야, 그런데 이거 정말 어렵다. 내 눈에 들어오는 것이 너무 많고, 늘 보던 것 같고, 들리는 소리를 어떻게 글로 나타내야 할지도 모르겠다. 아이들도 지금 나처럼 힘들겠구나. 내가 제대로 해 보지도 않고 아이들한테만 마음의 그물 어쩌고 했구나. 빗속에서 슬슬 장난치는 아이들이 보인다. 비보다 시보다 이렇게 평화로운 마음을 느낄 수 있으면 좋겠어, 얘들아.

도대체 무엇을 저렇게 쓸까?

교실에 올라오니 벌써 몇 아이는 글을 쓰고 있다. 하나둘 교실로 올라와 글을 쓰기 시작한다. 동준이는 다시 보챈다. "아무것도 본 거 없으면 어떻게 해요?" 글을 쓰지 않으려는 속마음으로 묻는 동준이에게 방금 내게 한 말 그걸 쓰면 된다고 했다. 아무리 둘러봐도 쓸 게 없더라고 쓰면 된다고 하니 머리를 긁으며 들어간다.

참 신기하네. 아이들이 조용히 앉아 글을 쓴다. 나는 쓸거리 찾는데 무척 힘들었는데, 우리 아이들은 도대체 무엇을 저렇게 쓸까? 나도 책상에 앉아 내 마음에 들어온 것을 놓치기 전에 글을 썼다.

시를 다 썼으면 손으로 가리고 한 줄씩 내려가며 글을 소리 내어 읽어 보라고 했다. 아이들이 시를 쓸 때 행을 아무 데서나 나누어 말이 이상할 때가 많다. 아무리 띄어 읽기, 쉬어 읽기를 강조해도 잘 되지 않는다. 그래서 시 다듬기를 할 때 책이나 공책으로 시를 가린 뒤 한 줄씩 아래로 내려가며 읽어 보라고 한다. 그러면 이 낱말을 위에 붙여야 하는지 아래로 내려야 하는지 조금 쉽게 아는 것 같다. 소리 내어 읽어 보면 귀로 직접 소리를 듣게 되니 마음속으로 읽을 때보다 빠진 말이나 호응이 맞지 않은 곳, 말의 앞뒤가 맞지 않는 곳이 더 잘 찾아진다. 아이들마다 글 쓰는 속도가 달라 다 썼다고 술 렁거리기 시작한다. 다 쓴 사람 가운데 나하고 함께 글다듬기를 해 보고 싶은 사람은 나오라고 했다.

눈을 감고 들어 볼까?
시를 쓰는 것도 중요하지만 오늘은 아이들에게 시를 쓴 동무들의 마음을 느끼게 해 주고 싶었다. 보통 때에는 실물화상기에 비춰 가며 시를 다 함께 읽거나 시 맛보기를 하는데 오늘은 책상을 뒤로 다 밀고 교실 바닥에 둥글게 앉았다.

"오늘은 우리 눈을 감고 시를 들어 보면 어떨까? 눈을 감고 아까 운동장에 서 있던 때를 떠올리는 거야. 그러면서 동무의 시를 들어 보는 거야. 시를 들으면서 동무의 마음이 어디에 닿았는지, 동무가 내뱉은 말이 어떤 건지 느껴 보자."

시를 읽고 나면 앉아서 자유롭게 자기 느낌을 말했다.

비 오는 날의 거미   5학년 김진현
비가 투둑투둑 내린다.
귀뚜라미가
장단을 맞추는 듯 운다.

향나무에 매달려 있는 거미
먹이를 기다리는지
꼼짝을 안 한다.

비가 자기 집에

걸려 있어도

내가 툭 하고

건드려 봐도

꼼짝을 안 한다. (2006. 9. 6. 수요일. 이슬비)

"진현이는요, 비에도 꼼짝 안 하고 있는 거미를 봤어요. 근데요, 그 거미가 뭐든지 잘하고 씩씩한 진현이 같아요."

"비 내리는 소리를 진현이 말로 잘 썼어요."

빗방울   5학년 임정민

비가 부슬부슬 내린다.

빗방울 여러 개

나뭇잎 하나에 옹기종기 떨어져

미끄럼틀 타듯 내려와

한 개 되어 떨어진다.

떨어질려고 할 때

우산으로 툭툭 치니

여러 개 우르르

내 우산 위로 떨어진다.

톡 토독 투투투투

여러 가지 소리내며

빗방울이 떨어진다. (2006. 9. 6)

"빗방울이 여러 개 떨어져 하나로 뭉쳐지는 모습을 잘 보았어요."

"우산으로 칠 때 비가 떨어지는 모습을 안 놓치고 잘 봤어요."

물방울 5학년 김예진

가랑비가 선물 들고 왔다.
운동장 식물들한테,
모래사장 철봉한테,
철봉에 매달린 거미줄한테도
선물 나누어 준다.

영롱하고 반짝거리고
톡 건드리면 터질 듯한
물방울을 선물해 준다.

내가 우산 밖으로
손 내밀자
살포시 물방울 올려놓고 간다. (2006. 9. 6. 가랑비가 온다.)

"예진이가 우산 밖으로 손 내미는 모습이 평화롭게 느껴집니다."

"예진이는 비가 식물하고, 철봉하고 거미줄에 매달린 모습을 마음에 담았습니다."

코스모스와 버려진 봉지   5학년 신재혁

운동장에 있는 코스모스
할머니처럼 허리가
굽혀 있다.

버려진 봉지
빗물 때문에
속이 꽉 찼다.
비 폭탄 맞은 것처럼.

운동장 한가운데에
조그마한 개구리
다리에 흙이 묻어
뛰기 힘들어 보인다.
꼭 차에 치인 사람처럼
뛰지를 못한다.

"운동장에 있는 작은 개구리가 흙 때문에 뛰지 못하는 모습을 보았어요."
"비가 오면 좋은 줄 알았는데 이렇게 작은 개구리는 힘들다는 걸 알게 되었어요."

비와 향나무   5학년 김태훈

비가 주룩주룩 내린다.
바닥에 떨어지면

톡톡 하고
소리가 난다.

우산 가지고
향나무를 툭 치면
와다닥
떨어진다.

비는 향나무를 거쳐
바닥으로 툭
떨어지나 보다. (2006. 9. 6)

　"비가 하늘에서 바로 떨어지는 것도 있겠지만 향나무를 거
쳐서 바닥으로 떨어진다는 게 태훈이 말이에요."
　"바닥에 떨어지는 소리를 잘 들었어요."

　비 오는 날 운동장　　5학년 김도영
　비 오는 날 학교 운동장에 가보면
　조그만 빗물이 고여 있는 데가 여러 곳
　빗물이 모여 있는 데가 많은 그 운동장을
　걷는다.
　빗물이 모여 있는 데서
　신발 젖을까봐 양말 젖을까봐
　조심하면서 피해가면서 걷는다.

비 오는 날 학교 운동장에 가보면

흙도 모래도 다 젖어 있다.

그런 운동장을 걷는다.

운동장을 걸으면

철퍽 사스스슥

신발에 흙 묻을까봐

양말에 흙 묻을까봐

조심조심하여 발을 뗀다. (2006. 9. 6)

"아까 운동장에 나갔더니 신발이 다 젖었어요. 도영이는 그 느낌을 마음에 잘 담았어요."

"지금 도영이가 조심조심 걷고 있는 것 같아요."

비와 학교   5학년 이현수

학교가 목욕을 한다.

착한 비가 학교가 더러웠는지

씻어주나 보다.

오랜만에 씻은 학교

내일이면

깨끗하겠다. (2006. 9. 6)

"우리는 비만 봤는데 현수는 아까 운동장 한가운데 서 있더니만 학교 전체 모습을 봤어요."

"오랜만에 비가 와서 깨끗해지는 학교 모습을 잘 비유한 것 같습니다."

빗속에서 김은주

토토토토 / 비가 내린다. / 소나무 잎 끝에 / 빗방울이 동글동글 맺혀 있다. // 즈쯔츠츠 / 귀뛰라미 한 마리가 높은 소리를 낸다. / 이내 / 즈즈즈즈 / 다른 귀뚜라미가 낮은 소리로 답한다. / 그르그르 / 더 작은 소리가 조금 더 멀리서 들린다. / 빗속에서도 / 귀뚜라미는 서로 이야기를 끝없이 주고받는다. / 한 마리인 줄 알았는데 / 두 마리인 줄 알았는데 / 크고 작은 여러 마리가 / 여기저기에 있구나. // 빗속에 어디에 숨었나 / 허리 숙여 보아도 / 떨어지는 비에 흔들리는 / 풀잎만 보인다. (2006. 9. 6. 수. 조용히 비 내리는 날)

"선생님도 시 썼어요? 좋아요."
"귀뚜라미가 한 마리인 줄 알았는데, 두 마리인 줄 알았는데 여러 마리라고 한 게 선생님 말이에요."

선생님, 시 쓰는 게 참 좋아요

나까지 모두 서른 명이 돌아가면서 시를 읽고 느낌을 말했다. 한 시간 꼬박 바닥에 앉아 시를 읽었는데 아이들이 흐트러지지 않고 아주 조금씩 진지해졌다. 시에 집중하고 그 시를 쓴 동무들의 마음을 느끼기 시작했다. 부족한 시라도 모두 힘껏 손뼉 쳐 주었다. 내 시를 마지막으로 읽으니 아이들이 내게도 손뼉을 크게 쳐 주었다. 솔직히 나는 처음 시를 써 본다고 했더니 아이들이 그래도 잘 썼다면서 나를 칭찬해 주었다.

비를 함께 맞고 서로 다른 마음의 그물을 펼쳐 두고 느꼈지만 평화로운 아침을 함께했다는 것, 그리고 모두 다 서툴지만 시를 썼다는 것, 부끄럽지만 동무들 앞에서 끝까지 시를 읽었고, 한마디씩 칭찬을 해 주었다는 것이 우리 모두를 행복하게 해 주었다. *김은주 부산 금샘초

글감 찾기,
무엇을 쓸까?

이야기 듣고
쓰기

글감을 고르며

《어린이 시 이야기 열두 마당》(개정판 《우리 모두 시를 써요》)을 보다가 들은 이야기를 쓴 '비가 오면'이란 시를 읽게 되었다. 들은 이야기도 시가 된다는 것을 아이들에게 알려 주고 싶었다.

비가 오면 경북 석포초 3학년 안동림

할머니께서

살아 계실 때는

비가 오기만 하면

천장에서 떨어지는

빗방울을 받아다가

요강을 씻었답니다.

내가 어릴 적에는 아버지가 고향 이야기며, 학교 다닌 이야기를 해 주시면 그리 재미가 있고 머릿속으로 온갖 장면들이 떠오르곤 했다. '밥이 없으면 라면이라도 끓여 먹지' 하는 요즘 아이들에게 어른들의 옛이야기가 자기 삶 속에 얼마나 녹아 있는지 알고 싶었다.

지도 방법
'비가 오면'을 읽어 주었더니 요강 이야기에 전부 다 웃는다.
요강에 오줌 뉘 본 사람은 거의 없었다. 들은 이야기를 이렇
게 써도 시가 된다 하니 천만 뜻밖의 얼굴들을 한다. 우리도
들은 이야기를 자기 가슴속에 묻어 두지 말고 시를 써 보자고
했다. 보기글 때문인지, 꼭 할머니 할아버지 이야기여야만 하
는지 물었다. 어른들 이야기로만 한정하는 것보다 자기 둘레
에서 들을 수 있는 이야기를 써 보자고 했다.

큰 고모   6학년 이희성
우리 큰 고모는
23살 때 고모부를 잃었다 한다.
지금 20년이 지났는데도
고모부를 못 잊는다.
고모가 큰 병에 걸렸을 때
꿈에 고모부가 나와서
병을 고쳐 줬다고 한다.
오직 누나들 보고 살았는데
누나들 결혼하면 우짜노?
우리 고모 얼마나 외롭겠노?

내가 어렸을 때   6학년 최나리
내가 다섯 살 때

엄마와 시장에 같이 갔다.

엄마와 손을 잡고 가다가
엄마 손을 놓치고
다른 아줌마 손을
잡고 갔다고 한다.

엄마는 내가 없어져서
나를 찾아다니다가
식육점에서 어떤 아줌마와 같이
손잡고 나오는 것을 봤다고 한다.

그때 엄마가 나를 못 봤으면
나는 지금 그 아줌마의 딸이 되었을까?

노태우 비자금   6학년 박재현

뉴스에서
국회의원 박계동이란 사람이
노태우 전 대통령한테
숨겨 놓은 돈이 있다고 말했다.

숨겨 놓은 돈은 4000억원
사람들 입이 벌어졌다.
"노태우가 그럴 줄이야."

비자금이 진짜로 밝혀졌다.

뉴스만 하면 이 소식이다.

희성이가 "노태우가 대통령 할 때는 노태우가 착하다고 하고 대통령이 아니니까 나쁘다 하고, 전두환이 대통령일 때는 착하다 하고 아니니까 못됐다 하고 언론이 썩었어요" 하고 말했다.

내가 생각해도 노태우가 나쁜 놈이다. 오죽하면 단군 이래 최고 도둑놈이라 하겠노?

껌 팔아요 6학년 원미애

우리 아버진 어렸을 때
껌 팔러 부산역까지 걸어 다녔다.
미국 부대 짚차 앞에서
"헬로, 헬로" 하면
부대 사람들이 아빠를 태워 준다.
하지만 내릴 때는 어떻게 할 줄 몰라
"미스터 몽키" 했다가 바로 쫓겨나고
다행히 부산역 다 와서 쫓겨났다고 한다.

어머니 말씀 6학년 조선희

"시장 갔다 오니까
기름 한 되를 방바닥에다 다 쏟고
엉망이었는 거 기억나나?"

어머니께서는 웃으면서
우리 어렸을 적 이야기를 들려주시곤 한다.
난 이때가 가장 좋다.

"느그들 이렇게 힘들게 키웠는데
속 썩일 거가?"
하시며 부엌에서 나가신다.

할머니 여동생   6학년 이소라
피난 나올 때
할머니와 여동생 둘만 나왔다고 한다.
어렸을 때 새어머니가
여동생이 말 안 듣는다고
집어 던졌다고 한다.
죽을 고비는 넘겼지만
그때 그 모습대로
쉰 살이 넘어도 똑같다고 한다.
늙기는 늙어도 키는 똑같고
성장도 제대로 되지 않았다.
지난 일요일 처음 뵈었는데
정말 키가 나보다 작았다.
집도 초라한 방 한 칸
할머니는 눈물을 흘리신다.

이모   6학년 이민영

178

이모는 우리 집에 놀러 와서
엄마와 얘기하다가
재미있는 얘기만 나오면
희한하게 웃는다.

히히히이 히히히이
하고 웃다가 더 재미있는
이야기가 나오면
크크크크흐
막 웃는다.
실컷 웃고 나면
"알고 배 아파. 너무 웃으니까 배꼽 터지겠네."
하고 말한다.

시를 읽고

나는 아이들 글을 별로 기대하지 않았다. 그런데 혼자 된 희성이 큰 고모 이야기는 같은 여자로서 코끝이 아렸고, 나리가 엄마를 잃었을 때 그 순진한 모습 대신 내가 아들아이를 잃어버리고 거의 미칠 지경이었던 일이 떠올랐다.

노태우 비자금 사건이 막 터질 때 희성이가 산수 시간인데 갑자기 벌떡 일어나더니 언론이 썩었다고 말했다. 나는 입만 벌리고 있었다. 권력의 시녀 노릇 한 언론들은 반성해야 한다는 기사가 나가기 전에 열세 살짜리 아이가 먼저 고발한 일이 부끄럽기만 하다.

미애와 소라 시에선 «몽실 언니»가 생각나고, 선희는 둘째

딸에다가 남동생 때문에 구박받는다는 일기를 써 왔는데, 엄마가 어릴 적 이야기를 들려줄 때가 제일 행복하다고 한다. 이야기를 들을 수 있어 얼마나 다행인지. 학교에 와서 거의 말 한마디 않는 민영이가 이모 얘기를 줄줄 쓴 게 또 고맙다.

　남 살아가는 이야기를 듣는 걸 좋아해서 그런지 괜히 나 혼자 감동하고 그런다. 들은 이야기를 가지고 시를 쓴 글을 많이 보지는 못했지만 아이들이 나름대로 이야기 속에서 자기의 삶도 가꾸어 간다는 생각이 들었다.　*이데레사 부산 동항초

흔히 하는 말을
살려 쓰기

교과서 시로 행과 연 공부하기

6학년 1학기 국어 첫째 마당 〈삶과 이야기〉를 공부하고 있다. 그런데 교과서에 나온 글들에선 아이들 삶이 잘 느껴지지 않는다. '명훈이 이야기' '어린왕자' '바람이 자라나 봐' 모두 그렇다. 오늘은 김지도의 시 '바람이 자라나 봐'를 공부했다.

바람이 자라나 봐 김지도

잔디밭에서 / 앙금앙금 / 기어다니던 / 봄바람이 // 나뭇가지에 매달려 / 푸름푸름 / 그네를 타던 / 여름 바람이 // 낙엽을 몰고 / 골목골목 / 쏘다니던 / 가을 바람이 // 어느새 / 매끄러운 얼음판을 / 씽씽 내닫는 걸 보면 // 바람도 / 우리들처럼 / 무럭무럭 자라나 봐. (말·듣·쓰)

"시에서 봄 여름 가을 겨울의 바람 모습을 어떻게 표현했는지 찾아보자. 글쓴이는 바람과 '우리들'이 어떤 점에서 비슷하다고 했는지 생각해 보자. 바람과 관련하여 겪은 일이나 알고 있는 일을 말해 보고 시에 대한 아이들 생각이나 느낌을 써 보자."

　이 시간에 배울 내용들이다. 시를 읽어 보면 알겠지만, 배울 내용 가운데 어느 하나 제대로 이야기 나눌 만한 것이 없다. 있다면 바람 모습을 어떻게 표현했는지 찾아보는 것이겠는데, 1학년 아이도 찾겠다. 이런 시를 교과서에 실어 놓고, 아이들 살아가는 이야기를 나누라고 하니 아이들이 할 말이 있겠는가. 아이들 삶 이야기를 끌어내려면, 아이들이 살아가면서 보거나 듣거나 겪은 일 또는 느낀 일이 또렷이 드러나는 글이어야 한다. 봄, 여름, 가을, 겨울과 같이 막연한 생각을 담으려 하지 말고, 짧은 순간에 일어난 일을 담아야 한다. 그래야, 삶이 시에 담기고 시를 읽는 이도 감동을 느낄 수 있다. 위 시에서 보면 "봄바람은 잔디밭에서 앙금앙금 기어 다니고 나뭇가지에 매달려 푸름푸름 그네를 타고 낙엽을 몰고 골목골목 쏘다니고 매끄러운 얼음판을 씽씽 내닫는"다고 한다. 재미난 말을 머리로 짜내 맞춘 시라는 것을 쉽게 알 수 있다. 교과서 시를 시 쓰기의 본보기로 배운 아이들은 시에 쓰는 말은 우리가 쓰는 말과는 다른 말이라고 생각하기 쉽다. 말재주를 잘 부려 쓴 시가 잘 쓴 시라고 생각하기 쉽다. 말재주를 부리다 보니 삶을 돌아보지 않고 시를 머리로만 쓰는 것이다. 아이들에게 우리들이 살면서 하는 말을 시에 담을 때, 좋은 시가 된다는 것을 일러 주어야 한다.

　우리들이 살면서 쓰는 말을 시로 쓰기에 앞서 시의 형식을 간단히 일러 주었다. 아이들 시를 보면, "마을 할머니 / 할아버지 / 들이 여행을 가셔 / 서 우리 마을이 조용하다." 좀 과장하긴 했지만 단어를 아무 생각 없이 끊어 쓰는 일이 있다. 아

이들과 행과 연에 대한 공부를 해야지 싶었다. 시의 형식을
배우기엔 교과서 시가 좋다. 시에서 행은 한 줄을 말하고 연
은 위 시에서 보듯 봄바람, 여름바람, 가을바람, 겨울바람 모
습을 연으로 묶었듯이 이야기 덩어리가 하나일 때 같이 묶는
다고 말했다. 행과 연에 대해 이야기해 주는데, 아이들이 잘
듣지 않는다. 반 아이 송기가 딴전을 핀다. 잘됐다 싶어 송기
를 부르고는 칠판에 내가 하는 말을 적었다.

    송기야,
    떠들지 마라
    송기야,
    넌 멋져

    송기가 멋지다고 하니 아이들이 웃는다. 송기야 하고 부른
다음에 잠시 무슨 말을 할까 생각했고, 생각난 말을 쓸 땐 줄
을 바꾸었다. 시에서 행을 바꿀 때는 숨을 길게 쉴 때나 잠시
생각할 때 줄을 바꾸라고 일러 주었다. 아이들에게 행에 대해
이야기하는데, 유정이가 손바닥에 뭘 그리고 있다. 이번엔 유
정이를 크게 불렀다. 유정이가 깜짝 놀라 쳐다본다. 유정이에
게 말을 하며, 칠판에 유정이에게 한 말을 글로 썼다.

    유정아,
    넌
    지금 뭐 하고 있니?
    뭐?

뭐 한다고……
아,
손에다
낙서한다고

유정아,
너
나 좀 봐 줘
지금
공부 시간이잖아.

송기에게 말을 하며 쓸 때와 좀 다르게 썼다. 앞에 여덟 줄과 뒤 다섯 줄 사이에 한 줄을 띄웠다. 연과 연 사이를 한 줄 띄울 때는 좀 더 길게 생각하는 시간을 두었다. 아이들은 두 개 연으로 썼다는 것을 안다. 1연과 2연 내용을 이야기해 보라고 했다.

"1연은 낙서에 대한 이야기를 주고받았고, 2연에서는 공부 시간이니 보라는 얘기를 하고 있어요."

1연 2연 모두 짧은 시간에 내가 유정이를 보며 한 말을 적은 것인데, 1연 2연 내용이 조금 다르다고, 그렇게 이야기가 바뀔 때 한 줄을 띄운다고 일러 주었다. 아이들과 말을 주고받으며, 행과 연에 대해 쉽게 풀어 이야기해 주었다.

"시를 쓸 때 잠깐 생각하느라 쉬는 곳에서 줄을 바꾸라고 했는데, 그것은 쓰는 사람 마음이야. 시는 정해진 모양이 있는 게 아니거든."

시와 줄글의 차이를 좀 더 말해 주고 싶었지만 오늘은 간단히만 일러 주었다.

흔히 하는 말을 살려 시 쓰기

행과 연에 대한 공부를 간단히 하고, 우리들이 살아가며 흔히 듣는 말로 시 쓰기 공부를 했다. 먼저 주고받은 말을 그대로 쓴 시 한 편을 《할매, 나도 이제 어른 된 것 같다》에서 찾아 읽어 주었다.

우리 할매　6학년 박미정

학교 갔다 오니까 발에 뜸을 뜨고 있었다.

할매, 발 다쳤나?

약 치다가 발에 쥐가 나더만 아프네.

나는 할매 발을 만져 줬다.

아야, 만지지 마라. 아프다.

많이 아프나?

그래, 미정아. 발등 만져 봐라. 왼쪽 발은 차가운데 이 발은 뜨뜻하네.

진짜!

한창 바쁠 땐데 발 다쳐서 안 나으면 우야노?

괜찮을 거다. 들어와서 한숨 자라.

오이야.

할매랑 6시까지 자고 일어나서 할매가 닭장에 간다고 나갔다.

아야!

와?

걸음을 못 걷겠다.

우야노?

이렇게 죽으면 안 아프고 좋은데.

그런 말 하지 마라.

나는 할매가 아플 때 하는 말 때문에 울 것 같다. (1999)

'우리 할매'를 읽어 주고, 이 글이 교과서 시와 어떤 점이 다른지 이야기 나누었다.

"말한 걸 그대로 썼어요."

"사투리가 많아요."

그리고

"누구 이야기니?"

"할머니 이야기요."

"맞아, 할머니와 나눈 이야기를 썼지."

"시에서 한 줄을 띄운다면 어디를 띄우는 게 좋을까?"

"할매랑 6시까지…… 앞에서 띄우면 좋겠어요."

"맞아, 시간이 좀 흘렀지. 하지만 할머니와 이야기 나눈 것을 썼으니 짧은 시간에 겪은 일을 썼지."

시 마지막에 "나는 할매가 아플 때 하는 말 때문에 울 것 같다"고 했다. 미정이 할머니는 아플 때마다 이 말을 하는 듯하다. 미정이 할머니처럼 어른들이 흔히 하는 말이나 다른 사람이 한 말을 잘 살려 쓰면 자연스럽게 글에 삶이 담긴다는 이야기를 해 주었다. 지난 일요일에 있었던 일을 떠올려 아이들에게 말하며 칠판에 시를 써 보였다.

말썽꾸러기 서영이 김종욱

어제 / 어항에 열대어 열 마리 / 사다 넣었다. / 다섯 살 서
영이 우유를 마시다가 / 어항 속 물고기를 보며 / 혼잣말 한
다. / "물고기는 물만 좋아하나?" / 어항 앞에서 / 왔다 갔다
하던 서영이가 / 없어졌다. / 어항을 보니 / 물이 뿌옇게 흐려
졌다. / "김서영, 어디 갔어?" / "어항에 우유를 부으면 어떡
해?" / 서영이는 / 문을 빼꼼히 열고 / 날 쳐다보다 / 할머니에
게 / 후다닥 달려가 안긴다. / "할머니, / 물하고 우유하고 섞이
면 뭐가 돼? / 물고기는 우유 안 좋아해?" / 정말 서영이는 / 못
말려.

"서영이가 한 말을 살려 쓰니 그때 일이 또렷이 그려지지?
아마 너희 부모님이나 동생 오빠 형이 한 말을 잘 생각하면
그 말을 했을 때 일이 떠오를 거야. 우선 이웃이나 식구들이
했던 말 가운데 생각나는 말을 적어 보렴. 우리 엄마는 손녀
들을 볼 때 '너, 자꾸 그러면 디지게 패뻐린다'는 말을 종종해.
이렇게 다른 사람들이 자주 하는 말을 적어도 좋아."

아이들은 식구나 이웃에게 들은 말을 공책에 적는다. 아이
들이 들은 말을 대여섯 개 공책에 적은 다음엔, 그 말 가운데
하나를 고르라 했다. 어떤 일이 또렷이 떠오는 말을 고르라
했다. 그리고 일을 잘 떠올리며 마치 지금 눈앞에서 일이 일
어난다고 생각하며 글을 써 보라고 했다.

아이들이 쓴 시

아이들은 어렵지 않게 글을 썼다. 아이들이 쓴 글엔 어른들이

한 말이 잘 살아 아이들이 겪은 일 또한 잘 살아났다. 아이들은 시를 쓸 때 어른들이 한 욕을 그대로 써야 하는지 물었다. 어른들이 말한 그대로 살려 써야 한다고 했다.

화를 만날 내는 아빠   6학년 김건아

동생들이 자꾸 까불어서
내가 동생들을 때린다.
그럼 아빠가
"너는 왜 맨날 때리기만 하나?"
하고 큰 소리로 말한다.
난 그때 힘도 못 쓰고
가만히 혼난다.
내가 공부를 조금 했다면서
화를 내며
더 공부하라고
버럭버럭 소리를 지른다.
나는 아빠 앞에선
맥을 못 춘다.
아빠의 화난 얼굴을 보면
도깨비 얼굴 같다.
아빠를 보니
후들후들 떨리며
방으로 도망간다.
공부를 해도
잊히지 않는다.

무서운 얼굴은
잊히지 않는다.

그렇게 일렀지만 건아는 아빠가 한 말을 그대로 쓰기 부담
스러웠나 보다. 시를 쓸 때는 아빠가 한 말을 고쳐 썼다. 처음
에 공책에 아빠가 한 말을 "이 개놈아 뭐 하는 짓이니? 패 버
릴까 부다" 하고 썼는데, 시로 쓸 때는 "너는 왜 맨날 때리기
만 하나?" 하고 부드럽게 고쳐 썼다. 그러다 보니 시 끝에 "공
부를 해도 잊히지 않는다. 무서운 얼굴은 잊히지 않는다"는
말이 와닿지 않았다. 어른들이 한 욕이라도 화가 나거나 깜짝
놀랐을 때 그 마음을 자연스럽게 표현하려면 그대로 살려 써
야 한다고 했다.

교통사고 날 뻔한 일   6학년 권용주
아빠가 자동차 타고 청주 가다가
차가 옆에서 갑자기 나온다.
빵빵
"저런 씨팔놈 차를 왜
이따구로 타고 다녀."
난 아빠의 말을 듣고
깜짝 놀랐다. 아빠도
저런 욕을 하는구나!

용주 시에도 보면 아버지가 욕을 하고 있는데, 나쁜 마음이
있어서 그런 것이 아니라 깜짝 놀라 자기도 모르게 한 말이니

189

자연스럽다. 어른들에게 들은 말을 써 보라고 하니 어른들이 한 욕을 많이 썼다. 같은 어른으로서 부끄럽다. 아이들은 식구 이야기이니 더 부끄러웠을 것이다. 하지만 시를 쓸 때 거짓 없이 써야만 우리 삶을 시에 담을 수 있고, 고쳐야 할 것은 고칠 수 있다는 생각이다.

어른들에게 들은 말 가운데 있었던 일이 또렷이 떠오르는 말을 골라 시로 쓰라고 했더니 요즘에 어른들이 한 말로 시를 쓴 아이가 많다. 얼마 전 인천에서 초등학생을 유괴해 강물에 던진 사건이 있었다. 그 사건을 보며 어른들이 한 말을 시에 담은 아이가 셋이나 됐다.

엄마 말 따라 하기   6학년 권유정

엄마와 뉴스를 보는데
어린아이를 유괴해서 죽인 사건이 나온다.
엄마는 뉴스를 보고
"저런 놈들은 갈기갈기
찢어서 바다에 던져 버려야 돼!"
하신다. 나는 그 말을 따라 한다.
"저런 사람들은 갈기갈기
찢어서 상어 밥으로 줘야 돼!"
이 말을 들은 엄마가
옆에서 웃으신다.
나도 같이 웃었다.
"그런 말은 하는 게 아니야!"
"엄마가 먼저 했잖아."

나는 엄마 말을 따라 했다가
혼만 났다.

살인 사건   6학년 최은경

어제 뉴스를 보았다.
이모부께서 애를 유괴해서 4일 만에 죽였다는 뉴스를 보
면서
혼잣말을 한다.
"개씨부랄 새끼 애 데리고 가서
그딴 돈 때문에 애를 죽여. 저런
인간 쓰레기야."
어느 손님이 이모부 보면서
웃는다.
이모부는 손님들을 보고 민망해서
집으로 올라갔다.

쳐 죽일 놈   6학년 박송기

"쳐 죽일 놈."
우리 외할머니가 그러신다.
"사람을 왜 죽여. 저 쳐 죽일 놈"
외할머니가 티비를 보면서
쳐 죽일 놈 쳐 죽일 놈 한다.

아이들 글마다 어른들 마음이 그대로 느껴졌다. 욕이라고
다 나쁜가! 너무 화가 나고 답답하고 그런데 말로 풀어내려니

자연스럽게 거친 말이 나오기 마련이다. 말은 사람의 삶이고 마음이다. 사람의 삶과 마음이 담긴 말이 글이 되어야 글에 진실한 삶이 담긴다고 생각한다.

공부   6학년 양지혜

엄마가 일을 마치고 집에 돌아오셨는데
오빠가 컴퓨터를 하는 게 싫으셨는지
오빠한테 이런 말을 하신다.
"지혜는 집안일이라도 하지만 넌 하는 게 뭐가 있나?"
순간 오빠 얼굴이 굳었다.
"지혜는 공부도 잘하고 집안일도 잘하는데
너는 닭대가리같이 공부도 못하잖아!"
순간 오빠가 화가 났는지 버럭 소리를 질렀다.
"저도 초등학교 땐 공부 잘했어요."
오빠가 나에게도 한마디를 했다.
"양지혜, 너도 이제 중학교 가면 공부 못해진다."
순간 나는 걱정이 되었다.

욕   6학년 이보은

외할머니 집에서 있다가
"아, 심심해."
"그럼 나가서 장작 패."
할머니가 나한테 일을 시킨다.
쿵! 쿵!
"할머니! 장작 다 팼어."

"어이구, 우리 손녀 욕봤네."

욕, 욕, 할머니가 나한테 욕한 건가?

"할머니, 왜 나한테 욕해?"

"내가 언제 욕했어?"

"지금 나보고 욕봤다고 했잖아."

"아유, 그건 니가 수고했다고 한 거 아녀!"

"아, 미안해, 할머니. 우리 할머니 나한테 설명하느라 욕
봤네."

"아이고 이년아."

내 말이 틀린 건가?

왕초   6학년 유영현

아침에 학교 버스를 타려고

아이들에게 줄을 세웠다.

5학년 자연이와 같이 걸어오던

동네 할머니께서

"아이그, 재홍이 딸이 동네에서 제일가는 왕초다. 왕초
잉~."

"네? 뭐라고요?"

"못 들었으면 됐다잉~. 학교 잘 가래이."

하며 가신다.

왕초? 왕초? 으뜸?

나는 동네에서 제일가는

왕초이다.

지혜와 보은이 영현이 시에서는 식구나 이웃의 정겨운 삶이 느껴진다. 지혜 오빠는 집안일을 잘 돕지 않나 보다. 엄마는 집안일을 돕지 않는 오빠에게 "지혜는 공부도 잘하고 집안일도 잘하는데 너는 닭대가리같이 공부도 못하잖아!" 하고 말한다. 오빠는 엄마가 하는 말을 모른 체하며 중학교 가면 공부가 어렵다고 둘러댄다. 또 오빠 말을 곧이듣고 걱정하는 지혜 모습이 재밌다. 보은이 시에는 보은이의 평소 엉뚱함이 보인다. 보은이는 알면서도 모른 척 묻기를 잘한다. 욕봤다는 말을 배워 "아, 미안해, 할머니. 우리 할머니 나한테 설명하느라 욕봤네" 하고 바로 써먹는 것을 봐도 보은이의 능글스러움이 잘 드러난다.

그런가 하면 무슨 말인지 도무지 모르는 말로 시를 쓴 아이도 있다. 재호 시가 그렇다.

깝치는 동생 6학년 이재호

오늘 젬파이터 게임을 하는데 / 연속기도 못하냐? / 재훈이가 시비를 걸었다. / 너 계속 깝칠래? / 근데? 즐 / 오늘 재훈이가 무슨 일이 있는지 / 화가 나 있었다. / 너 오늘 안 좋은 일 있냐? / 싸물. / 더 이상 참을 수가 없었다. / 그래서 니킥을 한 대 갈겼다. / 막, 재훈이가 울더니 / 내가 제일 무서워하는 칼을 들고는 / 나 건드리지 마라고 했다. / 나는 칼이 무서워서 재훈이한테 / 싹싹 빌었다. / 참, 어이없었다.

재호는 게임을 좋아하는 아이다. 쉬는 시간이면 종이에 그림을 그리며 '스타크랩트' 게임을 한다. 재호 시를 보면, "깝

치다, 연속기, 즐, 니킥, 싸물……" 같은 도저히 모르는 말이 너무 많았다. 식구나 이웃에게 자주 하는 말이나 듣는 말을 시로 쓰라고 했더니 이렇게 모르는 말을 많이 쓴 것이다. "깝친다"는 말은 "졸라 대거나 재촉한다"는 말이고, "즐"은 "됐어"와 같이 남을 무시하는 말이라고 한다. "연속기나 니킥"은 게임에서 쓰는 말이고 "싸물"은 "입 닥쳐"라는 뜻이란다. 아이가 한 말을 보면서 아이들의 삶이 게임처럼 보여 참 당황스러웠다.

재호 글을 보며 우리가 흔히 하는 말을 살려 쓴다고 해서 글에 삶을 담아낼 수 있는 것은 아니라는 생각이 들었다. 재호 글을 보며 아이들과 참된 삶이 무엇인지, 참된 마음이 무엇인지 더 많이 이야기 나누고 그렇게 살려고 함께 애써야지 하는 생각을 했다.   *김종욱 음성 청룡초

내가 바라본
아버지

지도한 아이들: 4학년 6반 (남자 열아홉, 여자 열다섯)

4학년 2학기 읽기 책 둘째 마당에서 배워야 할 내용이 "시나 이야기를 읽고 주제를 말할 수 있다"로 되어 있다. 먼저 공부할 내용이 "시를 읽고 주제를 알아보는 것"이고 두 번째 공부할 내용이 "이야기를 읽고 주제를 알아보는 것"이다. 시가 나오는 이 단원을 미리 생각해 두고 2학기 들어와 아침마다 꾸준히 시 공부를 해 왔다.

9월 첫 주, 시 맛보기

«요놈의 감홍시», «새들은 시험 안 봐서 좋겠구나», «꼴찌도 상이 많아야 한다» 같은 또래 아이들이 쓴 시들 가운데 한두 편을 골라 칠판에 적어 놓았다. 공책에 천천히 한 자 한 자 그대로 베껴 쓰고 ① 느낌이 어떤지 ② 마음에 드는 부분은 어디인지 ③ 그곳이 왜 마음에 드는지를 써 보았다. 다 같이 칠판에 써 놓은 시를 읽어 보고 공책에 적은 자신의 생각을 발표하였다.

둘째 주~셋째 주, 시 쓰고 다 함께 시 다듬기

아침마다 시 한 편을 써서 냈다. 처음 아이들이 써낸 시를 보고는 실망이 컸다. 아이들은 시를 어려워했다. 시는 두 가지 꼴로 나타나는데 하나는 알고 있는 사실이나 지식을 바탕으로 설명을 늘어놓거나 또 하나는 까닭 없이 연과 행을 아무렇게나 나눠 놓았다. 도무지 시라고 볼 수 없는 것들이 대부분이었다.

아이들이 써낸 시 두어 편을 골라 칠판에 써 놓고 한 줄 한 줄 읽으면서 한번 같이 보자고 했다.

① 제목은 알맞은지

② 이 말보다 더 좋은 말은 없는지

③ 빼도 될 곳은 없는지

④ 내용이 또렷이 드러나게 덧붙일 곳은 없는지

⑤ 줄 바꾸기는 제대로 했는지

⑥ 설명한 데를 직접 하는 말(큰따옴표)로 바꿀 곳은 없는지

⑦ 시 맛을 살리는 한 줄 감동의 알맹이는 어딘지

함께 고쳐 써 보고 원래 쓴 시와 다듬은 시를 견주어 읽어 보며 생각을 나누었다.

시집 만들기

어느덧 아이마다 쓴 시가 스무 편이 넘었다. 버려지는 시들도 많았지만 다듬으면서 새로 태어나는 시들도 있었다. 그것들을 한데 모아 시집을 만들면 아이들이 시를 쓰려고 애쓰지 않을까!

"얘들아, 다음 토요일에 너희가 고치고 다듬은 시들을 골

라 시집 만들자. 세상에 단 하나뿐인 나만의 시집을 만드는 거야."

토요일 세 시간을 온통 들여서 시집을 만들었다. 자기 시에서 하나를 골라 시집 제목으로 삼고 정성껏 글자를 쓰고 그림을 그려 세상에서 하나뿐인 시집을 만들었다. 그렇게 마음을 쏟아 만든 시집을 아이들은 보고 또 봤다. 아이들 일기를 보니 그것을 본 부모님들도 대견스러워하고 뿌듯해했다. 특히 교과 공부가 시원치 않았거나 생활 습관으로 걱정을 끼치던 아이들 부모님 가운데 아이 시집을 읽고 감동한 분들이 있었다.

"선생님, 우리 엄마가요 내가 만든 시집 보고요 식당에 온 손님들한테 읽어 주면서 자랑했어요."

"선생님 우리 엄마는요, 이 시를 진짜 내가 쓴 게 맞냐고 물어봤어요."

'아버지'를 글감으로 시를 썼어요
2007년 10월 5일 셋째 시간

읽기책 둘째 마당 ⟨한 걸음 더·되돌아보기⟩에 '아빠'라는 시가 나온다.

아빠 이혜영

아빠 신발 옆에 / 내 신발, 나란히 벗어두면 / 캄캄한 밤 바깥에서도 / 내 신발은 무섭지 않을 것 같아. / 빨랫줄에 널린 아빠 옷 옆에 / 나란히 내 옷 널리면 / 흔들흔들, 나 없어도 / 내 옷은 즐거울 것 같아 / 아빠가 곁에 있으면 / 내가 그냥 즐겁듯이.

이 시를 읽고 시의 주제가 무엇인지 알아보는 공부였다.

"얘들아, 이 시 어때? 이 시는 뭘 말하려고 하는 걸까?"

아이들은 이 시가 말이 안 된다고 하면서도 시의 주제는 '아빠의 소중함', '아빠가 곁에 있어서 든든하다' 같은 답을 쉽게 말했다.

"정말 이 시를 읽고 아빠가 소중하고 아빠가 고맙고 그러냐? 뭐가 고맙고 무엇 때문에 아빠가 소중한 게 느껴지냐?"

물었는데도 아이들은 대답을 못 했다. 그래서 아이들에게 다른 시들을 읽어 주었다.

아버지 생각   통영 한려초 4학년 박지애

꿈에 아버지가 보였다.

무슨 일이 일어났다.

엄마한테 물어보니

"응, 우리 지애가 많이

클라고 그런가 보다" 했다.

나는 아버지가 보고 싶어 죽겠다.

아버지는 고도고리배 선장이었는데

내가 1학년 때 배 타고

바다에 나가 이때까지 안 돌아온다.

어디서 무얼 하는지 모른다.

아버지가 보고 싶어 죽겠다.

엄마를 크게 생겨야지*. (1994. 6)

* 생겨야지: 섬겨야지

우리 아버지 동해 망상초 6학년 권영진

집에 가는데 비린내가 난다.
우리 아버지도 저런 냄새가 나는데
비린내가 나면
아버지 옆에 있는 것 같다.
어디서 비린내가 나면
우리 아버지인가 하고
꼭 한번 돌아본다. (2005. 4. 19)

우리 아버지 동해 망상초 6학년 박정우

우리 아버지가 오면
온 집 안에 비린내가 난다.
비린내가 나니까 참 좋다.
우리 식구가
다 있는 것 같아서 좋다. (2005. 4. 19)

아버지 정선 사북초 5학년 김명희

아버지는 광산을 팔 년이나 다녔다.
그러나 아직도
세 들어 산다.
월급만 나오면 싸움이 벌어진다.
화투를 쳐서 빚도 지고 온다.
빚을 지고 온 아버지는
어머니에게 죽어라고 빈다.
그래도 어머니는 용서 안 한다.

밤에 잘 때는 언제 싸웠냐는 듯이
오순도순 잔다.
그땐
누나와 나도 꼭 껴안고 잔다.

우리 아버지　　정선 사북초 5학년 김창호

우리 아버지께서는
아프신 날에도
일을 나가신다.
그러시면 어머니께서는
아버지께서 일 가신 다음
걱정을 하신다.
아침이 되면
아버지께서 돌아와서
자리에 누워 계신다.
그러시면 나는
학교에 갈 마음이 없다.

아버지의 밥　　정선 사북초 5학년 홍은옥

토요일이라
언니가 교회를 가서
내가 밥을 담았다.
나는
아버지가
조금 잡수시는 걸 알면서도

많이 담았다.
하지만
아버지는 많이 남기셨다.

아버지 월급   정선 사북초 5학년 변영숙
우리 아버지는
월급날이면
돈을 적게 타신다.
아버지가
월급을 가져오면
동생이
돈을 달라고 한다.
그럴 때면
내가 옆에서
아버지보고
돈을 달라 하지 말라고
동생보고
잘 타이른다.

아이들은 조용히 들었다. 책상에 팔베개를 하고 편히 듣는
아이들도 여기저기 눈에 띄었다.
"안됐다."
"그래 맞아, 우리 아빠도 그랬는데."
"우리 아빠가 담배 피면……."
"우리 아빠 술 먹고 들어왔을 때……."

여기저기서 아이들이 자기 아빠 얘기를 막 한다.

"얘들아, 들어 보니까 어때?"

"선생님, 우리도 아빠에 대해 시 써 봐요."

"막 쓰고 싶지. 쓰게 하려고 그랬어. 여기 나온 시처럼 너희들도 아빠가 한 말, 행동, 하는 일, 생김새, 아빠 때문에 속상하고 언짢았던 일, 좋았던 일 같은 아빠와 관련된 어떤 것도 좋으니까 한번 써 보자."

아빠   4학년 이문영

아빠는 나랑 전혀 안 놀아준다.
언제나 컴퓨터와 함께 지낸다.
집에 들어오실 때
과자는 꿈도 못 꾼다.
아빠가 다른 애들 아빠처럼
다정하시면 좋겠다.

두 언니와 남동생 사이에 문영이가 있다. 다른 집보다 식구가 많은 편이라 문영인 무슨 일이든 알아서 하고 또래 아이들보다 어른스럽다. 부모님이 챙길 자식이 많다 보니 문영인 스스로 해 나가는 것에 익숙해 있다. 그렇다고 다른 자식은 제대로 챙길까? 문영인 다른 집 아빠들처럼 자기랑 좀 놀아 주고 얘기도 하고 집에 들어올 때 과자도 사 들고 오기를 바라고 있다. 하지만 아빠는 이런 바람과는 한참 멀리 있다. 아이를 낳아 놓기만 하면 뭐하나. 컴퓨터 할 시간에 애들이랑 좀 놀아 주면 어디가 덧나나? 애들 마음을 조금이라도 읽을 줄

안다면 이럴까 싶다. 어느 한순간을 잡아서 쓰지는 않았지만 평소 아빠를 바라보는 마음과 그 바람이 드러나 있다.

아빠와 담배   4학년 박다빈
나와 동생은
"아빠, 담배 언제 끊으실 거예요?"
"좀 더 피다가."
아빠는 돈만 있으면 담배만 사시고
"아빠, 제 얼굴 봐서라도 끊으면 안 돼요?"
"아빠 좀 힘들게 하지 마!"
아빠는 조금만 핀다면서
거짓말쟁이

아빠의 담배   4학년 박조한
퓨-우
한숨과 담배 소리가 들려온다.
기침을 계속하면서도 아빠는 담배를 피신다.
아빠를 말리면 혼날 것 같아
아무 말이 나오지 않는다.
아빠가 오래 사셔야
내가 무엇이든지 해 줄 수 있을 텐데
아빠가 담배를 끊었으면 좋겠다.

담배 피는 아빠를 걱정하는 두 아이의 글이다. 다빈이가 아빠한테 담배 끊으라고 말을 해 보지만 아빠는 오히려 힘들게 하지 말라며 말문을 닫게 한다. 조한인 기침을 하면서도 담배를 피우는 아빠에게 끊으란 말은 꺼내지도 못하고 그저 마음으로만 걱정하고 있다. 아이들에게 이렇게 걱정거리를 안겨주고 있으면서도 그저 어른이라는, 부모라는 권위로 아이들의 마음을 헤아리지 않고 무시해 버린다. 이러니 아이들이 커 갈수록 아빠들과 거리가 멀어지는 게 아닐까.

아빠   4학년 이재건

아빠가 술 마시고 오면
자고 있는 나와 지우를
마구 깨운다.
깨워서
"차렷! 열중셧!"
반복해서 시킨다.
지우와 나는 잠에서 금방 깨어나
눈물을 글썽인다.

우시는 엄마   4학년 김정민

아빠가 술을 먹고 새벽 한 시에 들어오셨다.
엄마와 아빠가 싸우셨다.
싸움이 끝나고 슬쩍 문을 열어보니
엄마가 우신다.
나는 "엄마, 들어가서 자자."
그러면 엄마는 손을 뿌리치고 아빠한테
"그래! 니 술 먹고 빨리 죽어라."

나는 엄마의 말이 슬픈 걸 느낀다.

밤늦게 술을 먹고 들어와 곤하게 자는 아이들을 깨워서 군대에서 하듯 훈련을 시키는 아빠의 모습이다. 얼마나 졸리고 힘들고 당황스러웠을까. 아이는 술 먹고 들어와 엄마를 힘들게 하면서 싸우는 아빠의 모습을 다 보고 있다. 울부짖는 엄마를 보고 슬픔을 느낀다. 엄마에게 손을 내미는 아이는 아빠에게는 또 어떤 마음을 갖게 될까? 가슴이 아프다. 우리 어른들이 이런 모습은 아이들에게 보여 주지 말아야 하는데……. 부모들이 휘두르는 폭력은 우리 아이들에게 너무 가까이 있다.

아빠   4학년 이동제

아빠는 속초에서 일을 하신다.
그래서 집에 자주 올 수 없다.
아빠가 집에 오시면
내 동생은 "아빠" 하며 안긴다.
나는 일부러 안 반가운 척한다.
아빠가 그걸 보시고
내 방에 들어와 나를 보면
나도 모르게 웃음이 나온다.

아빠 오는 날을 기다리고 있었겠지. 가끔씩 오는 아빠가 얼마나 반가웠을까? 동제는 의젓하고 동무들을 잘 챙겨 주고 성실한 아이다. 밤에 엄마도 일 나가시고 안 계실 때면 자다가 우는 동생을 업어서 재우기도 한다. 속 깊은 동제가 아빠가 왔다고 동생처럼 달려가 안기지는 않지만 반갑고 좋은 마음은 어쩔 수가 없다. 앞에서는 안 그런 척하지만 그런 마음을 헤아려 준 아빠가 동제 방에 따라 들어와 눈을 맞춰 준다. 웃음이 절로 나겠지. 모습이 눈에 선하게 그려진다. 따뜻한 기운이 느껴진다.

아빠의 써빙   4학년 김연주

아빠는 엄마랑 식당을 하신다.
아빠가 피곤해서 주무실 때도
엄마는 바쁘다고 아빠를 깨운다.
난 아빠가 안 일어났으면 좋겠다.

대부분 아이들이 아빠보다는 엄마를 더 잘 따르는데 연주는 아빠를 무척이나 따른다.

이름

내 이름은 연주다.
아버지께서 지어주셨다.
연꽃 연 자에 구슬 주
내 이름은 소중하다.
아이들이 별명을 부르지 말고
이름만 불렀음 좋겠다.

아빠

난 아빠만 따른다.

"연주야, 연주는 아빠 딸이지?"

"네."

난 엄마도 좋은데

아빠가 좀 더 좋다

그래서 난 아빠 딸이다.

여기 시 두 편을 보면 연주가 엄마보다 아빠를 특별히 여기는 걸 알 수 있다. 그러니 엄마 아빠가 같이 식당 일을 하는데도 아빠가 힘들어하는 모습이 눈에 들어오는 게다. 피곤해서 주무시는 아빠가 안 일어나길 바라는 글에서 아빠를 생각하는 연주 마음을 읽을 수 있다.

아이들 시를 보고 나서

한 시간에 써낸 시였다. 형식이나 내용을 좀 더 다듬어야 하는데, 시간도 없었지만 그럴 마음이 내키지 않았다. 그래서 아쉽고 부족한 시들이 많다. 그냥 우리 아이들에게 비친 아버지의 어두운 모습들이 내 마음을 눌렀다. 위에 실린 글보다 더 일그러진 아빠의 모습을 그린 시도 여럿 있다. 바람난 아빠, 엄마와 떨어져서 사는 아빠, 과자 한 번 안 사 들고 오는 아빠. 아이들은 다 알고 있고 다 보고 있었다. 우리 아이들에게 아빠는 그저 엄하고 무섭고 몸에 안 좋은 술, 담배나 하고 안 놀아 주고 컴퓨터 게임이나 하고 말 붙이기도 힘든 상대다. 시대도 달라지고 생각도 많이 달라져서 남자들도 많이 변했다고들 하는데 글을 보니 아니다. 아직까지 집안에서 남자로, 어른으로, 부모로만 있으려고 하고 동무가 되어 주고 마음을 받아 주고 살갑게 안아 주는 아버지를 찾아보기 힘들다. 정말 소중한 가치를 잃고 사는 게 아닌지, 무엇을 위해 하루하루 바쁘게 내달리며 사는지. 앞만 보고 달리느라 아이들이 보내는 마음의 눈길을 바라보는 일에는 별 관심이 없어 보인다.

솔직한 마음으로 쓴 시들이라 아이들과 함께 나누고 싶어서 한 사람도 빼지 않고 다 읽었다. 한 편씩 읽어 줄 때마다 뭔 말들이 그리 많은지. "우리 아빠는……" 하면서 시 한 편에 말들은 수십 마디. 대부분 아빠 흉보는 얘기들이었다. 우리 아빠가 너네 아빠보다 더 심하다는 걸 알려 주기라도 하듯.

우리 아이들, 속에 가둬 둔 생각을 이렇게라도 풀어내었으니 마음이 조금은 시원해졌으려나. *주순영 삼척 정라초

일하고
글쓰기

요즘 아이들은 일하려고 하지 않는다. 그러니 일을 잘 모른다. 자기 몸을 움직여 하는 일이 가치가 있는 일인 줄 모르고, 어른이 되어서도 그 경험을 바탕으로 살아간다는 것도 모르고 있다.

하지만 우리 고천분교 아이들은 다른 아이들보다 많은 일을 하며 살고 있는 형편이다. 철마다 달라지는 농사일을 도울 줄 알고 할아버지, 할머니와 서로 의지해 살다 보니 집안일도 스스로 해야 할 때가 많다. 아이들과 공부하면서 이런저런 이야기를 하다 보면 집에서 여러 가지 일을 했다고 자주 말하는데 그걸 글감으로 해서 글을 쓰는 일은 무척 드물었다. 그래서 어떻게 하면 아이들이 자기가 한 일을 자랑스러워하고 일하는 즐거움을 함께 느껴 볼 수 있을까 생각하다가 '일하고 글쓰기'를 주제로 4월부터 글쓰기 공부를 했다.

4월, 학교 둘레 보리밭이 온통 푸르다. 일기장에서 일한 것을 글감으로 쓴 글을 한 편씩 골라서 같이 읽고 이야기를 나누었다. 아이들이 자기 일기장에서 고른 글이다.

방 청소 4학년 고현우

내일 우리 아빠랑 현아가 온다고 그랬다. 난 너무너무 신이
났다. 그래서 할머니와 같이 방을 정리했다. 방 정리하는 것
도 귀찮다. 난 청소가 싫다. 다 했다. "으휴!" 방을 보니 깨끗
하다. (2003. 4. 24)

일하기 5학년 변의춘

동찬이 형아네 집 앞에 있는 밭에 갔다. 우리는 돌을 주워
날랐다. 근데 저기에 돌멩이 큰 게 있어서 의영이 형과 내가
파려고 그랬는데 할아버지가 "그건 바우여서 못 파내 냅돠."
"팔 거예요." 우리는 계속 파서 드디어 다 팠다. 의영이 형 몸
통만 한 것을 언덕으로 떨어뜨리니 공처럼 굴러갔다.

(2002. 4. 13)

일하기 5학년 김동준

일을 했다. 큰엄마 큰아빠 나와 동희 형하고 감자 심는 일
을 했다. 감자심기를 하다가 큰아빠가 "동준아, 저기 있는 비
닐 좀 주워라." 또 비닐을 줍다 보니 큰엄마가 "동준아, 저기
있는 옥수수밭에 가서 옥수숫대 좀 뽑아라." 그런데 옥수수
밭에 가 보니 옥수숫대가 너무 많아 옥수숫대를 뽑는 데 두
시간 정도 걸렸다. 다 하고 나니 땀이 흘렀다. 오늘 하루는 힘
들었다. (2003. 3. 31)

자기들이 한 일을 이야기하는데 다들 신이 나고 할 말도
많았다. 이야기를 나누다가 "그러면 너희들이 1년 동안 하는

일이 어떤 것들이 있는지 생각나는 대로 적어 보자"고 했다. 세 아이들이 적은 것을 모아 보니 이렇게 많았다.

마늘종 뽑기, 모내기, 보리 베기, 보리타작, 마늘 캐기, 감자 놓기, 감자 캐기, 콩 심기, 콩타작, 콩 꺾기, 콩 까기, 콩 고르기, 콩 줍기, 콩단 나르기, 옥수수 따기, 풀 뽑기, 짐승 먹이 주기, 소똥 치우기, 거름주기, 옥수수알 까기, 고추 따기, 고추 말리기, 나물 뜯기, 나물 말리기, 나무 나르기, 빨래, 설거지, 방 청소, 마당 청소……

"야, 하는 일이 이렇게 많아? 나도 해 보지 않은 일도 많이 하네. 정말 대단하다. 그런데 이런 일 하고는 왜 그걸로 일기 안 썼어? 하루에 우리가 겪는 일을 쓰는 게 일기잖아. 그러니까 1주일에 한 번쯤은 일한 것을 글로 쓸 수 있겠네. 너희들이 지금 말한 것이 다 좋은 글감이잖아. 그러니까 종이에 적어 일기장에 붙이고 올 한 해 동안 그걸 글감으로 해서 글을 쓰도록 하자. 자기가 일을 했을 때마다 그때그때 글을 써 보면 좋겠다."

이야기를 나누면서 '일하는 것이 가치 있고 좋은 것인 만큼 그걸 글로 쓰는 것도 훌륭한 일이 될 수 있고, 그 글을 읽는 사람들에게 행복을 줄 수 있을 것이다'고 했다. 또 '이렇게 일하는 것이 너희들 참모습이니까 그걸 글로 쓰는 것이 마땅하다'는 말도 덧붙였다.

1학기 동안 아이들은 1주일에 한두 번 일하는 것을 글감으로 일기장에 글을 썼다. 그때마다 이야기를 나누었고 칭찬도 많이 해 주었다. 그리고 달마다 펴내는 문집에 실어 모두 같이 읽었다. 그때 나온 글 두 편이다.

풀 뽑기 4학년 고현우

아침 먹고 할머니랑 밭에 가서 풀을 뽑았다. 가서 풀을 뽑
다가 목이 말라서 오디를 따 먹었다. 나는 손으로 뽑고 할머
니는 낫으로 벴다. 손으로 풀을 뽑다 보니 귀여운 새끼고양이
가 있었다. 할머니는 고양이가 싫다고 버리라고 한다. 풀 뽑
는 게 너무 힘들다. 난 괜히 풀을 뽑자고 그런 것 같다. 허리
굽혀서 풀 뽑는 게 힘들다. (2003. 6. 8)

현우가 먼저 할머니한테 풀을 뽑으러 가자고 했다. 아이
들이 한 일로 글을 쓰고 이야기를 나누다 보니 이런 일도 생
겼다.

방 청소 5학년 김동준

삼촌이랑 방 청소를 했다. 그런데 동희 형이 옷을 사방으로
퍼트려 놔서 청소하기 어려웠다. "동희 형, 좀 치우고 다녀."
"아유, 이 쪼끄만한 게." '자기는 치우지도 않으면서' 나하고
삼촌은 열심히 하고 있는데 광명이가 또 어지럽혀서 또 했다.
깜빡하고 침대 밑을 안 쓸어 침대 밑을 또 쓸었다.

대학 다니는 사촌 형이 자기 방도 안 치우고 다니는 것을
동준이는 무척 못마땅해한다. 자기가 꼭 해야 할 일은 자기가
해야 한다는 이야기를 자연스럽게 나눌 수 있었다.

11월에 들어와서는 아이들이 일한 것으로 시 쓰기를 해 보
았다. 그동안 우리 아이들이 쓴 시를 살펴보면 일한 것을 글
감으로 쓴 시가 많지 않았다. 자기가 한 일을 자세히 밝혀 쓰

다 보니 줄글이 더 편하다고 생각하는 모양이다. 아이들이 시를 썼으면 하는 마음에서 나도 글을 한 편 썼다.

"애들아, 시를 써 보자. 어른들 힘들고 땀나게 일하는 모습, 불어오는 바람, 길어지는 산 그림자, 새소리, 풀벌레 소리 하나도 놓치지 말고 시를 써 보자. 콩타작, 설거지, 보리 심기, 장작 패기, 소 먹이 주기 하나하나 되살려 시를 쓰자.

콩단 나르는 동준이, 소 먹이 주는 의춘이, 할머니와 나란히 서서 밥하는 현우. 일하는 아이들이 집을 지키고, 마을을 지키고, 나라를 지킨다. 소중한 자신을 끝까지 지켜 갈 일하는 아이들. 그 모습 그 마음 시로 남기자."

내가 쓴 글을 돌아가며 읽어 보고는 자기들도 열심히 해 보겠다고 한마디씩 적어 놓았다. '비료 지기' 시를 칠판에 적어 놓고 조용히 같이 읽어 보았다. 녹음기를 틀어 놓고 노래도 같이 불렀다. 다들 좋은 마음이었다.

비료 지기　안동 대곡분교 3학년 정창교

아버지하고
동장네 집에 가서
비료를 지고 오는데
하도 무거워서
눈물이 나왔다.
오다가 쉬는데
아이들이
창교 비료 지고 간다
한다.

내가 제비보고

제비야,

비료 져다 우리 집에

갖다 다오, 하니

아무 말 안 한다.

제비는 푸른 하늘 다 구경하고

나는 슬픈 생각이 났다. (1970. 6. 13)

돌려 쓰는 일기장에 아이들이 일한 것을 글감으로 시를 써 오기 시작했다. 함께 이야기를 하면서 글 고치기를 했다. 금요일 아침 글쓰기 시간에는 다 같이 조용히 앉아서 시를 썼다.

콩   4학년 고현우

다른 집은 콩을 심어 거두는데

우리는 콩을 안 심었다.

올 봄 할아버지가 돌아가셔서

농사를 못 짓는다.

할아버지가 살았을 때처럼

농사를 짓고 싶다.

형아들처럼

일을 하고 싶다. (2003. 11. 6)

감 따기   4학년 고현우

저 아래 밭에서 감을 딴다.

나는 감을 따고

할머니는 봉지에 넣는다.
감을 따는데
눈이 부시고, 목도 아프고, 팔도 아프다.

'할아버지가 있었으면
나무에 올라가 금방 딸 텐데.'
할아버지 몫까지 딴다.
할머니도 나처럼
할아버지 몫까지 땄으면 좋겠다.

감을 많이 따서
곶감을 할 거다.
할아버지 제사 때
상 차릴 때
나랑 할머니가
만든 곶감을
상에 올릴 거다. (2003. 11. 7)

풍채로 콩 고르기   5학년 변의춘
"할 거 없으면
풍채로 콩 골라."
먼지가 섞인 콩을
할머니가 붓고
나는 풍채 손잡이를 돌렸다.
"두우우우-르르르르."

아직도 콩깍지가 섞여 나온다.
콩깍지는 손으로
또 골라 내야 한다.
오래 돌리니
팔이 아프다.
머리에 먼지가 자꾸 붙는다.
그러다
그러다
다 했다. (2003. 11. 1)

콩단 나르기　　5학년 김동준

콩단을 서너 개씩 안아서
경운기에 싣는다.
"아휴, 팔 아파."

콩단을 나르는
큰아버지를 보면
열 단씩 나른다.
스무 살만 되면
나도 열 단씩 날라
얼른얼른 도울 수 있을 텐데

콩단이 두 줄씩 80단이 있다.
이렇게 많은 콩단을
여덟 번이나 날랐다.

나이 많으신 할머니가
나보다 많이 날라서
너무 부끄러웠다. (2003. 11. 7)

　이오덕 선생님이 엮은 책, 《일하는 아이들》을 읽으며 그 속
에서 우리 아이들 모습을 봤다. 우리가 잃어 가고 있는 모습
이었는데 고천분교 아이들한테는 아직 그런 모습이 많이 남
아 있다. 한 해 동안 아이들의 삶을 함께 느끼고 싶은 생각에
서 '일하고 글쓰기'라는 주제를 잡아 공부를 해 보았다. 도시
아이들도 우리 아이들처럼 농사일은 아니더라도 방 청소와
설거지 같은 일을 하면서 일하는 즐거움을 찾길 바란다.

＊강삼영 삼척 고천분교

시, 내 마음을
들여다보는 거울

올해는 시로 글쓰기 공부를 열어 보기로 했다. 첫 주는 아이들이 가지고 있는 시라는 고정된 틀을 깨 보기로 했다. 그래서 좋은 시와 좋지 않은 시로 뚜렷이 구분이 되는 시 여러 편을 골라 아이들에게 읽어 주었다. 처음에는 어느 정도 형식만 맞춰 억지로 쓴 시에서도 특별한 의미를 찾으려 애쓰던 아이들이, 좋은 시를 계속 맛본 뒤로는 시를 가슴으로 느끼려 했다.

두 번째 주에는 좀 이른 감이 있지만 시를 써 보고 싶었다. 올해 이 학교로 전근을 오면서 아이들 가슴속에 구멍이 하나 뻥 뚫린 것 같은 느낌을 받았다. 학교, 학원, 공부에 치여 자신의 삶을 찬찬히 들여다볼 생각을 못 하는 아이들의 답답함을 풀어 주고 싶었다. 그래서 무엇을 쓰게 하면 좋을까 고민하는데 김종욱 선생님이 아이들과 시 쓰기를 한 이야기가 떠올랐다. 어른들이 아이들에게 흔히 하는 말을 찾아 시로 쓴 이야기인데, 그대로 따라 해 보았다.

"애들아, 살면서 다른 사람들이 나한테 한 말 때문에 상처를 받은 적이 많이 있지? 우리 그거 한번 써 보자. 우선 누군

가가 내게 했던 말 중에 가장 기억나는 것을 다섯 개 정도 써
봐. 그리고 그중에서 시로 쓸 만한 것을 하나 뽑아. 쓸거리를
정했으면 그 말을 들었던 그 순간으로 돌아가 보는 거야. 눈
을 감고 찬찬히 생각해 봐. 정확하게 언제지? 몇 시쯤? 어디
서였나? 누구와 같이 있었지? 무슨 일을 하고 있었나? 어떤
이야기를 나누고 있었지? 뭐라고 얘기하고 행동했는지 잘 떠
올려 봐."

아이들은 시를 쓰며 모두 진지했다. 아래는 아이들이 쓴
시다.

공부   6학년 김태호
저기 친구가 지나가고 있네.
"안녕?"
"어, 안녕."

아빠는 친구 쪽으로 돌아본다.
"너, 어디 가니?"
"학원 가요."
그러더니 친구는 바삐 어딜 간다.

"저, 봐라.
남은 열심히 공부하는데 넌 놀자판이니."
아빠가 한 말씀 하신다.

학원을 가야 공부를 잘할까?

비록 공부를 잘해야
부모님 기분이 좋다 하지만
자꾸 그러는 아빠가 밉다.

공부 중   6학년 김건일

"이 싸가지 없는 놈!"
엄마 말을 듣고
화가 나고 울컥했다.
공부하는데 제대로 못한다고
나보고 욕을 했다.
난 속으로
'공부 좀 못한다고 욕을 해요?'
다른 엄마들은 이럴까?
없다면 짜증난다.

엄마 아빠 어렸을 때   6학년 정소희

엄마 아빠 어렸을 적에는
공부를 다 잘했나보다.

내가 시험을 못 봐서
풀이 죽어 있으면
엄마 아빠는
엄마, 아빠 어렸을 때는
따로 공부 안 해도
공부 잘했는데

이러시며

혀를 끌끌 차신다.

아빠랑 엄마랑 싸우고

아빠가 학원에 데리러 왔다.

아빠가 간식을 사 주며

"너는 공부 열심히 해서 잘 살아라.

아빠처럼 힘들게 살지 말고."

갑자기 울컥한다.

아빠가 하신 한마디가

내 가슴에 와닿았다.

오늘은 공부 열심히 해서

훌륭한 사람 되어서 잘 살겠다고

다짐했다.

　우리 반 아이들은 놀 줄 모른다. 요즘 아이들이 대체로 몸을 움직여 놀고 일할 줄 모르긴 하지만, 우리 반 아이들과 생활하면서 이 아이들은 아주 어렸을 때부터 통제된 환경에서 강의식 수업만 받으며 자라 온 것 같다. 일기장에 써 놓은 아이들의 삶도 공부하고, 학습지 푼 얘기 아니면 컴퓨터 게임하며 부수고, 죽이고, 이기고 진 이야기뿐이다.

　아이들이 처음 쓴 시도 거의 공부 이야기였다. 공부 안 한다고 부모님께 꾸중 듣고, 다른 아이들과 비교당한 이야기들이 대부분이었다. 학교 끝난 뒤 학원 몇 개 돌고 학습지에 학원 숙제에 치여 밤늦어서야 잠이 든다는 아이들 일기를 읽으면 나부터 숨이 막혀 온다.

아이들의 삶이 이렇게 답답하니 가슴속에 맺혀 있는 응어리가 많을 것이다. 그래서 셋째 주에는 맺혀 있는 마음을 풀어 주는 시 쓰기를 했다. 칠판에 '답답하고 속상하고 걱정되는 일'이라고 적어 놓고, 지금이나 요즘 마음이 아팠던 일들을 떠올려 보자고 했다.

"그중에 한 가지를 정해서 그 순간으로 돌아가 보자. 자, 눈을 감고 그때 그 순간으로 여행을 떠나는 거야. 나도 자라면서 괴롭고 슬프고 힘든 일이 참 많았어. 그때마다 나는 글을 썼어. 일기나 편지를 쓰고 나면 가슴이 시원해졌어. 글을 쓰면서 동시에 내 고민을 스스로 해결하고 있더라. 너희들도 지금의 힘든 일들을 시로 표현해 보자.

얘들아, 시는 어때야 한다고 그랬지? 어느 한순간의 일을, 감정을, 생각을 딱 붙잡아 써야 한다고 했지. 늘 있는 일을 누구나 흔히 쓰는 말로 적지 말고, 어느 순간의 일을 나만의 입말로 적어 보는 거야."

"연우가 길게 써요, 짧게 써요 하는데, 길게 써도 되고 짧게 써도 돼. 중요한 건 내가 하고 싶은 말을 다 썼나 하는 거야."

"시를 다 썼으면 자기 시를 여러 번 다시 읽어 봐. 누가 읽었을 때 궁금한 점이 없도록 써야 되는 거 알지? 내가 하고 싶은 말을 다 했는지, 혹시 쓸데없는 말이 들어간 건 없는지 잘 살펴봐."

아이들과 글을 쓸 때마다 하는 '잔소리'를 몇 마디 들려주며 시 쓰기를 끝마쳤다. 아이들이 어떻게 살고 있는지, 어떤 생각을 하고 있는지 무척 궁금했다. 시를 보면 아이들 삶이 드러나겠지. 궁금한 마음에 얼른 읽어 보았다.

읽어 보니 아이들 시가 투박하다. 하지만 아직은 글다듬기를 할 때가 아닌 것 같다. 지금은 마음을 풀어 주는 것이 중요한 것 같다.

내 반찬   6학년 강다빈
할머니 댁에
도착했다.

"아이고, 우리 강아지들 왔어?"
밥을 차려 주신다.

"유미야, 할머니가
맛있는 거 했지.
자 먹어.
우리 막낸,
네가 좋아하는 장조림."

언니, 동생에게
반찬을 하나씩
꺼내 앞에 놓아준다.

난 기다렸다.
하지만

내 거는 없었다.

장조림을 먹고 싶었지만
그냥 김치만 먹었다.

아빠가 내 눈치를
보는 것이 느껴졌다.
뭔가가 울컥하고
나오려고 했다.

이 시를 읽고 나는 공감하는 것이 많았다. 나도 다빈이처럼
사이에 끼인 둘째다. 위로는 장손인 오빠와 아래로는 언제나
살갑고 애교가 많은 여동생. 무뚝뚝하고 감정을 잘 드러내지
않았던 나는 상대적으로 부모님의 사랑을 덜 받는다고 느꼈
다. 꽤 크도록 그렇게 느꼈던 것 같다. 그래서 아빠를 많이 미
워하기도 했다. 다빈이가 울컥하고 느낀 감정이 문득 어린 시
절의 나를 떠올리게 만든다.

동생 6학년 조혜인
동생이랑 싸웠다.
단지 공부를 잘하나
걱정이 되어서 책을 봤다.
동생은 싫었나 보다.
그래서 싸웠다.

엄마는 싸움을 멈추고 혼낸다.
엄마는 나만 혼낸다.
이유는 내가 맏이니까
동생을 챙겨주어야 된다고.

나는 동생이 되고 싶다.
누군가가 매일 챙겨주어야 되는
동생이 되고 싶다.

동생이 태어나면 큰아이는, 마치 첩을 맞이하는 본처의 심정 같은 것을 느낀다고 한다. 그러니 애당초 형제자매 간의 우애보다는 치열한 경쟁으로 질투심이 먼저 싹트는 것이다. 나도 어린 시절부터 불과 몇 년 전까지도, 세 살 터울인 여동생에 대한 경쟁의식 때문에 머리가 종종 아팠다. 정말 첫째라면 누구나 혜인이처럼 느껴 봤을 것이다. 언니, 형이라서 동생에게 양보해야 하고 챙겨 줘야 하고. 혜인이의 푸념이 마음이 와닿는다.

사춘기   6학년 조하영
요즘은 엄마하고 말하면 답답하다.
사춘기인가 보다.
내 의견을 계속 주장하고 싶다.
사춘기라고 생각하니 무서워진다.
엄마와 관계가 멀어지면 어쩌지?
가끔씩 내 마음이 걱정된다.

하영이는 정말 착한 아이다. 순진하고 무던하다. 요즘 6학년 여자아이답지 않게 느릿하면서도 착실한 모범생이다. 그런 하영이에게도 사춘기가 왔나 보다. 그런데 하영이는 자신도 알 수 없는 자기의 감정 때문에 엄마와 사이가 멀어질까 걱정을 한다. 예쁜 마음이다. 몇 해 전 담임했던 소현이라는 참한 아이도, 자꾸 삐딱해지는 자신의 감정 때문에 다른 사람들이 상처를 받을까 봐 "사춘기가 빨리 지나갔으면 좋겠다"고 일기를 쓴 적이 있었다. 이 글을 읽으니 소현이도 떠올랐다. 이번 기회에 하영이가 좀 더 적극적으로 자기 자신과 삶에 대해 깊숙이 바라보게 되었으면 좋겠다.

동생　6학년 김건일

저번 주 일요일,
동생 공부를
봐주고 있다.
하나도 모른다.

잘 설명해 주면
모르겠어서
운다.

내가 화가 나서
머리를 쥐어박고
나왔다.

동생이 나중에 잘 될지
걱정이다.

학교생활을 착실하게 잘하는 진짜 모범생 건일이가 집에서는 동생 공부도 가르쳐 주나 보다. 공부를 가르쳐 주다가 머리를 쥐어박고 나왔다는 이야기가 재밌어서 슬쩍 웃음이 났다. 그래도 형이라고 동생을 걱정하는 마음이 가득 담겨 있다. 건일이 동생도 그 마음을 알겠지.

이혼   6학년 최희승

하루 하루 즐겁게 지냈던 우리 가족
한번에 무너졌네.
아침에 엄마가 해 주는 밥을 먹고 나온 나
그리곤 유치원에 갔다.

갔다 오니 엄마가 없었다.
난 이렇게 생각했다.
오늘 회사에서 늦는구나.

시간이 한참 지나도 오지 않았다.
동생은 무서워서 위층 외할머니한테 맡겼다.
시간이 지나 12시 무렵 난 집을 혼자 보았다.
아빠도 들어오지 않았다.

그 당시 난 엄마 핸드폰 번호

아빠 핸드폰 번호를 다행히도 외웠다.
하지만 받지 않는다.
난 무서웠다.

몇 분 뒤, 초인종이 울렸다.
난 문을 열어주고 이불 속에 숨었다.
알고 보니 아빠였다.
아빠께서는 술을 많이 드셨다.

나는 그냥 자는 척했다.
하루가 지났다.
아빠는 소파에서 주무셨다.
난 아빠한테 물어보았다.

엄마 어디 갔냐고 물어보았다.
그런데 아빠는 말이 없었다.
그리고 친할머니한테 가서
일을 얘기하고 나서 가려는데
할머니가 놀라서 외갓집에 갔다.

외할머니도 놀라셨다.
그 이유는 이혼을 했다고 해서이다.
난 순간 울지도 웃지도 못하고
가만히 듣고 있었다.
순간 내 가슴, 내 마음이 아팠다.

그 후 엄마의 얼굴은 볼 수 없었다.

난 왜 이혼했는지 물어보았다.

그런데 할머니가 하는 말이

니 엄마가 빚을 많이 져서

아빠가 이혼한 거라고 하였다.

난 마음이 울컥했다.

난 동주초등학교 1학년을 입학했다.

그땐 지금처럼 운동회 연습을 하였다.

난 두리번두리번하였다.

그런데 스탠드 위에 엄마가 서 있는 것이었다.

난 운동회 연습이 끝나고 엄마한테 갔다.

엄마는 선생님한테 얘기를 하고

나를 데리고 가서 점심을 사 주고 헤어졌다.

그날 밤에 아빠가 하는 말이

엄마 만나서 좋았냐고 물어보았다.

난 좋다고 했다.

그날은 좋았다.

하지만 다음 날에는 엄마를 볼 수 없었다.

희승이가 속마음을 털어놓았다. 아동기초조사서에는 아무
런 문제없이 식구들이 모두 쓰여 있어서 그런 사실을 몰랐다.
희승이는 개구쟁이 남자아이들처럼 장난이 많고 씩씩했다.
매일 내 배를 때리고 딱정벌레처럼 등에 매달리며 장난을 걸어서 희승이에게 그런 아픔이 있는 줄 알지 못했다.

시를 보면 꽤 오래전, 어렸을 적 일인데도 아주 생생히 다 기억을 하고 있다. 아마도 몇 번이고 곱씹고 또 곱씹었을 가슴 아픈 기억인 듯했다. 무척 긴 시인데도 무언가를 토해 내듯 한달음에 써 내려간 희승이. 희승이를 안아 주고 싶다.

카드   6학년 박진식
나는 답답하다.
카드 사 와라. 안 사 오면 죽인다.
왜 나보고 카드를 사 오라는 거지?
자기가 사면 될 것을.

나는 답답하다.
왜 내가 말을 따라 해야 하지?
말 따라 해! 섹! 스!
절 해!
왜 절을 해야 하는 거지?

나는 답답하고
속상하다.

우리 반 성진이가 진식이를 왕따라며 무시하고 매일 시비를 건다는 것이다. 시를 쓴 날에도 성진이가 진식이에게 '큰절'을 시키고, 갖가지 성적인 말을 따라 하게 하고, 2000원짜리 카드를 사 오게 하고, 무릎 꿇게 만들었다는 것이다.

진식이 시를 읽고, 너무나 화가 나고 진식이가 안쓰러워서 속이 터질 것만 같았다. 성진이를 불러 크게 혼을 내고 다시는 못된 짓을 하지 않겠다는 다짐을 받았다. 퇴근 후에도 속상해서 눈물이 나고, 학교를 관두고 싶은 마음까지 들었다.

한 달 반이라는 짧은 시간 동안 성진이는 수도 없이 많은 문제를 일으켰다. 그저 장난이라며 친구들을 괴롭히고 때리고 따돌리고 욕설을 퍼붓는 성진이가 자꾸 미워졌다. 그런데, 그다음 주에 성진이가 쓴 시를 읽고 많은 생각을 하게 되었다.

글쓰기 공부는 수요일에 하는데, 월요일에 미리 숙제를 내주었다. 주변 사람들을 잘 관찰해 보라고 했다. 그 사람의 행동, 말, 내 생각을 찬찬히 들여다보라고 했다. 그리고 인상 깊은 사람에 대해 시 쓰기를 했는데, 진성이는 엄마에 대해 썼다.

엄마 6학년 고성진

내가 학교에서 싸워도
욕해도, 약 올려도
언제나 나를 이해해주시고
사랑해주시는 엄마

나는 싸움을 하지 말고
욕하지 말라고 노력해도
어쩔 수 없는 내 마음

나는 내 자신에게 반성하고
내 자신을 욕하고 미워한다.
내 자신이 밉다.
가끔씩은 죽고 싶다.

죽고 싶다, 죽고 싶다니. 그동안 자신도 어쩌지 못하는 못된 행동 때문에, 성진이도 힘들었나 보다. 잘못을 저질러 놓고도 뉘우칠 줄 모른다며 성진이를 질책하던 내가 떠올랐다. 성진이의 시를 읽으니 또 성진이가 안됐고, 안쓰럽다.

몇 주 동안 시를 공부하면서 나는 별로 가르친 것이 없다. 앞에 말한 것처럼 그저 좋은 시를 읽어 주고 글을 쓸 수 있는 시간을 주었을 뿐이다. 그런데 아이들은 자신의 이야기를 마음껏 털어놓을 수 있는 시간이 필요했던 모양이다. 주제만 툭 던져 주었을 뿐인데, 아이들은 삶을 꺼내어 놓는다. 그래서 아이들은 모두 시인이라고 하나 보다.

시를 공부하며 시를 써 보며, 아이들의 삶과 마음을 엿볼 수 있었다. 아이들 역시 시를 통해 자신을 비추어 보았을 것이다. 무엇이든 빨리빨리 배우고 느끼고 깨달아서 남들보다 앞서가야 하는 요즘 시대에, 시는 느리게 천천히 내 마음을 들여다볼 수 있는 거울이다. 내 삶을 비추어 주는 참된 스승이다.

*김현숙 청주 동주초

흔들리는 마음도
놓치지 않고

6학년 읽기 첫 시간.

'시 속에 나오는 인물들의 갈등 알아보기.' 갈등은 서로 다른 생각이 부딪힐 때 생기는 거다. 사람 마음속에는 얼마나 많은 것들이 서로 출렁이고 흔들리나. 마음과 마음이 서로 부딪히고 흔들리고, 때론 아픔으로 숨통이 끊어질 듯하다가도 이겨 내기도 한다. 혼자 끙끙대기도 하고, 아픈 마음 쏟아 내며 다른 사람에게 상처를 주기도 하지만 또 마음이 자라기도 하지.

오늘 또래 동무들이 쓴 시를 보면서 우리가 늘 만나는 갈등, 그 작은 흔들림부터 느껴 보자.

어떤 시를 보여 줄까

지금 우리 아이들 마음을 흔들 수 있는 시. 어떤 게 좋을까. 바로 내 곁에 있는 동무 마음을 들여다볼 수 있는 것, 그래서 동무 시 두 편 '잔소리'와 '햄스터', 시험과 공부는 빼놓을 수 없지. 그래서 고른 구자행 선생 시집에 있는 '버림받은 성적표'. 세상 밖으로 좀 더 나아간 시 두 편 '잠 못 자는 깻잎'과

'말 못 하는 고양이'.

군것질   5학년 한경민

엄마가 밥 먹고
공부하라고 한다.
나는 군것질을 하러 갔다가
걸렸다.
"공부하랬는데 어디 갔었노?"
나는 군것질하러 갔다고
당당히 말했다.
나만의 시간도 좀 있는 거지
엄마의 말만 따를 수 없다. (2005. 6. 10)

햄스터들   6학년 이시원

마트
유리판 너머
작은 생명들

손님이 찾아오면
하나 둘 선택된다.
장갑 낀 손이 다가오고
유리판 너머로 떠난다.
몇십 개의 눈동자가
빤히 쳐다본다. (2012. 6. 29)

잔소리 6학년 강혜민

오늘 저녁

잔소리를 많이 들었다.

나는 그저 핸드폰을 보고 있었다.

엄마 아빠 통화로 싸우는 소리가 들렸다.

마루로 나갔다.

물만 마시고 자려고 했다.

그런데 엄마가

날 붙잡고 잔소리를 하셨다.

화가 잔뜩 나 있었다.

날 붙잡고 뭐라 하더니

"부모에게 잔소리 안 듣고 사는 사람 없다"며

짜증을 냈다.

짜증나는 일이 아무리 큰 거라도

엄마가 짜증낼까 봐 괜히 말 안 했는데

난 그렇게 엄마를 생각하고 있는데

엄마는 내 마음을 알아줄 것 같았는데

엄마 아빠가 안 싸웠으면 좋겠다.

정말 쓸쓸하고 외롭다. (2012. 7. 5)

버림받은 성적표 부산고 1학년 장기준

"성적표 갖고 와 봐."

"여기요."

"이게 뭐고. 이게 성적표라고 갖고 왔나?

니 이 실력으로 대학 갈 수 있는지 아나?

내일 당장 공고로 옮겨."

"싫습니다."

찌익-, 사정없이 성적표를 찢어 버린다.

주먹이 불끈 쥐어졌다.

벽을 맘껏 후려치고 싶다.

"장기준."

"예."

"니 정말 이랄래? 아버지는 니 하나만 믿고 사……."

말을 이으시지 못했다. 또 다른 아버지 모습이 보인다.

못난 아들이구나.

성적표가 싫다.

이깟 게 뭔데 나와 아버지 사이를 갈라놓아. (2000. 11. 18)

잠 못 자는 깻잎   밀양 단산초 6학년 백아르미

강 건너

비닐하우스에 켜진 불

멀리서 보면

참 예쁘다.

하지만

저 불은

들깻잎을 못 자게 깨우는 것.

나는 이제 잘라 하는데

저거들은 얼마나 힘들겠노.

인간도 저렇게 당해 봐야

식물의 아픔을 알 거다. (1999. 12. 11)

말 못 하는 고양이　　울진 온정초 4학년 권미란

고양이 기르던 어떤 할머니가

고양이가 야옹야옹 못 한다고

버리려고 했다.

동네 할아버지들도 고양이를 만져 보고

야옹 안 하니까 버리라 한다.

고양아, 야옹 해. 안 하면 너는

버려지게 된단 말이야.

고양이는 멍청하게 엎드려 있다.

동네 남자아이들이 버리로 갔다.

나도 따라가서 숨어 있다가

아이들이 간 뒤에

고양이와 있어 주었다.

그러다 고양이는 어디로 가 버렸다.

고양이는 산 쪽으로 갔다.

가는 뒷모습을 보니 눈물이 날라 했다.

나는 고양이가 올라간 산보고

고양이와 친구 해 주라고 말했다.

나는 왜 저 고양이를

보고만 있어야 하는지 모르겠다.

그게 더 안됐다. (1986)

아이들마다 경험이 다르고 마음에 와닿는 시가 다르다. 어떤 부분에서 마음이 멈추는지, 내 마음이 흔들리는지, 비슷한 경험은 없는지, 아이들 곁으로 다가가 말을 건다.

"지원아, 니는 어떤 시가 마음에 드노?"

"수지야, 니도 성적 때문에 엄마랑 많이 다투제. '버림받은 성적표' 읽으니 어떻노?"

아이들마다 갖고 있는 고민을 툭 건드려 보기도 하고, 손들어 이야기하지 않으려는 아이들에게 다가가 말을 걸면 아이들이 자기 이야기를 한다.

나는 '잔소리' 혜민이 시가 좋다. 왠지 모르게 공감이 간다. 우리 엄마와 아빠는 알콩달콩 살지만 가끔 아빠가 서운한 행동을 해 엄마가 예민해지고 삐진다. 그때마다 우리 셋은 엄마 눈치를 보아야 한다. 우리는 주인 있는 노비마냥 숨죽이고 있어야 한다. (구지원)

성적표 때문에 부모님과 사이가 멀어지는 것이 공감되는 시다. 성적표 점수가 낮으면 더 열심히 하라고 하지만 우리도 최선을 다한 건데. 너무 '점수'라는 단어에 집착하는 것 같다. "이깟 게 뭔데 나와 아버지 사이를 갈라놓아." 이 부분이 제일 마음에 든다. 우리 마음을 가장 잘 나타낸 부분이다. (홍지영)

나는 '잠 못 자는 깻잎' 시가 마음에 든다. 깻잎은 밤에 자야 하는데 사람들은 자기의 이익을 위해서 식물을 힘들게 한다는 것을 비판했다. 내 생각도 사람들은 불을 켜 놓고 자면 엄청 힘든데 식물도 얼마나 싫을지 공감된다. (김희엽)

이 시에 나오는 할머니와 할아버지가 참 못됐다고 생각한다. 동물이 부족한 점이 있으면 더 다독여 주고 더 이해해 줘야지 냅다 버리면 되나. 난 고양이가 너무 좋다. 새끼 길고양이 주워 집에 데려갔다가 쫓겨난 적도 있다. 고양이는 대체 뭘 훔쳤길래, 뭘 훔쳐 갔는데 도둑고양이로 불리나. 길고양이는 집에서 키우는 고양이보다 수명이 18배나 짧다. 그러면 최소한 목숨은 존중해 줘야지. 어른들은 고양이가 뭘 잘못했길래 싫어하는 걸까. (조혜인)

우리도 시 한 편 쓰자

사람들 때문에 식물이나 동물들이 아파한다고 세상에 대고 소리쳐 본다. 아빠, 엄마 때문에, 시험 때문에 힘들다고 외쳐 본다. 동물과 사람이, 엄마 마음과 내 마음이, 마음과 마음이 부딪쳐 아픔을 느끼기도 하고 서운하기도 하다. 때로는 참을 수 없는 마음을 내뱉어서 서로 마음을 다치기도 한다. 엄마도, 아빠도, 나도.

세상에서 가장 소중한 단 하나뿐인 자기 마음이 다치기 때문에 싸움은 힘든 거다. 하지만 마음끼리 싸우는 모습은 잘 살펴봐야 한다. 내가 받은 상처는 아프면서 내가 준 상처는 모르고 지나쳐 버리는 것은 안 된다. 내 마음이 어떻게 흐르는지 지켜봐야 한다. 끈질기게. 멍한 마음으로는 아무것도 할 수 없다. 마음이 자라지 않는다. 지금 내 마음이 어떤지, 그 마음을 글로 붙잡아 보자.

홍차 우려 마시듯 6학년 이수지

내 꿈을 위해서라도 열심히 공부한다.

하지만 내 마음대로 성적이 나와 주지 않는다.

엄마는 항상 시험 공부할 때나 시험 치는 날은

"절대 혼내지 않을 거야.

잘 보고 편안히 시험 쳐라.

파이팅" 그래놓고

시험 치고 나서 성적표가 마음에 들지 않으면

"이렇게 시험을 못 쳐?

너 시험 기간 때 공부 안 하고 딴생각했지?"

이러면서 엄마의 잔소리가 이어진다.

그리고 나를 홍차 우려 마시듯

시험 못 친 것을 계속해서 우려먹는다.

공부 시간에 나랑 눈 맞추고 얼마나 열심히 듣고 애기하는 아인데. 한마디도 놓치지 않으려고 공책에 꼭꼭 메모하는 모습도 얼마나 예쁜데. 쉬는 시간이면 나에게 농담도 얼마나 잘하는데. 공부 이깟 것 때문에 수지가 이리 힘든 줄 몰랐다. 수지야, 당당해라. 하나도 기죽을 것 없다.

대학   6학년 박수연

엄마가 나에게

"영어 단어 불러주게 나와" 했다.

책 읽고 학원 숙제 한다고 아직 외우진 못했다.

엄마는 잔소리를 하셨다

"니 이렇게 해선 대학 못 간다.

니 기말 성적 봐라야.
다른 애들은 100점짜리가 몇 개나 있다던데
넌 뭐 했노?"
난 다 90점 이상이면 잘했다는 생각이 들었는데
그 말 듣고 싹 사라져버렸다.
점점 자신이 없어진다.

엄마 욕심이 참 끝도 없구나. "수연아, 수고했다. 성적 많이
올라서 엄마도 좋아하지?" 내가 이렇게 말했을 때 수연이 얼
굴이 어두워서 이상하다 했다. 수연이가 얼마나 노력했는데,
100점 그게 뭣이라고 아이 기를 그렇게 죽이나. "수연이가
이렇게나 노력해서 성적 많이 올렸구나." 그래 줬더라면 얼
마나 아이 마음이 꽉 차오를까.

지금은 내 시간인데   6학년 이시우

저녁에 내 방에서
핸드폰을 보고 있다.

엄마가 문을 벌컥 연다.
"어디서 시도 때도 없이 핸드폰이야!"

밥도 다 먹었는데
숙제도 다 했는데
깨끗이 다 씻었는데

지금은 내 시간인데
나도 좀 쉬고 싶은데.

삶을 빼앗기고 사는 아이의 절절한 불만이 터져 나왔다. 공부 시간에도 시우한테는 "넌 좀 쉬어" 하고 쉬는 시간을 주고 싶다. 얼마나 하는 일이 많은지, 아이가 늘 피곤에 절어 있다. 내키지도 않는 대회는 엄마 등살에 얼마나 많이 참석하는지, 이리저리 불려 다니는 아이를 보고 있으면 참 안쓰럽다. 자기 삶이 없는 우리 아이들의 현실이다.

우연한 만남   6학년 강혜민

햄스터 알이가 죽고
새 햄스터 알이를 데리고 왔다.
그 알이
귀가 살짝 짤려 있었다.
엄마는 징그럽다며
다시 보내라고 했다.
난 그럴 수 없다.
나의 손길이 필요한 만남인데
우연히 만났지만
이건 분명 멋진 만남이다.

알이. 이름을 똑같이 지었구나. 죽은 알이 대신 새 알이를 만난 혜민이. "우연히 만났지만 이건 분명 멋진 만남이다." 귀가 잘려 있어 버려질 수도 있었는데, 혜민이는 새 알이를

243

멋진 만남으로 여겼다. 그래서 참 귀한 말이 되었다. 알이를 보는 마음이 엄마와 이렇게 다르다. 아이들이 있어 세상이 살 만한 거 맞다.

내 마음   6학년 구지원

엄마랑 나는 요즘 들어 자주 부딪힌다.
부딪힐 때마다 엄마한테 소리를 지른다.
난 정말 엄마가 내 마음을
알아주기만 하면 되는데
엄마는 내가 엄마한테 소리 지를 때마다
집을 나가라고 한다.
내가 잘못했다고 해서 상황이 끝나지만
기분이 우울하다.
엄마 마음도 내 마음도 우울해지고
서로 눈치만 보는데
욱하는 마음에 자꾸 소리를 지른다.
나도 이런 상황이 싫지만
나도 나를 멈출 수 없다.

내 마음   6학년 이민영

오늘 아침에
내가 너무 늦게까지 자서
엄마가 나를 깨웠다.
너무 잠이 와서
자꾸 쓰러질라 한다.

겨우 식탁에 앉아

국만 꾸역꾸역 넘겼다.

밥만 덩그러니 남았다.

엄마가 나에게 국물을 더 줬다.

"겨우겨우 먹었는데 왜 더 줘!"

투정을 부렸다.

"그럼 남겨라."

"아, 와이리 덥노."

자꾸 투정을 부렸다.

울분이 받쳤는지

"니는 덥다고 그러는데

엄마는 불 앞에 있는데 얼마나 덥겠노?"

나는 아무 말도 하지 않고

국을 다 비웠다.

　내 마음 하나 알아주는 것 그것 하나인데, 그게 왜 이렇게 어렵나. 괜히 엄마한테 투정 부리다 엄마 생각에 마음이 째해진 민영이. 동무들이 쓴 시 읽으며 마음에 엉켜 있던 찌꺼기를 꺼내 보게 되고 또 시를 쓰면서 스스로 마음을 다독인다.

　흔들리는 마음, 참 아름다운 거다. 묵혀 두고 외면해 버리면 안 된다. 들여다보고 붙잡아 놓아야 한다. 또 내 마음이 조금 자랄지도, 다른 사람을 보는 눈이 조금 넉넉해질지도 모르지.

*김숙미 부산 강동초

한 걸음 더,
시랑 놀아 보기

시집이 이렇게
재미있는 줄 몰랐어요

아이들이 오기 전에 책상 위에 시집을 한 권씩 놓아두었다. 찬찬히 시를 읽고 마음에 드는 시가 나오면 표시도 해 두라고 했다.

첫째 시간, 아이들과 시집을 들고 운동장으로 갔다. 빨갛게 물든 나무, 벤치 둘레로 흩어진 단풍잎들, 그리고 우리 반 아이들!

"오늘 아침에 읽었던 시 가운데 마음에 드는 시를 동무들에게 읽어 주고 그 시를 왜 골랐는지도 이야기하세요. 동무가 들려주는 시 듣고 자기 생각과 느낌도 이야기하고. 동무한테만 읽어 주지 말고 나한테도 읽어 주세요."

오늘은 다 같이 시 읽는 일에 마음을 좀 모으자는 말도 잊지 않았다. 이렇게 부탁해야 좀 차분해지니까.

벤치에 앉은 아이들, 나무둥치에, 바위에, 또 정글짐 위에, 끼리끼리 모여 시를 낭독하고 또 그 곁에서 귀 기울여 듣고 있다. 유민이는 나무에 기대어 혼자 시에 빠져 있구나. 아! 평화로워라. 조금 있으니 혼자 떨어져 있던 예림이가 내게 왔다.

"선생님 시 읽어 드릴게요."
예림이 손에 «버림받은 성적표»가 있다.

엄마   부산상업고 3학년 민태민

요즘 집에 늦게 들어갈 때가 늘었다.
엄마는 텔레비전을 켜 놓고
소파에서 잠이 들었다.
"엄마, 일어나라.
자다가 감기 들지 말고
방에 들어가서 자라."
엄마는 자다가 일어나 한마디 한다.
"일찍 좀 다녀라.
아이고 죽겠네."
요즘 들어 부쩍 자주 듣는 말이다.

아침에 학교 갈 때면
내가 보이지 않을 때까지
문을 닫지 않고
내 뒷모습을 보고 있다.
이제야 엄마가 늙어 간다는 걸 느낀다. (2004. 6. 9)

부모님이 새벽 일찍 일하러 가서 어린 동생을 깨우고 밥을 챙겨 먹이는 건 예림이 몫이다. 막내 동생 유치원까지 보내고 학교에 온다. 예림이가 그 시를 읽어 주는데 마음이 째하다.
"선생님, 우리 엄마가 요즘 늙어 가고 있다는 걸 느끼는 이 부분이 공감이 가고요, 오빠가 부러워요. 우리 엄마가 아침에 나가지 않으면 오빠처럼 될 텐데. 엄마가 아침에 계시면 좋겠어요."

예전에 예림이가 쓴 시가 생각난다. "내가 일어나면 엄마가 '우리 딸 일어났어?' 말해 주면 좋겠다" 했지. 그러면서도 예림이는 집에 들어와 집 치우는 엄마가 안쓰러워 엄마 걱정을 했다.

숙인이도 조심스레 내 앞에 선다. 모든 게 조용조용한 아이다. 말할 때도 걸을 때도 동무들과 놀 때도. 숙인이 앞에 있으면 내가 차분해진다. 조용한 목소리로 '토마토 싹'을 읽고 있다.

토마토 싹   경산 부림초 6학년 공동현

길을 가다 보니
시멘트 틈으로
삐죽 솟은 토마토 싹
잎은 먼지를 덮어썼다.
집에 갔다 나오니
누가 발로 머리를
싹 민댔다.
봄 여름도 다 가고
가을도 다 가는데
요것이 억지로
시멘트 틈으로 나와
답답한 공기를 마시면서

살려고 애썼는데

누가 그랬을까?

누가 싹 민대 버렸을까? (1987. 11)

숙인이가 이 시를 고른 까닭을 이야기한다.

"토마토 싹이 살고 싶어서 시멘트 틈을 빠져나와서 탁한 공기도 마시면서 열심히 살아왔는데, 누군가 실수로든 고의로든 민대 버린 것이 안타깝고 불쌍해 보입니다."

숙인이가 여리디 여린 민들레처럼 보인다.

아이들을 몰고 다니는 종민이는 '시험'이라는 시를 읽어 준다. 낭독도 실감나게 한다.

시험   울진 온정초 4학년 권현석

한 문제 틀려서

좌악 긋는 옆짝

내 가슴이 쭉

째지는 것 같다.

맞으면 내 가슴이

펄쩍 뛴다.

나는 틀리고

다른 아이가 맞으면

머리에서 뿔이 난다.

"이 시가 왜 마음에 든 줄 알아요? 시험 칠 때 내 마음하고 똑같아요. 한 문제 틀릴 때마다 내 가슴이 좌아아아아악 째지는 것 같아요."

가슴을 찢는 시늉까지 해 가며 이야기해서 웃음이 넘쳤다. 종민이는 늘 활발하고 우스갯소리도 잘하고 의리도 있다. 에너지가 넘쳐 수업 흐름을 자꾸 끊어 버리지만 받아 주는 때가 많다. 학원 돌아다니다 9시도 지나 집에 들어가는 종민이에게 어쩌면 학교는 쉼터인지 모른다.

점점 아이들이 모여든다. 경민이가 나무에 기대고 서 있다. 내 눈과 마주쳤다.

"경민이도 한 편 읽어 줄래?"

수줍게 웃고는 접었던 시집을 펼친다. 경민이가 '진짜 엄마'를 찬찬히 읽어 준다. 아이들이 조용히 듣고 있다.

진짜 엄마 부산 남부민초 2학년 박민혁

천마산에 소풍 간다고
우리 반 아이들이랑 줄서서 운동장에 나갔다.
민혁아!
일곱 살 때부터 못 본
진짜 엄마가 서 있었다.
민혁아, 소풍 가나?
도시락은 샀나?
엄마는 밖에 뛰어나가더니
야쿠르트를 다섯 개 사와서 내한테 줬다.
또 돈 2000원도 줬다.

그러고 나서 학교에 어쩔 때 한번씩

진짜 엄마가 전화를 한다.

선생님이 작은 목소리로

민혁아, 전화 받아라, 어머니다.

하면 나는 앞에 가서 전화를 받는다.

친구들도 다 안다.

그래도 나는 안 부끄럽다.

엄마 없는 친구들이 또 있다. (2004. 4)

"나는 은근히 이 시를 쓴 아이가 부러워요. 우리 엄마는 전화도 안 하는데" 하며 말끝을 흐린다. 아이들이 경민이 등을 두드려 준다. 엄마를 이렇게나 그리워하는 경민이에게 아무것도 해 줄 수가 없어서 나도 그냥 경민이를 지긋이 바라만 보았다.

사람들 앞에 나서기도 싫어하고 마음이 늘 불안불안한 보혜는 '죽은 새'를 읽어 주었다.

죽은 새 울진 삼당초 5학년 최영은

보일러실 구석진 곳에

눈을 조금 뜨고

죽은 새.

다리는 빼빼 마르고

털은 갈색인 새

아무도 모르게

날아가는 새들도 모르게

잠든 듯이 혼자 죽은

부리가 하얀 새.

캄캄한 보일러실에서

푸른 하늘을 생각하며

죽은 새. (1994. 6. 8)

그리고 보혜는 글쓰기 공책에 이런 글을 써 놓았다.

오늘 내가 시집에서 시를 골랐다. 왠지 좋지 않은 시를 고른 것 같다. 그래도 예림이는 선생님께 들려주자고 했다. 할 수 없이 선생님께 내가 고른 시를 들려주었다.

시를 다 들려주니 선생님이 "보혜는 왜 이 시를 골랐노?" 하고 물었을 때 난 아무 말도 안 했다.

그러자 "시를 읽으니 어떤 느낌이 들어?" 하고 물었다. 진짜 솔직히 그냥 고른 거라서 느낀 점이 없는 것 같았다. 그래도 나는 사람이기 때문에 느낀 점은 있었다. 그래서 내가 생각해 낸 느낌을 말씀드렸다.

"새가 외롭고 자유롭지 못한 것 같아요. 자유롭지 못한 나랑 똑같은 것 같아서 불쌍해요. 그리고 새가 다시 살아나서 자유롭게 살았으면 좋겠어요."

그리고 나서 선생님이 몇 가지 말을 더하셨다. 느낀 점 말하기도 힘들고 선생님한테 말씀드리기도 힘들다. (보혜)

보혜가 시를 낭독하는데 그 모습이 참 안쓰러웠다. 저 여린 가슴을 어찌하나 싶어서. 사실은 보혜는 4학년 때까지 심리 치료를 받으러 다녔다. 보혜를 보면 속에 울분이 가득한 것 같다. 조그만 일에도 흥분을 하고 상황에 안 맞는 말을 혼잣말처럼 불쑥 내뱉어서 아이들을 어리둥절하게 한다. 아이들이 이상한 표정이라도 지으면 "젠장" 이러면서 주먹을 쥐고 씩씩거린다. 눈물이 그렁그렁한 채로.

"푸른 하늘을 생각하며 죽은 새" 마지막 부분이 너무 절절히 다가왔다. 어쩜 보혜는 푸른 하늘처럼 자기 마음이 개이기를 갈망하고 있는지도 모른다. 폭풍우가 지나간 뒤 보이는 저 푸른 하늘처럼.

시 쓴 아이의 절절한 마음이 시를 읽는 우리 아이들에게도 그대로 묻어났다. 진정이 담긴 시는 이렇게 우리 마음을 달래 주는구나.

아이들은 제각각 자기 마음을 드러내는 시를 잘도 골랐다. 떠들고 놀면 어쩌나 했는데, 아이들은 시를 동무들에게 읽어 주고 동무가 읽어 주는 시를 참 잘 들었다. 한 시간이 금방 지나가 버렸다. 종소리를 들은 아이들이 아쉬워할 정도로. 진아는 시집을 들고 이런다.

"와. 시집이 이렇게 재미있는 줄 몰랐다."

아이들이 시를 더 읽고 싶어 해서 교실에 들어와서도 시집을 읽었다. 여운이 남아 그런지 교실에서도 시 읽는 모습들이 참 편안해 보였다. 보여 주고 싶은 시가 나오면 짝지를 톡 건드려 보여 주기도 하고 같이 웃기도 하고.

이 순간을 글로 써 봐야겠다 싶어 글쓰기도 했다. 오늘 아침에 읽은 시에 대해서나 시를 들려주며 나눈 이야기, 우리반 아침 풍경 뭐든 지금 딱 떠오르는 것을 써 보라고 했다.

내가 시집을 읽고 친구들에게 들려준 일 5학년 유영재

난 《엄마의 런닝구》라는 시집을 읽었다. 내가 이것에서 가장 남는 시는 '전쟁과 평화'였다. 이 '전쟁과 평화' 시는 전쟁으로 사람들이 많이 다치거나 죽거나 하고 원자폭탄이 처음으로 터진 히로시마에도 많은 사람들이 죽거나 다쳤다. 나는 전쟁이 없어지고 다시 새로운 평화가 생기길 바란다.

그리고 또 내가 하나 읽어 준 시는 슬픈 '소 죽이는 것'이었다. 이 내용은 사람들이 소를 도끼로 머리를 찍어서 소를 죽이는 내용이다. 이 내용에서 가장 좋은 말은 '이 세상에 오지도 말아라. 너같이 짐승을 죽이는 저 사람들 생명이 있다는 것을 모르는 사람들, 소야 좋은 세상에서 오래오래 행복하게 살아라'였다.

내가 친구들에게 읽어 준 시들을 읽고 나는 눈가에 눈물이 맺혔다. 꼭 평화가 다시 생기길 바라고 이 시의 소가 오래오래 행복하게 살았으면 좋겠다. (2009. 10. 30)

교실에 있는 둥 마는 둥 늘 조용한 우리 영재를 눈물짓게 한 시들. 나도 시집을 꺼내 들었다. 영재를 생각하며 다시 읽은 시들이 나에게 또 새롭게 다가왔다.

상현이는 '과자 파는 할머니' 시를 동무들에게 읽어 주었다. 그리고 글쓰기 공책에 '시 읽기'를 써 놓았다.

과자 파는 할머니 부산 동항초 6학년 최은정

학교를 마치고 집으로 오는 길에

태극당 앞에 쪼그리고 앉아 있는

할머니를 보았다.
쌀자루에 과자를 가득히 넣고
한 바구니씩 백 원 이백 원에 팔았다.
남자아이 대여섯 명이
할머니를 보고 웃으면서
"요즘 저런 거 누가 사 먹노?" 하면서 갔다.
나는 그 아이들을
힘껏 때려 주고 싶었다.
주머니 속에 있는 이백 원으로
과자 한 바구니 샀다. (1995. 12. 19)

시 읽기   5학년 이상현

'과자 파는 할머니'라는 시를 읽었을 때
내가 할머니였으면
참을 수 없을 것이다.
우리 학교 앞
쪽자 파는 할머니가 생각났다.
할머니는
열이 나는 쪽자에
설탕을 구워서
우리에게 준다.
약간은 두렵지만
겨우겨우 하는데
망하면 아이들이
"할머니 때문에 망했잖아요" 한다.

아이들이
그런 할머니 마음을 아는지
모르겠다. (2009. 10. 30)

상현이가 쪽자 파는 할머니 마음을 보았다. 상현이네는 학교 뒷문 앞에서 허름한 문방구를 한다. 엄마 아버지 두 분 다 청각장애인이라 상현이는 거의 할머니와 생활한다. 어쩌면 아이들이 자기 할머니에게 함부로 하는 모습을 안타깝게 보아 왔는지도 모르겠다. 과자 파는 할머니를 비웃는 아이들을 때려 주고 싶었던 아이처럼 오늘 읽은 시가 마음속에 묻어 두었을지도 모를 할머니에 대한 안쓰러운 마음을 건드렸을 것이다.

전화   부산 신연초 5학년 윤진규
오늘 학교 마치고
집에 오니
엄마한테 전화가 왔다.

할머니가 옆에 계셔서
"엄마 보고 싶어요"라고
말하지 못하고
시간만 질질 끌다가
엄마가 전화를 끊었다.

마음이 허전하고

눈물이 나올 것 같았다.

밖에서 시 읽기 5학년 홍준기

밖에 나갔다 교실에 들어와 시집을 더 읽어 보았다. 그때 '전화'라는 시가 나왔는데 우리 반 애가 쓴 시와 비슷하여 읽어 보았다. 이 시를 읽고 자기가 엄마랑 통화하는 것이 할머니에게 들키면 혼날 것 같아 말을 하지 못하고 듣기만 하니 정말 안쓰럽다. 내가 만약 할머니랑 단둘이 산다면 엄마가 정말 보고 싶을 것이다. 또 그런 엄마를 싫어할 것이다.

(2009. 10. 30)

시를 읽으며 자기 마음과 비슷한 경험을 떠올리기도 하지만 준기는 우리 반 아이의 마음을 떠올리며 시를 읽었다.

민진이와 경민이하고 나눈 이야기 5학년 김유진

오늘 아침에 선생님이 "밖에 나가서 자기가 마음에 와닿는 시를 모둠 친구와 짝을 이루어 들려주고 소곤소곤 이야기하세요" 했다. 우리는 밖에 나가서 민진이와 같이 벤치에 앉아서 서로 시를 읽어 주었다.

그때 경민이가 왔다.

"야, 지금 김호태 나무 뜯고 있고 지금 우리 모둠 애들 이상하다."

내가 "왜, 이런 모습 보기 좋은데" 했다. 저거끼리 때리면서 놀고 나무한테 화풀이하고 벤치에서 하늘을 바라보고.

난 민진이와 경민이가 이야기를 할 동안 시집에서 좋은 시를 골라 읽어 주었다. '엄마'라는 시였다. 그때 민진이가 "경민아, 니 엄마 많이 보고 싶제."

"응."

나도 "그러면 할머니가 옆에 있을 때 엄마 보고 싶어요 하고 말 못하제."

"그렇지."

그때 민진이가 "사실 나도 지금 엄마하고 아빠하고 싸워 가지고 말을 하지 않는다."

"진짜가?"

"우리 아빠도 폭행을 잘해서. 3월인가 그때쯤 엄마랑 아빠가 싸우고 나서 화해를 했는데 이번 준가 저번 주에 다시 싸웠다."

민진이 눈이 촉촉해졌다. 나도 지금 엄마랑 아빠랑 싸워서 말을 안 하고 있다. 난 선생님이나 친구들한테 말을 안 했지만 오늘 말하려고 했다.

"사실 나도 지금 엄마 아빠가 싸워서 말을 안 하고 있는 상태다. 저번 주에 말을 했는데 또 싸웠다."

"진짜?"

"근데 이거 친구들한테 말하지 말라고, 엄마가 이야기하지 말랬다." 경민이가 "괜찮다. 나도 애들한테 다 말했는데. 친구들한테는 몰라도 선생님한테 말하는 건 좋은 것 같다."

지금 경민이랑 내랑 민진이는 엄마 아빠 때문에 많이 힘들 것이다. 나도 지금 말을 안 했지만 언젠가 친구들한테 말해 주고 싶었다. 그리고 이런 친구가 있다는 것이 너무 행복하다. (2009. 10. 30)

경민이, 민진이, 유진이가 함께 시를 읽으며 이렇게 서로의 마음을 달래고 있었구나. 아이들이 쓴 글을 읽고 있으니 자꾸만 눈물이 난다.

'우리 형' 시를 읽으면서 누나 생각이 난다며 공부가 우리 누나를 아주 못쓰게 만들었다고 흥분하는 동희, 솔직하게 글을 쓰지만 부끄러운 일이나 슬펐던 일은 쓰지 않았던 도훈이도 오늘 동무들과 시를 읽고 들으면서 이제부터 마음속에 있는 것도 다 쓰겠다고 한다.

아이들은 오늘 동무들에게 시를 읽어 주며 자기도 모르게 자신을 드러내었고 시를 들으며 함께 서로 마음을 알아 갔다. 아이들 마음을 다독여 준 시들이 참 고맙다. *김숙미 부산 반산초

교과서 밖 동시로
놀아 보기

오후 마지막 시간에 교과서에 있는 시를 읽었다.

버려진 깡통 속에서 박혜선

길 옆, / 버려진 깡통 속에 / 풀씨 하나 쏘옥. / 바람은 알아서 / 흙을 나르고 / 햇살은 빛을 보태고 / 빗방울도 비스듬히 / 물을 뿌린다. / 지나가는 사람들 / 발소리가 날 때마다 / 깡통은 얼마나 가슴을 졸일까? / 차이고 밟혀도 / 혼자였을 땐 괜찮았지. / 하지만 / 지금은 지금은⋯⋯. (5학년 2학기 읽기 교과서)

의현이가 "마당을 나온 암탉으로 놀이해요" 한다. 마당을 나온 암탉이 알 품는 걸 놀이로 만들어서 놀면 '버려진 깡통 속에서'를 이해하는 데 도움이 될 거라는 소리다.

"깡통이 아무것도 아니었는데, 풀씨 하나가 들어가서 새싹을 키워서 자기가 소중해졌잖아요. 전에는 밟혀도 되었는데 이제부터는 밟히면 안 되고. 마당을 나온 암탉도 똑같아요. 청둥오리 알을 품으면서 자기가 소중해졌어요. 자기가 족제비한테 죽으면 알도 죽으니까."

알 품는 암탉과 버려진 깡통을 그럴듯한 관계로 맺은 건 인정. 하지만 놀이는 순 억지다. 우리가 그 놀이를 한다고 해서 암탉의 심정이 될 리 없고 씨앗을 품은 깡통의 마음을 느낄 리 없다.

안 하고 궁금한 것보다는 후회하더라도 해 보는 게 낫겠지. 놀이를 하기로 했다. 의논해서 규칙을 만들었고, 운동장 뒤쪽 소나무 숲으로 가서 마당을 나온 암탉 놀이를 했다.

술래를 암탉이라 치고, 술래가 눈 가리고 앉아서 알(탱탱볼)을 품고 있다가 사박사박 누군가(족제비) 다가오는 소리가 들리면 손가락으로 소리 나는 쪽을 가리키며 "거기!" 외치기. 오던 사람은 그 자리에 정지. 술래가 솔방울을 던져서 맞히면 족제비가 죽고, 안 맞으면 계속 다가와서 암탉의 목을 콱 깨물기.

소나무 숲에서 마당을 나온 암탉 놀이를 하며 놀았다. 집에 갈 시간이 되어도 멈출 생각을 안 하고, 그만하자니까 더 하자고, 자기는 아직 암탉 못 해 봤다고 따진다. 그럼 너희들끼리 해라, 난 모른다 하고 뒤돌아서서 가려는데 아이들이 갑자기 나한테 솔방울을 던지기 시작했다. 집단 공격이다. 몇 대 맞으니까 약이 올랐다. 나도 던지기 시작했다. 이래서 솔방울 전쟁을 벌였다.

다음 날 아이들이 솔방울 놀이 재미있었다고, 또 하자 한다. 나는 머리카락을 뒤로 넘겨 이마에 상처를 내보이며 이제는 솔방울 놀이 안 한다고 했다. 그럼 시를 읽자고 한다. 빤한 수법이다. 뭔 시를 하나 읽고는 그 시는 솔방울과 관련이 있으니까 솔방울 놀이하자고 우기려는 것이다. 어찌 되나 보자.

〈동시마중〉 시 잡지를 두 사람에 한 권씩 나누어 주고는,

"솔방울이 나오는 시 말고, 어제 읽은 시 '버려진 깡통 속에서'와 관련이 있는 시를 찾아봐."

'강정 마을' '나팔꽃씨' '학교를 빛낸 인물들' '운동장에서' '까만밤'을 골랐고, 투표를 해서 뽑은 시가 '학교를 빛낸 인물들'이다.

학교를 빛낸 인물들 이준식

아침마다 / 중앙 출입문 / 유리문을 닦는 / 아주머니 / 두 분.

다 같이 소리 내어 한 번 읽고, 어째서 이 시가 '버려진 깡통 속에서'와 관련이 있는지 물었다.

"아줌마들이 창문을 닦아서 아이들을 위하니까 아줌마가 귀해졌고, 아이들은 아줌마를 위해서 신발에 흙을 안 묻히면 아이들이 귀해지잖아요."

"버려진 깡통에서는 새싹을 지키기 위해 깡통이 소중했고, 이 시는 학교를 빛내니까 아줌마가 소중해요."

그러면서 하는 말이

"솔방울 놀이해요."

"왜?"

"우리가 솔방울을 던지고 놀면 교실이 지저분해질 테고, 그럼 우리가 그걸 청소하면서 청소하는 아주머니 마음을 느낄 수 있잖아요."

흥, 말이 되는 소리를 해야지. 시를 이런 식으로 읽어서는 안 될 것 같다. 처음으로 돌아가자. 우리가 시를 읽고 말을 할

때 어떻게 하면 좋을지 한마디씩 돌아가면서 말을 시켰다.

"주제를 찾아요."

"소재를 찾아요."

"시를 다른 것에 비유해요."

"느낌을 글로 써 보는 것."

"시와 비슷한 자기 경험을 말한다."

"시인이 시를 쓴 이유를 생각한다."

"비슷한 시 찾아보기."

"인상적인 부분 찾기."

"……."

아이들 말을 보태고 정리해서 칠판에 적었다. 대충 이런 식이다.

① 글쓴이의 의도

② 시와 비슷한 자기 경험 말하기

③ 주제와 소재의 관계

④ 시인이 시를 쓴 방법 말하기

⑤ 리듬, 반복, 비유 찾기

⑥ 발견, 장면, 깨달음 찾기

⑦ 시에 나오는 것과 같은 경험해 보기

⑧ 시를 사물에 비유하기

⑨ 다른 시와 연결하기

⑩ 비슷한 시 찾기

⑪ 인상적인 부분 찾기

⑫ 감동의 원인 말하기

⑬ 하고 싶은 말 하기

⑭ 시를 읽고 어떤 활동을 하면 좋을지 생각해 보기. 그림, 연극, 놀이, 춤……

여러분이 한 말이 맞는 말인지 실습을 해 보자고, '학교를 빛낸 인물들'에 대해서 말을 하면 그 말이 어디에 해당하는지 칠판에 표시를 하겠다고 했다.

"오늘만이라도 우리가 쓰레기 줍고 고마움을 느껴 봐요."

대한이가 한 말이다. "㉠ 시에 나오는 것과 같은 경험하기"에 해당하는 말일 것 같다. 7번 옆에 김대한이라고 적었다.

"아주머니가 유리창 닦는데 우리도 그 고마움 알아야 한다고 쓴 시예요."

성원이가 한 말이다. "① 글쓴이의 의도" 옆에 이름을 적었다.

"아줌마가 이 시 읽으면 좋아하겠다."

이건 어디에 넣어야 할지 모르겠다. '시의 쓸모'라는 말을 새로 써넣었다.

"시에 나오는 청소 아줌마는 탁 샘이 될 수 없어요. 청소 아줌마는 남이 시키는 걸 하는데, 탁 샘은 시키는 걸 정반대로 하잖아요."

이것도 어디에 들어가는지 모르겠다. '자기 맘대로'라는 말을 더 써넣었다.

"어느 학교 아이들이나 다 읽을 수 있는 시예요. 당연하게 여겼는데, 시를 읽으면 당연하지 않게 여겨요. 아주머니를 다르게 볼 거예요."

6번에 표시했다.

"이 시는 비와 비슷해요. 맨날 하니까 당연하게 생각하고 고마움을 몰라요. 비도 평소에는 고마움을 모르다가 오랫동안 비가 안 와서 식수가 없으면 고마움을 알아요."

8번.

"힘들게 일하는데 아무도 몰라주면 고독해요. 우리가 인사라도 잘해야 아주머니를 도와주는 거예요."

"나도 아주머니한테 인사 잘하고 싶어요."

"솔방울 놀이를 하면서……."

"같이 청소해요."

"유리창 닦아요."

솔방울 놀이는 절대 동의할 수 없다 했다. 하지만 아줌마와 같이 청소하고 싶은 사람은 손을 들어 보라 해서 하고 싶은 대로 하라 했고, 청소 시간에 유리창 닦고 싶은 사람은 닦고, 인사 잘하고 싶은 사람은 잘하라고 했다. 그리고 내가 신고 있던 신발을 벗어서 바닥에 툭 던졌다.

"뭐가 떠올라?"

아이들이 셋씩, 넷씩 모둠을 지어서 떠오르는 동작을 만들었다. 마차를 만들고, 자동차를 만들고, 탁 샘 발 냄새를 만들고, 역도를 만들었다.

이번에는 '학교를 빛낸 사람들'을 읽고, 떠오르는 것 나타내 보라 했다. 소파, 창문, 휠체어, 구세군, 풍선, 거울을 만들었다. 자기네가 만든 것이 어째서 남을 아름답게 귀하게 빛나게 하고, 남을 귀하게 해서 자기가 귀해지는 것인지 이야기하며 오늘 시 읽기를 마쳤다. 마치기 전에 하나 더.

"'학교를 빛낸 사람들'과 관련이 있는 시에는 뭐가 있지?"

고른 시는 '집'이다. 이래서 버려진 깡통이 학교를 빛낸 사람들과 손을 잡았고, 학교를 빛낸 사람들이 집과 손을 잡게 되었다.

집 박소명

칼바람 불어도 / 함박눈 쏟아져도 / 끄떡없는 집 / 엄마 냄새 보듬고 / 엄마 체온 꺼안고 / 아기들이 포근히 꿈꾸는 집 / 지난 가을 엄마가 / 몸속 거품 다 꺼내 지어준 / 튼튼하고 따뜻한 집 / 나뭇가지에 달린 / 조그만 / 사마귀 알집.

"깡통은 속에 씨앗이 있어서 귀해졌고, 유리창 닦는 아줌마는 남을 위해 일하니까 귀하고, 이 시에서는 소중한 걸 품고 있으니까 집이 귀해요."

"집인데 지난가을 엄마가 몸속 거품으로 지어 준 집에서 아기들이 자라니까 알을 낳은 사마귀가 귀해졌어요."

다음 날 '집'을 읽었다. 어떤 시인지 한두 줄 짧게 써 보라고 종이를 내주었다. 아이들 글을 읽으며 입으로 말하는 것과 손으로 쓰는 것은 차이가 있구나, 밝고 가볍고 기발한 것은 입에서 나오고, 속마음은 손에서 나오는구나 싶었다.

"엄마가 아픈 것 같다. 엄마가 아픈데 힘을 모아서 아기들의 집을 지어 주었다. 아기들은 엄마의 체온을 꺼안고 잔다."

어릴 때 엄마와 헤어진 아이가 쓴 글이다. 슬펐다.

"포근한 느낌을 주는 시. 무언가를 지키기 위해 무적이 되는 슈퍼맘을 표현했다. 집이 엄마 같고 그리고 '집'이라는 말이 반복이 되어서 집중이 된다."

"이 시는 부모님에게 감사를 하고, 크면 부모 기분을 알 거라는 신호를 보내고 있다. 나도 엄마가 나를 낳고 은행 일을 끊었다고 해서 공감이 된다."

솔방울 놀이하자는 말은 안 나왔다. 다행이다. 그리고 시두 편 더.

옥수수 임길택

옥수수를 땄는데 / 옥수수가 따뜻했다. / 금세 햇살들이 / 옥수수 속에 숨어들었다.

먼지 이상교

책장 앞턱에 / 보얀 먼지. / "먼지야, 자니?" / 손가락으로 / 등을 콕 찔러도 잔다. / 찌른 자국이 났는데도 / 잘도 잔다.

*탁동철 속초 청호초

시가 노래가 되고
노래가 다시 시로 돌아오고

　　우리 학교는 수학여행을 3월에 좀 일찍 다녀왔다. 수학여행을 다녀온 뒤 시를 썼다. 놀이 기구 탄 이야기처럼 즐거운 이야기들 틈에 주원이가 큼직큼직한 글씨로 쓴 시.

　　가기 싫은 수학여행　　양산 덕계초 6학년 이주원

　　수학여행 갈 때
　　엄마는 준비할 게 많다고
　　이마트까지 나를 델꼬 가신다.
　　엄마는 10만원이나 쓰고
　　나에게 유부초밥도 싸 주시고
　　용돈도 3만원이나 주셨다.
　　엄마가 돈 없는 걸 알면서
　　돈 받으니 내가 바보 같다.
　　엄마는 이렇게 힘든데
　　나 혼자만 놀고
　　엄마는 일도 가셔야 한다.
　　그냥 수학여행 안 가도 되는데……

미안하다. (2011. 4. 19)

"수학여행 갈 때 엄마 생각을 했네. 이 시는 어떻게 쓴 거야?"

"부산에 엄마 만나러 갔는데요. 엄마가 가방도 새로 사고 옷도 사 주시고 이것저것 사 주셨어요."

"엄마가 돈 쓰는 게 마음에 걸렸는갑네."

주원이를 한 번 안아 주었다. 흔히 철든다고 하지. 어른인 나도 맛있는 거 먹고 좋은 데 가면 혼자 즐기기 바쁜데. 주원이가 쓴 시가 나를 부끄럽게 했다. 철없이 까부는 줄만 알았던 주원이가 달라 보였다.

집에 가서도 주원이가 쓴 시가 머리에 맴돈다. 재주는 없지만 이 시를 노래로 만들어 주원이한테 주고 싶다. 노래를 어떻게 만드는지 모르니 첫 행 "수학여행 갈 때"만 콧노래처럼 날마다 흥얼거렸다. 한번 흥얼거리고 나면 까먹는다. 그래서 손전화에 그 가락을 그때그때 녹음했다. 가락에 어울리는 계이름을 종이에 쓰며 어설프게 노래를 만들어 갔다. 마지막 줄 "미안하다"는 주원이 목소리로 "엄마, 미안하다" 하고 말하는 걸로 마무리. 으레 노래는 재주 좋은 이가 만든 노랫말과 가락을 따라 부르는 것이라 여긴다. 그런데 '가기 싫은 수학여행'처럼 내 속마음이나 내가 사는 이야기도 얼마든지 노래가 될 수 있지 않을까? 노래를 짓는 일, 별거 없다. 내 마음속에 꿈틀거리는 생각이나 말을 곱씹어 자꾸 읊조리다 보면 내 안에 있는 가락과 박자가 터져 나온다. 어떤 기술이나 방법으로 다가가는 것하고는 또 다른 세계.

우리 반은 두 달에 한 번씩 우리 학교 감나무 밑 쉼터에서 작은 음악회를 열었다. 몇 번 하다 보니 요령이 생겨 아이들이 사회도 보고 무대도 꾸민다. 노래도 부르고 자기가 쓴 시도 읽는다. 마지막 작은 음악회 날, 주원이가 '가기 싫은 수학여행'을 부르기로 했다. 우리 반 아이들을 비롯해 아이들을 기다리는 어머니들, 나무 밑에 앉아 있는 할아버지들, 학교 일찍 마친 어린아이들, 길을 가는 동네 사람들도 구경한다. 보는 이들이 많아 내가 노래에 얽힌 이야기를 했다.

"아이들은 수학여행 갈 때 마음이 들뜹니다. '뭐 하고 놀까?' 이 생각뿐일 겁니다. 수학여행 가는 날 주원이는 어떤 마음이었을까요? 주원이 마음속으로 들어가 봅시다."

그리고 주원이한테 마이크를 넘겼다. 주원이가 작은 목소리로 노래를 불렀다. 목소리는 작아도 노랫말이 사람들한테 전해지는 게 느껴진다. "그냥 수학여행……" 부분에서는 아이들이 어깨동무도 하며 모두 함께 따라 불렀다. 노래가 끝나고 주원이가 손뼉을 받으며 얼떨떨한 얼굴로 자리에 들어갔다.

주원이가 졸업한 뒤에도 나는 '가기 싫은 수학여행'을 부른다. 학부모 총회 때 어머니들 앞에서 부르기도 하고, 음악 시간에도 부르고, 기타 연습할 때도 부른다. 올해도 수학여행 가기 전에 아이들하고 이 노래를 부르고 시를 쓸 것이다. 주원이 시가 노래가 되고 그 노래가 다시 시로 돌아온다.

*이우근 양산 서남초

가기 싫은 수학여행

이주원 시
이우근 곡

수 학 여행갈때　엄마는준비할게많다고　이마트까—지날델꼬가—신 다

엄마는십만원이나쓰고　유부초밥—도사주시고　용돈도삼만원이—나주—셨 다

엄 마—가돈 없는걸 알 —면—서　돈 받—으니 내—가 바 보—같다

엄 ——마는 이렇게 힘 ——든데　엄 ——마는 힘—든 데

수 학 여행가면　나 혼 자만놀고　엄 마—는일가셔야—한 다

그 ——냥수학여행　그 ——냥수학여행　안—가도 안가도되—는 데

그 ——냥수학여행　그 ——냥수학여행　안—가도 안가도되—는 데

엄 마　미 안 하 다

10장

그런데,
왜 시를 쓸까?

보잘것없는 일상이 쌓여
시가 된다

《이오덕의 글쓰기》《우리 모두 시를 써요》《어린이는 모두 시인이다》 같은 책을 곁에 두고 시도 때도 없이 읽었건만 시 쓰기 지도를 어떻게 하는지 여전히 잘 모르겠다. 시 쓰기가 뭐 별건가. 자기가 발 디디고 선 자리에서 자기 말로 쓰게 하면 그게 시지, 하고 쉽게 말했다. 하지만 아이들 처지에선 답답할 수밖에 없다. 《샬그락 샬그란 샬샬》에서, "남들 하는 말 흉내 내지 말고 저마다 제 가슴에서 우러나오는 말을 꾸밈없이 쓰면 그게 저절로 시가 된다"고도 했다. 하이타니 겐지로는 《선생님, 내 부하 해》에서 '시 줍기'라는 말을 했다. 그래, 시는 줍는 거다. 시는 어디에나 떨어져 있지만 보는 눈이 있어야만 주울 수 있다, 그러니 언제나 눈 크게 뜨고 시 주울 마음을 활짝 열어 두라고. 눈 뜨고 있다고 해서 다 보이는 게 아니다. 뭐든 마음이 지금 여기에 있어야 눈에 보이고 마음에 들어오는 법이다.

그래서 입이 간지러워 견디지 못할 일을 수다 떨 듯 지껄여 보라고 했다. 과묵한 녀석들이다. 그래도 모르겠다고 고개를 우툴두툴 흔든다. 하, 서로 답답하다. 그런 마음이 어찌 들게 하겠나.

3월 28일 시를 같이 읽다

창틀에 먼지가 뽀얗다. 그걸 닦는데 난간에 민들레가 납작 엎드려 피었다. "기다리지 않아도 봄은 오고 기다림마저 잃었을 때도 너는 온다"고 하던 이성부 시인의 '봄'이 떠올랐다.

화요일 아침 활동으로 '시와 놀기'를 한다. 박고경의 '첫봄' 같은 시를 찾았다가 덮고, 지난해 유리가 쓴 '목련나무'를 칠판에 적었다. 이 시는 지난해 학급문집을 뒤적거려 찾아낸 시다. "헤헤헤 웃으며 살 것 같다"는 말이 내 마음을 움직였다. 배시시 잘 웃던 유리. 어린이시로 시작해도 좋을 듯. 시를 읽고 나면 목련나무를 유리의 눈으로 본 거나 마찬가지. 새로운 눈. 아이들은 시공책에 옮겨 적는다. 똑똑똑 연필 소리가 듣기 좋다. 빗소리만 같다.

목련나무   4학년 장유리

목련나무에
목련꽃이 수도 없이 폈다.
하얀 색에 노란 빛이 난다.
공룡발톱 같기도 하고 손톱 같기도 하다.
선생님이 꽃 보고
우와, 꽃 봐라 한다.
아이들이 따라서 우와 그런다.
내가 목련이라면 하루하루 헤헤헤 웃으며 살 것 같다.

(2011. 4. 1)

마음속으로 세 번쯤 읽고 떠오르는 생각이나 느낌을 공책에 쓰고 싶은 만큼 쓰라고 했다. 민규는 얼굴이 벌게지도록 큰 목소리로 읽다가 켁켁댄다. 아이들이 제발 그만하라고 귀를 막으며 엄지를 바닥으로 흔들며 에에에, 한다. 목소리 작은 다빈이를 불러 소리 내어 읽어 보라 했더니 너무 작다. 같이 소리 내어 읽었다. 시에 대한 느낌이나 마음에 드는 구절을 찾아보았다.

　이 시 유리 언니가 쓴 시 맞아요? (김하은)
　나는 못 봤다. 우리 학교 어디에 있나. 없는데 어떻게 썼나?
　(조범희)
　꽃 보러 가요. 근데 우리 학교에 목련꽃이 어디 폈어요?
　(최두현)
　봄이 오면 목련이 정말 좋아할 것 같다. (오예은)
　나도 아침에 목련이 필라고 하는 걸 봤다. 무슨 새 부리 같다. 만져 보면 딱딱할 것 같다. (고한승)

　한승이 말처럼 저 아래, 목련나무에 움츠렸던 꽃봉오리가 쏘옥 나오고 있다. 정말 하얀 새 부리 같다. 범희는 우리 교실 앞 목련나무에 꽃이 피어도 그게 목련꽃인지 알지 못했다. 아이들이 와그르르 웃는다. 나는 얼른 범희가 옳다, 처음 본 건 아닌데 저절로 본 건 본 게 아니다, 마음을 담아 보려고 해야 코딱지라도 새롭게 보이는 법. 이따가 눈꺼풀을 까뒤집으며 보라고 해 볼까. 저 나무가 목련나무다, 아는 순간 범희 눈에도 없던 목련나무가 우두둑 자라난 게 보일 거다. 암튼 5학년 유리가 쓰는 거라면 자기도 쓸 수 있을 거라는 마음이 든 아이가 여럿이다. 목련나무 아래로 가 보려다가 시간이 어정쩡해서 그만뒀다.

집에 갈 무렵 '목련나무'를 한번 같이 떠올려 보자고 했다. 집 가면서 목련나무 한번 보라고. 시공책 꺼내 봐도 돼요, 해서 안 된다고 했다. 나는 다 외운 것처럼 슬쩍슬쩍 보면서 소리 내어 읽었다. 와아, 그걸 다 외웠어요, 하고 유빈이가 눈을 동그랗게 뜨고 묻는다. 순진한 녀석. '목련나무'를 소리 내어 읽으면서 지난해 기억들이 고스란히 되살아난다.

준민이가 자기도 다 외웠다고 한번 외워 보겠다고 한다. 시키지도 않았는데 시를 외운다. 교실이 숨 죽은 듯 고요하다. 우아, 하고 다 같이 손뼉을 짝짝짝 쳐 주었다. 나도 입을 쩍 벌리고 놀랐다. 외우기에 좋은 시는 되풀이하는 말이나 시늉말이 들었거나 노랫말처럼 쓴 시가 좋다. 그래서 '목련나무' 같은 시는 외우기가 쉽지 않은데 대단하다. 준민이 둘레 아이들이 머리가 좋다고 쓱쓱, 쓰다듬어 준다. 이만하면 시와 놀기 첫날은 좋았다고 혼자 흐뭇해했다.

4월 3일 시를 처음 썼다
―뻔한 이야기 말고 나만 할 수 있는 이야기
눈이 온다. 동현이(B)는 내리는 눈을 보면서 입을 다물지 못한다. 동현이는 부산에서 전학을 왔다. 그러니 그럴 수밖에. 촌놈! 한겨울에도 눈 보는 게 드문데, 하야, 바깥이 껌껌하도록 눈이 오니 얼마나 신기하겠나. 목련꽃 봉오리가 하얗게 터지려고 한다. 내일이나 모레쯤 꽃을 보겠다.

오후에는 시화 그리기를 했다. 오전에 시 쓰기를 했는데 제대로 못했다. 내 곁에서 볼 수 있는 사람 이야기를 쓰면 좋겠다고 지난주부터 말해 온 터라 내심 기대가 컸다.

새벽에 일어나 «개구리랑 같이 학교로 갔다», «잠 귀신 숙제 귀신»에 나온 시들을 뒤져서 식구를 글감으로 한 시 세 편을 골랐다. 학교에 가서 읽어 주어야지. 그 생각 하니 괜히 마음 설렌다.

둘째 시간은 '듣말쓰' 시간, 넷째 시간은 읽기 시간. 듣말쓰 시간에 파워포인트로 새벽에 고른 시를 보여 주었다. 와글와글 떠든다. 우아, 정말 그렇단다. 뭐가 될 듯하다. 그리고 넷째 시간 끝 무렵에 저마다 시를 써 보자 했다. 그런데 아이들이 쓴 시를 보니 자기 이야기를 조근조근 풀어 쓴 게 없다. 두루뭉술하다. 가볍다. 이를테면, 아버지를 글감으로 쓴 시라면 그 아이만 쓸 수 있는 이야기라야 하는데 그렇지 못하다. 가슴에 와닿을 리가 없다. 그 말을 했더니 유빈이가 "헐, 우리보고 비밀 이야기를 쓰라는 말이에요?" 하고 입 내밀고 묻는다. 그게 아니라고 했다. 우리 아버지하고 내 동무 아버지하고는 다른데, 그 다른 게 느껴지지 않는다 했다. 잘 모르겠다 고개를 잘래잘래 흔든다.

우리 아빠는 택배를 하신다   4학년 이혜정
새벽 5시에 가셨다 밤 8~9시에 오신다.
오셔서 밥 먹고 연속극 보다 늘어지게 주무신다.
보면 아빠는 옆으로 움직이면서
아빠는 전혀 생각이 안 난다고 하신다.

이건 혜정이가 쓴 시다. "늘어지게"란 말이 어울리는 말일까 잠깐 생각했다. 더구나 글만 봐서 혜정이 아빠의 모습이라고만 말하긴 어렵다. 이건 우리 아버지 모습이기도 하고 다른 아버지들 모습이기도 하다. 택배 자리에 다른 일을 넣고 읽어 보면 쉽다. 혜정이 아버지는 어떤 모습일까? 그려지는 게 없다.

내 동생은 2학년   4학년 김민선

나한테 대들고 짜증나긴 하지만
정말 좋은 내 동생
언니한테 양보도 해 주고
무엇을 갖다 달라고 하면
금방 갖다 주는 착한 내 동생
나는 그런 동생이 정말정말 좋다.

이건 민선이가 쓴 시. 혹시 동생 있는 사람 했더니, 선향이, 준민이, 유빈이가 손을 든다. 민선이 시도 마찬가지. 글 쓴 사람을 싹싹 지우고 그 자리에 선향이, 준민이, 유빈이 이름을 딱 써넣고 내 시다 하고 우겨도 그럴 것 같지 않냐고 했다. 누구도 아닌, 세상에 딱 한 사람 이야기이어야 한다. 모두 겉돈다. 심술이 난다. 좋다. 다시, 어버이날 즈음해서 쓸 법한 뻔한 편지 이야기를 했다.

"누가 편지를 썼어. 이렇게. '아버지, 어머니. 저를 낳아 주셔서 고맙습니다. 어머니는 맛있는 음식을 해 주시고 옷을 깨끗하게 입혀 주시고 저를 이만큼 건강하게 키워 주셔서 고맙습니다. 아버지는 힘드신 일을 해 주시면서도 한 번도 힘들다 말하지 않으시고 때로 엄하게 저를 키워 주셔서 고맙습니다.' 어때?"

그런데 으으으, 멀뚱멀뚱하다. 그게 뭐 어쨌냐는 얼굴. 누구나 그렇게 쓰는 것 아니냐는 아주 멀쩡한 얼굴을 해서 날 본다. 하아. 말난 김에 더 가 보자. 날마다 보는 사람이니 신비감이 없나. 점심 먹으면서 곰곰이 생각해 보니 그럴 수밖에 없겠다. 무엇보다 아이들이 늘 겪는 일이기 때문에 적당히 거리를 두고 장면이든 사람이든 따로 떼어 내 본다는 게 어려울 수도 있겠다.

점심시간에 재영이와 한터, 태연이 시를 같이 읽고 고쳤다. 한터가 쓴 글씨는 알아보기 어렵다. 한터를 불러 읽어 보라고 했다. 한터가 읽고 그때 어떻게 했냐, 마음은 어땠냐 물었다. 태연이가 쓴 글도 재미있다. 태연이는 정말 자기 할 말만 쓴다. 생각나는 대로 쓰다 보니 앞에서 한 말을 다시 하기도 하고 이 얘기 저 얘기가 뒤섞여 있어서 엄마 이야기만 하자고 했다. 민규는 어제 음악 시간 일로 시를 썼다. 나도 몰랐던 일. 범희는 식구 이야기 쓸 게 없다더니 집에 가다 본 아저씨를 죽 달아 써 왔다. 물의 순환 과정을 상상한 게 재미있다.

우리 아빠   4학년 모한터

컴퓨터 게임하는데
아빠가 문을 철컥 열고 들어왔다.
아빠는
칫, 웃으면서

"그것밖에 못하냐?" 하며
내가 하는 걸 옆에서 보다가
내 뒤통수를 손바닥으로 쳤다.
나는 얼굴을 키보드에 엎어지고 말았다.
키보드 자국이 났다.
아빠는 그대로 거실로 도망갔다.
아빠니까 참는다.
마음속으로
아빠가 동생이라면 오늘 죽었다 그랬다.

우리 엄마   4학년 윤태연
우리 엄마는 참 내가 속상하게 한다.
엄마는 왜 컴퓨터만 하면 책 한 권을 읽어라 한다.
엄마는 왜, 도대체, 컴퓨터는 일요일만 할 수 있게 할까?
엄마는 이무완 선생님을 좋아하신다.
우리 엄마는 우리 반 카페에 들어간다.
선생님 일기를 보고 간다.

몰라요 이런 거   4학년 문민규
음악 시간에
선생님이 리코더 악보를 내주고
"다장조니까 계이름 좀 적어 봐"
했다.
풍선이 꺼지는 것처럼
나는 가슴이 푹 쪼그라들었다.

나는 속으로

'선생님, 이런 거 몰라요!'

하지만 말을 못 했다.

저녁에 엄마한테 말하니까

"내일부터 피아노학원 다녀!"

했다.

나는 속으로 싫었다.

이제 놀 시간이 없다.

음악 시간 때문에 놀 시간이 줄었다.

오줌 싸는 아저씨 　4학년 조범희

건지다리 끝에서 술 챈 아저씨가 오줌을 싼다. 오줌은
오십천에 들어간다. 바다로 가서 구름이 되어 둥둥 온다.
아저씨 머리 위에 오줌이 떨어지는 상상을 했다. 아저씨가
으르르 떨고 비실비실 간다.

　쓴 시들을 미술 시간에 시화로 그린 다음 칠판에 죽 걸었
다. 예은이 한 사람 빼고. 자기 시라도 좋다, 감동을 주는 시
에다 붙여라 하고 초록색 붙임딱지 석 장씩 줬다. 그런데 이
건 숫제 인기투표가 되고 말았다. 허어, 욘석들이 시를 보는
눈, 썩은 눈! 친한 동무한테 서로 품앗이하듯 떡떡 붙여 놓았
다. 태연이 시에는 두 장, 민규 시에 석 장, 범희 시, 한터 시
에도 두 장씩 붙였다. 시화이니 시도 좋고 그림이 좋은 데 붙
였다 핑계를 대겠지만 암튼 서운했다. 식구들 살아가는 이야
기를 알아야 한다고, 자기 이야기를 만들어 가야 한다고 우겼

다. 그게 사랑, 이라고 했다. 범희만 식구 이야기를 안 썼다. 여자애들이 아까부터 변태라고 놀려서 눈물이 그렁하다.

아이들 보내 놓고 교실 바닥을 쓸고 있는데 예은이가 와서 말한다.

"선생님, 저는 사회 시간에 선생님이 무슨 말을 하는지 하나도 모르겠어요. 글씨도 잘 안 보이고."

얼굴이 뜨거워진다. 그래, 그러면 말이라도 좀 하지, 그랬더니 씩, 웃는다. 고맙다고 내가 절해야 할 아이다.

8월 29일 글감 찾고 글쓰기1

태풍 볼라벤이 지나간 다음 날 아침. 어제는 하루 쉬었다. 아이들은 집에서 무엇을 하면서 하루를 보냈을까. 어른은 일 나가고 아이들은 온종일 집에서 심심했다. 아침에 교실에 와서 뭐 대단한 일이라도 있었나 하고 물어본다. 딱히 별다른 일이랄 게 있겠나. 그래도 좋아라 하루 집에서 보냈으면 태풍을 어떻게 겪었는지, 그때 나는 어떻게 하고 있었는지, 속으로 무슨 말을 지껄였는지, 천천히 돌아보고 말해 보면 좋겠다고 생각했다. 마침 오늘 아침은 '시와 놀기' 하는 날. 읽어 줄 만한 시를 골랐다.

바람   중앙초 4학년 정순호

바람이 분다.
온갖 것들이 움직인다.
안 움직이던 나무들도
잠잠하던 물결도

가만가만 있던 풀들도.

또 바람이 분다.

뭐가 뚝 떨어지는 소리

개가 도둑인 줄 알고

막 짖는다.

바람은 너 같은 거는

안 무섭다, 하고

서부 영화 무법자처럼

온 동네, 온 들을

누비고 다닌다. (1992. 10. 25)

회관 문   삼척 고천분교 3학년 고현우

아침에 밖에 나가 보니

회관 문이 깨져 있다.

우리들은 바람이 깼다 생각하고

어른들은 우리가 깼다 생각한다. (2002. 3. 16)

후다닥 파워포인트로 만들어 보여 줬다. 아이들이 입술로
오물오물 읽는다. 나는 눈으로만 읽으라고 한다.

"자, 이제 같이 소리 내어 읽어 보자."

아이들이 와글와글 읽는다. 좀 맞춰 읽으면 얼마나 이쁘나.
빠르게 읽는 아이, 읽는 둥 마는 둥 하는 아이, 다 다르다. 좋
게 생각하자. 저마다 달라야 다 다른 꿈을 만들어 갈 수 있다
생각하자. 아이들 소리가 잦아들기를 기다렸다. 이제 내가 소
리 내어 읽는다.

화면을 뚝, 껐다. 오늘 시를 쓴다면 어떤 글감으로 쓰면 좋을까? '바람', '태풍'으로 쓰라고 보기시를 주고는 생각하는 것처럼 말했다. 속 보인다 해야 하는데, 아무도 말하지 않았다.

자, 한 사람씩 나와서 몸짓으로 글감 말하기. 아이들은 알아맞히고 나는 칠판에 받아쓴다. 한승이가 이마를 까고 뒤로 밀려가는 시늉을 한다. 민기는 볼에다 잔뜩 바람을 넣고는 내 얼굴에다 후아, 불어 댄다. 윽, 입 냄새. 또 누가 없나. 이번에 하은이는 교실 바닥에 철퍼덕 누워서 뒹굴뒹굴한다.

"낮잠?"

"땡!"

"심심하다?"

"땡!"

"아, 그러면 뭐야?"

땡땡거리니까 나하고 하은이는 재미있고 아이들은 성을 낸다. 하은이가 얼른 "힌트 줄게!" 하고는 크으윽, 큭, 큭 코 고는 소리를 낸다. 마음이 너그러운 아이다.

"아, 아빠?"

"땡!"

"윽, 야, 그러면 뭐야?"

"낮잠 자는 아빠!"

"허얼!"

그래서 칠판에는 태풍 볼라벤, 바람, 낮잠 자는 아빠, 비, 오늘 아침, 오늘 나는, 하늘, 바람, 같은 낱말들이 적혔다. 그 사이 자기도 몸짓으로 글감 주기 해 보겠다는 아이가 생겨났지만 시간은 그렇게 너그럽지 않다. 에이포 종이를 반의반으로 잘라 한 장씩 나눠 줬다.

"선생님, 일기 써요?"

"일기라도 좋고 뭐라도 좋아. 어제 오늘 겪은 일을 쓰면 좋겠지."

"아무것도 한 일이 없는데, 뭘 써요?"

"암것도 한 일이 없으면 아무 일도 않고 뭐 했는지 써!"

다음은 아이들이 낸 글을 옮겼다.

태풍   4학년 김지현

　태풍에 창문이 덜걱덜걱거린다. 바람 때문에 잠을 못 자겠다. 이불을 덮어쓰고 귀 막아도 창문 소리는 여전히 덜걱덜걱거린다. 태풍은 혼자서 오면서 창문 무시무시하게 놀래켜줄 일만 생각하고 왔을까.

태풍 볼라벤   4학년 유다흰

태풍이 왔다.

이름은 볼라벤.

태풍이 우리 지역으로는 안 지나간다.

마음 놓았는데

베란다 유리창이 득득득 흔들리고

바람이 세게 분다.

태풍은 지금 지가 왔다 간다고 으시댄다.

그리고 내일 모레쯤

덴빈이라는 태풍이 또 온댄다.

무섭다.

　처음에 밑금 그은 데를 "베란다 유리창이 흔들거리고 바람
이 세게 분다"고 썼는데, 다흰이를 불러 바람이 어떻게 불더
냐고, 세게 부는지는 어떻게 알았냐, 무슨 마음이 들었는지
보태어 써 보라고 했다. 나는 "태풍은 지금 지가 왔다 간다고
으시댄다"는 데가 좋았다. 잘 썼네, 하고 등 두드려 주었다.

태풍　4학년 김민기
아침에 일어나보니
비가 오고 바람 소리가 힝힝 난다.
텔레비전에서 배운 대로
얼른 창문에 테이프를 붙였다.
창문 깨질까 봐
엑스자로 붙였다.
바깥을 보니 아무도 없다.
쓰레기만 굴러다닌다.
헛둘 헛둘 도로를 무단횡단한다.
겁이 없는 녀석들이다.

태풍 볼라벤　4학년 조범희
태풍 볼라벤 때문에 학교를 쉬었다.
할머니가
옥수수 한 자루를 들고 왔다.
거실에서 옥수수 알갱이를 깠다.

할머니, 할아버지, 삼촌이랑 옥수수를 모여서 깠다.

손으로 이렇게 비틀어 돌려서 알갱이를 깠다.

대야에 또도독 또도독 들어갔다.

할머니가 뻥튀기 해준다고 하셨다.

어떤 알갱이는 바닥으로 투둑 뛰어 도망친다.

손바닥 불나게 깠다.

그때도 베란다에 있는 창문이 드드드 흔들렸다.

볼라벤 때문에 집 안에서만 시간을 보냈다.

정말로 할 게 없다. 텔레비전만 아주 많이 봤다.

태풍 볼라벤   4학년 이유빈

태풍 볼라벤,

이름부터 포스가 느껴진다.

볼라벤 때문에

바깥세상 난리가 났다.

나는 집에서 바람 부는 걸 본다.

큰 소나무가 막 흔들린다.

부러질 거 같은데 바람은 사정이 없다. 마구 흔든다.

바람이 방문을 열라고 둑둑둑 소리를 낸다.

밖에 있는 사람들, 괜찮을까?

  "포스"라는 말이 난 거슬린다. 다른 말이 없을까, 생각해
보라 했더니 말을 못 찾겠단다. "힘" 하려니 "포스"하고는 좀
다르다. "나무가 흔들린다"고 쓴 걸 자세히 말해 보라고 했
다.

해바라기   4학년 김동현A

해바라기가 태풍에 쓰러졌다.
아침에 올 때 나만 보고 민기는 못 봤다.

이쪽저쪽 삐뚜렇게
자빠졌다.
땅바닥에
아주 누워버릴까 생각하고 있을까.

하늘   4학년 김동현B

저녁때
하늘 보니까 아직 껌껌해서
하늘 보고
햇빛 나와라 햇빛 나와라 하니까
진짜로 햇빛이 짜안 나왔다.
먹구름이 옆으로 실- 가면서
해가 진짜로 환하게 나왔다.

밑금 그은 데는 동현이가 아침에 토해 내듯 아이들한테 한 말을 내가 적었다가 말해 준 거다. 동현이는 거기에 살을 붙였다. 언제 한 말인지, 해가 어떻게 나왔는지 궁금하다고 했더니 앞뒤로 말을 더 붙였다. 그러니 무슨 말인지 알겠다. 동현이가 와서 "선생님, 내가 잘 썼지요?" 한다. "야, 니가 다 쓴 게 아니잖아. 반은 내가 도와준 거지" 하니 "에이, 그것도 내가 한 말이잖아요" 한다.

아파트 꼭대기에 까치 두 마리가 날라간다. 놀러갈라고 나왔는데 바람이 잡고 안 나준다. 놀래서 까까까 울면서 간다. 바람이 떠미니까 히이잉 옆으로 밀려간다. 까치는 괜히 나와서 식겁했다.

재영이는 걸음을 멈추고 눈길 머물렀던 풍경을 귀하게 봤다.

8월 30일 글감 찾고 글쓰기 2

태풍 덴빈으로 비가 무섭게 왔다. 덴빈은 일본 말 태풍 이름. 수학 시간. 그만 떠들고 공부 시작하자는 내 말에도 꿈쩍 않고 떠든다. 히유, 요 녀석들 봐라. 바깥은 작달비가 다시 쏟아진다. 이래서는 무슨 공부가 되겠나. 앞문 옆으로 가서 스위치를 딸깍, 내렸다. 교실 불이 꺼지자 세상이 까마득하게 멈춘 듯하다. 아이들 소리가 문득, 뚝 끊기자 빗소리가 살아난다. 샤아아아, 서늘한 바람이 불어온다. 유리창은 이제 영화관 스크린 같다. 비 오는 풍경이라. 귀를 쫑긋 세우고 비 오는 풍경을 내다본다. 이쁘다.

수학책을 펴고 공부하려니 아깝다. 에이포 종이를 반쪽으로 나누어 한 장씩 나누어 준다. 뭐요, 하는 얼굴들. 못마땅해하는 얼굴은 못 본 척 고개를 싹 돌렸다. 칠판에 '비 오는 소리' '비' '덴빈' '하늘' '수학 시간'이라고 크게 썼다. 지금 글감으로 시든 일기든 글로 써 봐, 뭐라도 써 봐, 그랬다. 정말이지 뻔뻔하기 그지없는 선생이다. 글은 이렇게 쓰는 거다, 하고 잘 가르쳐 주고 싶어도 나도 아이들처럼 어떻게 해야 잘 쓰는지 모른다. 그러니 써 보라고 할밖에.

이때 누가 수학 공부 안 해요, 하고 물었다가 어우우 하는 소리에 금방 묻힌다. 그러게, 글 쓸 때는 글 써야지, 딴생각하면 못 쓰는 법. 어쨌든 수학 시간에 글 쓰니 공부 덜해서 좋다고 헤벌쭉 책상에 엎드린다.

"지금 다 같은 풍경을 보고 다 같은 소리를 듣지만 다 다르게 써야 해. 그건 저마다 마음이랑 이어진 것이기도 한데, 그냥 본 대로 들은 대로 생각한 것에만 머물러서는 안 되겠지. 일테면 유빈이하고 선향이가 같은 제목으로 글을 쓴다고 해도 유빈이가 쓴 글은 곧 유빈이가 되어야 하고, 선향이는 선향이 눈으로 찍은 풍경, 선향이 속으로 지껄인 말, 떠올린 걱정, 고민이 담겨야 하겠지. 끝으로 한 가지 더, 누군가 했을 법한 말, 어디서 들은 듯한 말은 내 말이 아니야."

내 말이 아이들 귀에 가닿기나 했을까. 이제 아이들은 글을 쓰고 나는 비 오는 창밖을 내다본다. 어떤 글을 써 줄까. 안 쓰는 아이가 있으면 어쩌나 했는데 괜한 걱정이었다.

비 오는 소리　4학년 김민선
난 지금 교실에 앉아 있다.
지금은 교실 불을 껐다. 어둡다.
창문은 활짝 열려 있다.
의자에 앉아서
조용히 바깥 소리를 들으면
기분이 좋아진다.

어제도 오늘도 하늘은
구름만 있다.
빗소리만…… 뚝뚝 촤아아아
소리도 가지각색
난 지금 교실에서 이 소리를 듣고 있다.

민선이는 처음에 "구름이 하나도 없다"고 썼다. 하늘 가득
구름인데 구름이 하나도 없다니, 하고 물으니 저게 다 구름이
냐고 되묻는다. 거참, 젊은이가 이래 총기가 흐려서야. 구름
이 있으니 비가 내리지 하니, 아, 그래요 한다. 그러고는 "구
름만 있다"로 고쳐 적었다. 그런데 빗소리, "뚝뚝 촤아아아"
하고 적은 비 떨어지는 소리. 정말 빗소리가 그렇게 들릴까?
말로는 "소리도 가지각색"이라고 해 놓고, 그냥 머릿속에 있
는 말을 끄집어내어 "뚝뚝" 하고 썼다. 정말 비 떨어지는 소
리를 쓴 것일까?

비   4학년 이준민

태풍이 온다. 벌써부터 비가 온다.
빗소리가 마치 텔레비전 치지직거리는 소리 같다.

준민이는 "태풍" 썼다가 지우고 "태풍 텐빈" 하고 적었다
지우고 "비"라고 적었다. 빗소리가 텔레비전 치지직거리는
소리 같다는 말은 언젠가 우리 교실 누군가가 했던 말이다.
텔레비전을 켰는데, 치이이 하는 소리를 들으면서 범희가 소
낙비 오는 소리 같다고 했다. 다만 범희는 그 일을 글로 적지

않고 지나가는 말로 하고 끝냈다. 말은 글로 남길 때 의미가
있다.

비 오는 소리   4학년 이다빈
밖에는 쏴아아아 비가 쏟아진다.
아침에는 그냥 툭, 툭, 툭 왔는데
시간이 지나면 지날수록 점점 많이 쏟아진다.
쏴아아 소리가 난다.
우리 집 햄스터들은 뭘 하고 있을까.
지금 시끄럽게 이 갈고 있을 거 같다.

다빈이는 작게 작게 속삭이듯 말하는 아이. 머리를 디밀고
듣고도 무슨 말인지 알아듣지 못할 때가 많다. 앞부분만 읽으
면 지나치게 평범하다. 오는 비. 눈에 보이는 대로 썼다. 다빈
이를 불러 비 오는 걸 보면서 뭐 마음에 떠오르는 게 없냐고
물었다. 고개를 잘랑잘랑 흔든다. 에구구. 뭐라도 더 보태면
좋겠다 했더니 다빈이가 다시 써 왔다. 밑금 그은 데가 달라
진 부분이다.

교실   4학년 김하은
쉬는 시간이 끝나고 수학 시간.
애들이 떠든다.
선생님이 불을 끈다.
교실이 어두워졌다. 조용해졌다.
그리고 흰 종이 한 장씩 내준다.

뭐라도 써 봐, 했다.

근데 선향이와 유빈이는 깔깔깔 웃는다.

왜 웃는 걸까?

하은이는 교실에서 겪는 소소한 일상을 본 대로 들은 대로 썼다. 쉬는 시간 끝났는데 아이들은 재잘대고 떠들어서 내가 불을 탁, 껐다. 갑작스레 어두워진 교실. 아이들이 조용해졌다. 흰 종이 한 장씩 나눠 주고, 뭐라도 써 봐, 하는 내 말을 그대로 적었다. 글로 적힌 내 말을 보니까 당혹스럽다. 그런데 선향이와 유빈이는 무슨 일로 깔깔대고 웃었을까. 모두 다 글 쓰느라고 책상에 엎드렸던 때다. 그때 둘 사이에 뭔 일이 있었나?

불 키지 말아요   4학년 박선향

선생님, 불 키지 마세요.

불 키면 싫어요.

교실 환해지면 싫어요.

불 끄니 아이들이 조용해지고 좋아요.

어두컴컴해서 좋아요.

교실이 꼭 내 방처럼 아늑해요.

선생님   4학년 김지현

선생님, 불 키지 말아요. 불 안 키니깐 더 조용하고 좋아요. 불 안 켜도 글씨 잘 보여요. 공부 끝날 때까지 불 안 키면 안 되나요? 네?

선향이는 내가 교실 불을 껐을 때 유난히 좋아했던 아이다. 손뼉까지 짝짝짝 치면서. 교실 불을 끄니까 비 오는 바깥이 더 환하다. 내가 다시 교실 불을 켜려고 하자 "불 키지 마세요. 지금이 더 좋아요! 꼭 극장 속 같아요" 하고 말하던 아이이다. 선향이한테 "지금 내게 하고 싶은 말을 그대로 한번 써 보면 어떨까?" 하고 말해 주었다. 그래서 나온 글이다. '교실이 내 방처럼 아늑해요' 하는 말에서 선향이가 왜 불을 켜지 말라고 했는지 알 것 같다.

지현이는 선향이하고 내가 주고받는 말을 가만히 듣고 있다가 속엣말을 적었다. 글이라는 게 뭐 별건가. 마음에서 터져 나오는 말을 그대로 적으면 그게 시다. 글이다. 선향이처럼 불 켜지 않아도 글씨 잘 보이고 조용하고 좋으니까 굴 속 같은 교실에서 공부하자는 말을 하고 있다.

비　4학년 고한승

비가 온다. 안개가 꼈다.
하늘을 보면 비가 오고
빗물이 콸콸콸 흘러간다.
세상이 새하얗다.
아무것도 안 보인다.
저 하늘 가보면 하느님이
물이 아깝다고 할 것 같다.
수도관 어디 터졌나 하고
막 찾고 다닐 거 같다.

한승이는 요즘 글씨를 반듯하게 쓰려고 정말 애쓴다. 글씨를 정성껏 써서 좋은데 안 좋은 점은 글이 생각이나 말을 못 따라간다는 것이다. 그러니 토씨가 빠지는 건 예사다. 구름만 가득한 하늘을 올려다보면서 조금은 장난스런 생각을 떠올렸다. 하느님이 수도관이 터져 허둥대는 걸 상상해 보라.

비　4학년 김동현A

비가 온다.
조금씩 살금살금 오다가 갑자기
와 하고 온다.
우산이 있어서 다행이다.
비야 비야 오지 마라 오지 마라.

개똥　4학년 이유빈

교문 앞에 개똥이 떡 자리 잡고 있다.
학교 오던 애들이
"으아, 똥이다" 하면서
밟을까 봐 싹 다 피해간다.
똥은 무서워서 피하는 게 아닌데
개똥은 뭐가 재밌어서 너무 당당하다.
비가
"어쭈, 요게 까불어!" 하면서 뚜닥뚜닥 내린다.
개똥은 이제 클 났다.

'비'는 살금살금 오다가 "갑자기 와" 하고 놀래키듯 빗줄기가 굵어지면서 세차게 내리는 게 느껴진다. "우산이 있어서 다행이다" 같은 말도 누구나 할 수 있는 말이다. "비야 비야 오지 마라 오지 마라"는 상투 같은 말. 다른 사람 말고 동현이 만이 할 수 있는 말을 찾아야 한다고 해도 못 알아먹는다. 유빈이는 '덴빈이 온다'를 썼다가 개똥 이야기를 썼다. 개똥 이야기는 아침에 유빈이가 내게 들려준 이야기. '개똥', 시가 참 재미있다. 그렇지, 똥이 무서워서 피하나 더러워서 피하지. 개똥이 교문 앞에 자리 잡고 거들먹대다가 더 힘센 비를 만났다는 게 재밌다. "개똥은 이제 클 났다"는 말이 난 좋다.

9월 3일 교과서 시를 읽다

풀벌레 소리가 제법 시원하다. 개학하고 첫날이니 자리를 바꾸고도 시간이 좀 남았다. 뭐든 할 말이 있으면 해 보라고 했다. 한승이가 우리 교실에 벌이 들어오지 않게 해 달라고 한다. 교실에서 기를 못 펴고 벌벌 떨면서 다녀야 한다고. 나도 벌벌 떠는 벌인데 어쩌냐. 이따가 공부 끝나고 벌들을 만나서 한번 이야기해 보겠다고 했다. 벌들이 내 말을 들어줄지 모르겠다. 그래도 그런 우스갯소리라도 해 주니 고맙다.

지난주 공부하려다가 묵혀 놓았던 시 단원을 폈다. 어느 사이엔가 매미 소리 사라진 자리에 풀벌레 소리가 채워졌다지만 아직 '가을'을 노래하기에는 이르다. 오늘 아침까지도 어쩔까 마음이 오락가락했다. 까짓것, 아무 때고 읽으면 어때, 하고 마음먹고 나니 편안하다. 책을 펴 놓고 '시를 어떻게 읽을까, 읽고 나서 어떤 이야기를 나눌까, 시를 읽고 어떤 활동을 하면 좋을까' 한참 생각했다.

오늘 읽으려는 시는 교과서에 나온 '가을 그림 그리기'. 하늘은 파랗고 들판은 황금빛이고 단풍은 울긋불긋 물들고, 그 사이 고추잠자리 몇 마리 날고⋯⋯. 아이들한테 가을은 이런 거다 하고 뻔한 고정관념을 굳히려는 시. 아이들은 어떤가 몰라도 난 별로다. 액자 가게에 가면 그 속에 끼워 놓은 그림을 또 보기 싫은 것이다. 어쨌든 오늘 공부는 이 시를 읽고 어떤 장면이 떠오르는지, 어떤 기분이 드는지 알아보는 게 공부거리다. 시가 꼭 내 마음에 들어야 하는 건 아니다. 안 좋은 시도 읽어 봐야 좋은 시가 어떤지 알 수 있다.

먼저 내게 가을은 어떤 것인지 가을에 대해 이야기부터 나누자. 그런 다음 시를 갖고 놀아 보자. 오늘 공부는 '시 읽고', '분위기 말하기'이니까. 거기까지 생각하고 학습지 한 장을 만들었다.

가을 그림 그리기 이상인

하늘은 / (   ) / 칠해서 (   ) 주고 / 산은 (   ) 물감 / 풀어서 그리고요 / 몇 마리 (   )도 / 하늘 날게 / 해 줄까? // 과일은 / (   ) / (   ) 매달고요 / 들판은 (   )을 / 색칠해 보았더니 / 야! 정말 / 그림장 안에 / (   )이 / 솔솔 부네.

학습지 한 장씩 나눠 주고 빈칸을 채워 보라고 했다. 히힛, 그러면 굳이 하늘은, 산은, 과일은, 들판은 어떤 색깔로 칠했는지 미주알고주알 물음 주고받지 않아도 될 일. 이래서 시 읽기와 교과서에 나온 물음을 한꺼번에 해치웠다.

시작. 빈칸에 무슨 말을 넣어야 할까? 차례로 돌아가면서 시켰다. 주춤대서 짝이 쓴 걸 말해 보기로 방법을 바꿨다. 발표하는 소리가 커졌다. 그런데 뻔한 말들 잔치다. 민규는 또다시 장난삼아 썼다. 이를테면 "들판은 꺼멓게 색칠해 보았더니 야! 정말 그림장 안에 태풍이 솔솔 부네"처럼 써서 아이들 웃겨 보려는 심보. 왜곡이 지나치다. 뻔히 헛소리인 줄 알면서도 한터는 으하하하, 소리 내 웃는다. 꿍꿍 분통이 터졌다. 시를 갖고 노는 건 좋지만 그래도 제목이랑 내용이 걸맞아야 한다는 잔소리를 했다. 음, 너는 그렇게 가을 그림을 그렸구나, 하고 말았어야 할 일. 이미 학원이나 집에서 읽어 본 아이들은 교과서에 나온 대로 써 놓았다. 하아, 하품 난다. 더 할 말을 못 찾겠다.

교과서를 펴고 시를 두 번 같이 소리 내어 읽어 본다.

하늘은 / 파랗게 / 칠해서 높여 주고 / 산은 오색 물감 / 풀어서 그리고요 / 몇 마리 고추잠아도 / 하늘 날게 / 해 줄까? // 과일은 / 빨갛게 / 주렁주렁 매달고요 / 들판은 황금색을 / 색칠해 보았더니 / 야! 정말 / 그림장 안에 / 갈바람이 / 솔솔 부네.

뭐라도 좋으니 시에 대한 느낌이나 생각을 말해 보자. 아무 말이라도 좋다. 떠오르는 대로. '내가 느끼는 가을'도 괜찮겠다. 그런데 모두 입이 쩍 달라붙었다. 쩝. 이 시를 계속 밀고 나가기는 어렵겠다. 어쩌면 교과서 시를 삐딱하게 보는 내 마음이 들켰을까. 그만할까 하다가 책꽂이에서 가을을 노래한 다른 시 한 편을 꺼냈다. 이번엔 초등학생이 쓴 시다.

가을   중앙초 4학년 천금선

하마 가을이 왔다.
철둑 가 코스모스
쫄로리 서서 웃는다.
엄마는 코스모스를 보고
날씨가 추워서
우예 사꼬, 한다.

눈으로 한 번 읽어 보게 한 다음, 이 시도 두 번 같이 소리 내어 읽어 본다. 두 시는 어떻게 같고 어떻게 다를까. '가을 그림 그리기'와 '가을'을 나란히 놓는다.

둘 다 가을에 대해 썼지만 하나는 어둡고 하나는 평화롭다. (유다휜)

'가을 그림 그리기'는 사람이 한 사람도 없는데 '가을'에는 사람이 있다. (박선향)

'가을 그림 그리기'는 아무 걱정이 없는데 '가을'은 걱정이 많다. (이유빈)

'가을 그림 그리기'의 가을은 따뜻한 느낌이 들고 사투리를 쓰지 않았지만, '가을'은 날씨가 춥다고 하여 추운 느낌이 들고 사투리를 많이 썼다. (최두현)

어린이가 쓴 시는 춥고 가을 오는 게 걱정인데, 어른이 쓴 시는 따뜻한 느낌이 들고 그림을 보는 것 같다. 어린이가 쓴 시는 꽃이 추워서 걱정하는 시인데, 어른이 쓴 시는 색을 칠하고 그림 그리기 하듯 시를 써 놓았다. (김민선)

'가을 그림 그리기' 시는 황금빛 들판이 생각나는데 '가을'
이라는 시는 점점 가을이 되고 있는 풍경이 생각난다. '가을
그림 그리기 시'는 뭔가 색이 알록달록할 거 같은데 '가을'은
뭔가 어둡고 쓸쓸할 거 같다. (오예은)

10월 9일 감나무 구경하고 시 쓰기

아침에 바깥으로 나가 감나무 구경을 했다. 이오덕 선생님은
어느 나무 한 가지만 꼭 골라 말해 보라면 서슴지 않고 감나
무를 들겠다고 했지. 감들이 발갛게 익어 간다. 슬몃슬몃 옷
깃 사이로 스미는 바람이 싸느랗다. 동현이하고 민기는 급식
소 뒤편 언덕 위로 줄곧 돌멩이를 집어던진다. 감 하나 따 보
겠다는 마음이겠지만 어림도 없다. 에이, 하며 땅바닥을 발
로 찬다. 그냥 꽃으로 두고 보면 얼마나 이쁠까. 돌멩이 던지
지 마라, 해도 내 눈을 피해 휙, 휙, 던진다. 기어이 감 하나가
통, 떨어졌다. 와아, 하는 소리. 내 주먹만 한 감 하나. 귀퉁이
가 터졌다. 마음이 편하지 않다. 몇몇은 떨어진 감을 주워 들
고 킁킁 냄새를 맡는다.

나는 학교 앞 울타리 너머 콩밭 위 저어, 저 감나무를 본다.
앞질러 잎사귀 떨구고 감들만 남았다. 까치가 오고 직박구리
가 오고 참새가 와서 요란하다. 직박구리가 찌익, 찌이 찌이
하고 날카로운 소리로 운다. 저 녀석은 늘 시끄럽다. 그나저
나 저기 우거진 풀덤불 자리 거기도 사람 살던 자리겠지.

교실에 와서 아이들도 나도 시를 썼다. 글감은 감나무, 모
과나무, 코스모스. 몇몇이 불만스런 소리를 토해 냈지만 못
들은 척하고 종이를 나눠 줬다. 안 하는 것보다는 틈나는 대

로 자꾸 해 보는 게 낫겠다는 마음. 덕분에 이제 행과 연으로 나누고 없는 말을 일부러 만들어 쓰는 아이가 많이 줄었다면 그게 성과라고 하겠지. 나도 책상에 웅크려 시를 써 본다. 아이들이 슥슥 시를 적는다. 나는 연필을 입에 물고 하, 어렵다, 하는데 준민이는 척, 시를 적어 냈다.

감나무   4학년 김민기

동현이하고 나하고 감을 딸려고 돌을 던졌는데
아무리 던져도 맞지 않았다.
동현이가 다시 던졌는데 퍽, 맞고 떨어졌다.
퉁, 퉁, 퉁 언덕 굴러 떨어지다가 툭 터졌다.
노란 감물이 새 나왔다.

내가 감나무 같다   4학년 이준민

오늘 미술 준비물을 놓고 왔다.
학교에 오다가 땅바닥에 떨어져 터진 감을 봤다.
내가 감나무 같다.
떨어져 터진 감은 내 심장 같다.

감나무   4학년 유다흰

우리 학교 뒤에 언덕에 감나무가 있다. 감나무 잎이 다 떨어졌다. 감은 많이 주렁주렁 달렸다. 감나무가 외로워 보인다. 옆에 친구 하나 만들어주면 좋겠다.

12월 11일 내 이야기로 시 쓰기

하늘이 새파랗다. 화요일은 시와 노는 날이다. 칠판에 '내가 하고 싶은 일' '내 고민' '우리 집'을 적었다. 침을 꿀꺽 삼킨 뒤 말을 꺼냈다.

"뭐든 좋아. 시가 아니라도 좋아. 뭐가 되었든 내 이야기를 써 보자!"

아이들 꾸는 꿈이 궁금하고 깊은 마음속을 파 보고 싶은 욕심이 든다. 꿈 이룬 이야기가 귀하긴 해도 우리가 지금 여기서 꾸는 꿈이 오히려 더 귀한 거다. 아이들은 별말 없이 하나둘 고개를 숙이고 글을 쓴다. 우리 교실에 평화가 온 것 같다. 아이들이 똑똑똑똑 빗소리처럼 글씨 쓰는 소리. 이게 선생으로 사는 보람이고 행복일까.

그 행복을 깨는 소리. 재영이하고 동현이는 내내 헤헤거린다. 못마땅하다. 눈에 힘을 주고 봐도 이쪽은 본 척도 않는다. 내가 부르면 뭐 이따위 글은 왜 자꾸 쓰냐, 하고 싶지 않은 일을 왜 시키냐고 궁시렁궁시렁할 거다. 제 의지로 시작한 일 아닌 게 불만이다. 입만 열면 투덜투덜. 뭐라도 말을 걸면 왜 자꾸 잔소리하냐고 고개부터 치든다. 머릿속에 뭐가 들었을까. 도대체 하고 싶은 마음은 언제쯤 일어날까. 밥 먹을 때, 공놀이할 때, 손전화 꺼내 놀 때 빼놓고 제 뜻대로 제 몸을 놀리고 싶은 날이 오기나 하는 걸까. 시 쓰면 뭐가 좋은데요, 하고 묻는 얼굴로 날 빤히 본다. 아무것 달라지는 게 없는 것 같아도 글을 쓰면서 새 길을 찾고 사람이 달라진다고 입을 떼어 보려다 또 나만 찌질해지는 느낌이 들어 그만뒀다. 재영이, 동현이는 끝내 글을 내지 않았다.

아이들이 낸 글을 잡히는 대로 후루룩 넘기며 읽는다. 솔깃한 시가 없다. 무디고 뻔한 소리들. 수진이가 쓴 걸 한참 봤다. 수진이는 세계 평화주의자다. 수진이 생각을 보면 언제나 남다르다. 텔레비전 뉴스만 켜면 무서운 이야기들만 쏟아 내서 채널을 얼른 딴 데로 돌리고 싶단다.

나의 가장 큰 걱정   4학년 이수진
나의 가장 큰 걱정
모든 어른들의 걱정
세상 모든 아이들의 걱정…….
내 걱정은 범죄자다.
그런 사람은 귀신보다 무섭다.
학교 갈 때면
집에 갈 때면 나는
범죄자 만날까 무섭다.
텔레비전 볼 때
엄마가 뉴스를 틀면 범죄자 이야기가 나온다.
돈만 중요할까 나는 얼른 딴 데로 틀었으면
하는 생각을 하는데 엄마는 끝까지 본다.
나는 무섭고 두렵다.
어른이 되어도 부끄럽지 않은 사람이 되어야 한다.

*이무완 삼척 서부초

시 맛보기 하고
마음도 나누고

올해 학교를 옮기고 6학년을 맡았다. 해운대 바다가 가까이 있는 학교다. 번화한 해운대 신도시와 달리 아주 오래된 아파트 속에 있다. 작은 아파트에서 대식구가 모여 살기도 하고 식구들이 따로 흩어져 지내는 가정도 많다. 그런데 아이들이 참 순진하고 착하다.

나는 학교에 일찍 오는 편이다. 교실에 들어와 교실 창문을 있는 대로 열면 교실 공기가 금방 싹 바뀐다. 멀리 바다도 보이고 교실에서 맞는 아침이 참 좋다. 피아노곡을 틀어 놓고 내 책상과 아이들 책상을 닦고 있으면 아이들이 하나둘 들어온다. 내가 먼저 와서 교실 문을 열 때가 많지만 가끔 나보다 먼저 오는 아이가 시간표 바꾸는 일도, 창문을 여는 일도 너나 따지지 않고 아무 말 없이 한다.

강당을 처음 썼던 날이 생각나네. 그날은 매트를 썼는데, 남학생 몇 아이에게 뒷정리를 부탁했다. 그런데 우리 반 남자아이들 모두가 거들고 있었다. 지켜보지 않으면 아무렇게나 내팽개치고 가는 걸 여태껏 많이 봐 와서 그 모습이 너무 이뻐 침이 마르도록 칭찬을 했다. 그러고 보니 우리 아이들이 처음부터 칭찬을 참 많이 받았구나. 동무들과 싸우지 않고 친하게 지낸다고 내가 '다정상'도 주었지. 학교생활을 참 평화롭게 하는 아이들이다.

아이들하고 아침 시간에 하는 일 가운데 '시 맛보기' 시간이 있는데, 요즘은 우리 반 아이들이 쓴 시를 맛본다. 어려운 처지를 서로 나누면 힘이 될 텐데 '이야기 나누는 시간'에는 웃고 재미있는 이야기만 하려고 한다. 살아오면서 어려웠던 이야기나 드러내고 싶지 않은 이야기라도 하다 보면 서로 위로가 되고 마음을 더 크게 움직일 텐데 늘 아쉽다. 그래서 살아가는 모습이 드러나는 시가 보이면 시가 되든 안 되든 그걸로 시 맛보기를 했다.

7월 1일 문수야 학교 가자

문수는 엄마랑 단둘이 산다. 아침에 늦게 학교에 오기도 하고 결석도 자주 했다. 고집이 세서 대답하기 싫은 걸 물으면 끝까지 아무 말도 안 한다. 동무들과 잘 어울리지는 않는데 점심시간에 축구는 아주 열심히 한다. 며칠 전에 아침에 한 일을 글감으로 시를 썼는데, 문수 글이 눈에 띄었다. 늘 성의 없이 글을 쓰던 문수였는데.

늘 낯선 아이들 시를 보다가 문수 이름을 보고 아이들이 깜짝 놀란다. 문수가 앞에 나와 자기 시를 읽었다. 시 읽을 때부터 울먹울먹하더니 "엄마는 새벽에 일하러 나간다"는 말을 하고는 그만 눈물을 뚝뚝 흘린다. 너무 울어서 혹시 무슨 일이라도 있나 싶어 달래면서 물으니 "그냥 슬퍼서 눈물이 난다"고, "나도 모르게 줄줄 눈물이 흐른다"고 그런다.

아침 시간   6학년 윤문수

아침밥을 먹을라 하는데
전화가 온다.
전화기에서 엄마 목소리가 나온다.
"아침밥 먹었나.
빨리 먹고 학교 가라."
나는 한 마디도 못 하고
엄마가 끊었다.
혼자 밥 먹기 싫다.
그냥 학교에 온다.
엄마도 늦게
나랑 같이 나갔으면 좋겠다. (2004. 6. 29)

문수야! 그렇게 된 거였니? 난 네가 왜 늦게 오는지 처음엔 몰랐지만 이젠 조금 이해가 돼. 난 엄마가 있어도 아침밥을 안 먹지만 넌 혼자 밥을 먹으려 하니까 밥이 입에 안 닿지? 내 생각에 엄마와 같이 밥을 먹을 수 있을 거야. 문수야, 힘내.

(한창목)

문수가 쓸쓸해하고 아침 시간이 싫다고 느끼는 것 같다. 시가 너무 좋고 문수의 느낌이 그대로 들어가 있는 것 같다. 그리고 나는 아침에 항상 엄마가 계시는데 문수는 엄마가 안 계시니 아침을 맞이하는 게 너무 쓸쓸하겠다. (안경진)

만약에 나도 엄마 없이 쓸쓸하게 밥을 먹으면 정말 먹기 싫을 것이다. 문수의 시는 마음속까지 파고드는 것 같다. 엄마에 대한 문수의 간절함이 담겨 있는 시다. (하상식)

문수가 더 오랜 시간을 같이 있고 싶어 하고 얘기도 많이 하고 싶어 하는 것 같고 또 왜 지각을 자주 하는지 알겠다. 나는 엄마가 깨워 줄 때도 있고 자명종으로 일어나는데 문수는 혼자 일어나니 속상할 것 같다. 그리고 문수네 엄마가 일요일은 일하러 가지 않는다면 문수가 제일 좋아하는 요일은 일요일일 것 같다. (김민경)

누군가 아침에 문수 집에 가서 밥을 같이 먹어주면 좋겠다. (추민지)

우리 아이들이 이제 문수를 좀 더 가까이 느끼겠지. 9시가 지나 교실 문을 "드르륵" 여는 문수를 이제 다정한 눈으로 볼 수 있겠지. 아침에 문수 집에 찾아가 "문수야, 학교 가자" 하고 부르는 동무들이 많아졌으면 좋겠다.

9월 16일 우리 할머니 이야기도 해 보자

외할머니 생각   6학년 구이선
저녁에 떡을 먹어서 체했는지
새벽에 배가 아팠다.
언니를 깨워
배 아프다 하니

"화장실 가라"며 다시 자버린다.

화장실 가고 싶은 배가 아닌데

약을 찾아 먹으려고 해도

약이 없다.

밤에 체했을 때는

외할머니가 바늘로 따주는 것이 최고인데

외할머니가 보고 싶다.

오래 안 봐서 그런지

내 눈에선 눈물이 난다. (2004. 9. 16)

가게를 하던 이선이네는 외할머니가 부엌일을 도와주며 함께 살았다. 그런데 아버지가 빚더미에 앉게 되어 집과 가게를 팔고 여기로 온 모양이다. 지금 이선이와 언니는 친할머니 집에서 학교를 다닌다. 이선이 아버지한테 돈을 빌려 준 사람들이 집에 찾아와 이선이네 식구들을 괴롭힌단다. 우리 반에는 부모와 떨어져 할머니와 사는 아이들이 꽤 있다. 그래서 이선이 시를 읽으며 우리도 할머니 이야기를 나누면 좋겠다 싶었다.

아이들이 "할머니가 어떻게 잘해 주셨는데?" 하고 물으니 "뭐든지 다." 젖은 목소리로 대답하더니 그냥 눈물을 흘린다. 공부 시간에 '백구' 노래 들으면서 키우던 강아지가 생각난다며 혼자 많이 울던 이선이. 참 따뜻한 아이인데 아픔이 많아 보인다.

아이들이 우는 이선이를 말없이 그냥 바라보고 있다. 그래서 지금 이 마음, 우리 할머니 할아버지에 대한 이야기를 줄

글이나 시로 써 보자고 했다.

우리 할머니는
내가 어렸을 때부터 키워 주셨다.
그런데 나는 별일 아닌데도
자꾸 할머니한테 짜증을 낸다.
그래도 할머니는 먼저 화를 푸시고
밤에 잠잘 때
"일로 온나, 춥다" 하고 말하신다.
나는 할머니한테
자꾸 미안하다. (6학년 박설빈)

우리 할머니는 아직 살아 계신다.
내가 할머니 집에 갔을 때
밤에 잠이 안 오면
잠이 와도 참으시고
나와 동생이랑 놀아 주신다.
이야기도 해 주시고
그래도 심심하면
우리가 아는 놀이도 알아내서
같이 하려 하고
텔레비전을 틀어
우리가 하는 프로를 보여 주신다.
우리는 늘 새벽에 자서
할머니 잠을 다 깨워 놓지만

할머니는 싫은 기색 하나 없다.
그래서 나는
할머니가 엄마보다 마음 열기가 편하다. (6학년 신은진)

할머니와 아빠가 싸우셨다.
할머니께서 화분을 깨고
신경질을 내서
아빠가 할머니를 나가라고 했다.
누나는 아빠를 막고
나는 할머니를 달랬다.
아빠가 나가 버려서 싸움은 끝났지만
할머니는 울 것 같은 얼굴로
힘없이 앉아 계셨다.
갈 데도 없는 할머니께
그런 말을 하다니.
아빠가 원망스러웠다. (6학년 박수빈)

이선이네 할머니는
이선이를 매우 좋아하는 것 같은데
우리 할머니는
나 말고 언니를 좋아하신다.
"아이구 우리 혜경이
몸집이 듬직한 게 복이 술술 들어오겠네.
집에 복덩어리가 하나 앉아 있네" 이러신다.
할머니는 할아버지가 돌아가시고

계속 혼자 사신다.

할아버지는 나를 무척 귀여워해 주셨는데

할머니도 그랬으면 좋겠다. (6학년 김민경)

할머니가 돌아가신 지 두 달 정도 되었지만 사실 난 아직까지도 실감이 안 난다. 문을 따고 들어서지만 할머니가 항상 계실 것만 같기 때문이다. 하지만 날이 가면 갈수록 할머니 생각이 더 난다. 할머닌 허리만 조금 편찮으셨지 건강한 분이셨는데, 이렇게 돌아가실 줄은 정말 아무도 몰랐다. 병원에서조차 어린이는 못 들어가게 하니…….

할머니를 마지막으로 본 건 나 혼자였다. 그때 내가 본 할머니는 눈을 뜨지도, 움직이지도, 나를 보지도 못하였다. 그래서 더 슬펐다. 오빤 할머니께 정말 잘 대해 드렸지만 사실 나는 잘해 드린 게 없는 것 같다. 엄마 아빤 일하러 다니신다고 할머니가 오빠와 날 다 키우셨다. 할머니가 돌아가시기 전 자꾸 머리가 아프다 하셨지만 원래 병원에 잘 안 가시기에 감기인 줄만 알았는데. 내가 학원 갔을 때 쓰러지셨다고 한다. 할머니가 수술 전에 돌아가신 게 다행이라 생각한다. 의사 선생님 말로는 "수술 도중이나, 수술을 해도 운이 좋아야" 하셨다. 그런데 할머니께서 고통을 받지 않으시고 가셨으니…….살아생전 내가 잘해 드리지 못한 게 후회되고 할머니가 너무 보고 싶다. (6학년 유승화)

그래 맞다. 승화는 할머니가 돌아가시고 며칠 만에 학교에 왔지. 할머니가 위독하실 때부터 마음 아파하는 걸 일기에서 보았다. 일기장에 할머니를 떠나보내고 쓴 시가 있어서 우리 반 카페에 실어 함께 슬픔도 나누고 그랬지.

할머니
할머니께선
23년 만에 할아버지 곁으로 가셨다.
살아생전에 고생만 하시고
할아버지를 그리워하며
자랑하시던 할머니.
10년 동안 같이 살아오면서
우리를 다 키워 주신 할머니.
그런데 지금은 편안하시다.
이런 힘든 일을 하지 않으셔도 된다.
할머니는 좋은 곳으로 가셨는데
그걸 알면서도 눈물이 난다.
할머니.
저번 병원에 갔을 때 보고 왔으면 되는데.
할머니께서 마지막으로 목욕하실 때
할머니는 날 알아보지 못했다.
그게 너무 슬프다.
할머니는 지금 너무 편해 보인다.
저 차가운 쇠 위에 누우셔서
다른 사람들이 목욕시킨다.
난 오빠와 나왔다.
빈소에 가서

상복을 입고 눈물을 흘렸다.

화장하는 날.
우리 대기실에 있었다.
할아버지 성함도 새겨져 있는 걸 보니
같이 묻어드려
함께 좋은 곳으로 가시라고.

할머니가 없는 우리 집은
썰렁하고 이상할 뿐이다. (2004. 6. 8)

10월 6일 선생님 왜 자꾸 애들 울려요

어제 아침은 하늘이 유난히 맑았다. 비 온 뒤처럼 공기도 깨
끗하고 멀리 보이는 해운대 바닷물 색도 어쩜 그리 깨끗하게
보이는지.

첫째 시간은 아이들을 데리고 운동장으로 내려갔다. 아이
들과 아무도 없는 빈 운동장을 거닐고 하늘도 보며 이야기를
나누었다.

"오늘 저녁 하늘도 무지 예쁠 것 같다. 너희들도 꼭 저녁
하늘 보거라. 자연에 마음을 보내면 마음이 맑아져. 아무리
바쁘더라도 오늘처럼 하루에 한 번은 꼭 하늘을 보며 숨을 쉬
거라. 나무들에게 말도 걸어 보고, 맑은 공기도 크게 들이마
셔라. 야들아, 우리 오늘 같은 저녁 하늘 보고 내일 아침에 만
나자."

그 느낌을 일기장에 시로 나타내 보라고 하고 나는 아이들

일기를 기다렸다. 아성이 시가 마음에 들어와 칠판에 적고 아침 시간에 시 맛보기를 했다. 아성이가 자기 시를 낭독했다.

저녁 하늘

오늘도 무심히
창문을 열어 저녁 하늘을 본다.
엄마가
"내일 비 올란갑다.
우산 갖고 가라" 하며
일하러 나선다.
나는 아무 말 없이 하늘만 본다.
별이 하나도 없다.
그래서 엄마가
우산 가져가라 했을까.
새벽에도 비가 올까
엄마 걱정이 난다. (2004. 10. 5)

"엄마가 새벽에 들어오나?"
"어, 아침에 일어나 보면 자고 있다."
"엄마랑 잘 못 보겠네?"
"어, 학원 마치고 오면 나가시고 학교 올 때 들어오고."
"밥은 어떻게 먹노?"
"동생이랑 같이 먹는다. 내가 해 주기도 하고 해 놓은 거 챙겨 먹는다."
"엄마도 보고 싶겠다."

"어."

"아빠는 어디 계시는데?"

"남해에서 버스 운전한다."

"언제 아빠가 제일 보고 싶은데?"

"……아이들이 아빠랑 손잡고 가는 모습 볼 때."

아이들 질문에 즐거운 얼굴로 웃으면서 이야기하더니 아빠 이야기를 하면서 눈물을 흘린다. 아성이를 꼭 안고 있는데 아이들이 나한테 막 뭐라 한다.

"선생님은 왜 자꾸 애들 울려요?"

내 시   6학년 김아성

오늘 내 시를 아침 시간에 맛보았다.
앞으로 나가서 아이들이 질문을 했다.
한 개, 두 개, 세 개 받다 보니
갑자기 눈물이 난다.

내가 학교 갈려고 일어나면
엄마는 자고 있다.
우리는 매일 시리얼을 먹고
나온다.
학원 갔다 오면
엄마가 가고
나는 태권도를 간다.
우리는 배고프면
라면을 끓여 먹고 잔다.

나도 엄마 아빠가

새벽 3시가 돼야 온다.

그래서 내가 학원에서

저녁 수업할 동안

가희는 혼자 있다.

2시간 동안 수업하고 오면

문은 문마다 꼭꼭 닫혀 있고

불은 불대로 다 켜 있다.

거실은 온갖 인형들을 다 가져다

뿌려놓아져 있고

가희는 이불로 둘둘 말려 있다.

늘 그렇다.

학원에서

집에 혼자 있는 가희를 생각하면

당장 학원에서 뛰쳐나가

집에 있고 싶다.

나는 그나마 주말에라도 가면 엄마, 아빠를 볼 수 있는데 아성이는 보고 싶어도 제대로 볼 수 없을 테니까 너무 안타깝다. 아성이의 시를 그냥 봤을 땐 '왜 엄마 생각이 나지?' 하고 생각했는데 아성이의 처지를 알고 나니 아성이가 대단하다. 지금 보면 아직도 어린아이 같은데 그렇게 어른스러운 면이 있었다니. 활발한 성격 때문에 그런 사정이 없는 줄 알았는데. 이때까지 아성이에게 모질게 군 것들이 미안해진다. 아

성이는 용감한 대한민국의 한 오빠다. (추민지)

아성이   6학년 신보혜
오늘 처음으로
아성이와 나랑 비슷한 점을
찾았다.
난 오빠한테
아성이는 동생한테
밥 차려주고
거기다 설거지까지 한다는 거.
오늘 아성이의 다른 모습을 보았다.
아성인 착한 아이다.

아성아,
나는 니가 늘 웃고 다녀서 그렇게 슬픈 일이 있는 줄 몰랐어. 오늘 이 시를 읽고 처음 알았어. 오늘 니가 우는 걸 보며 그냥 니가 마음껏 울었으면 좋겠다는 생각을 했어.
그동안 참았던 눈물 그냥 쏟아버렸으면 했어. 그리고 니가 아빠 보고 싶은 마음 나도 알아.
아성아, 오늘만 실컷 울어. (남궁낭)

아성아, 나 다운이다.
이 시를 읽고 나니 네 외로움이 느껴지는 것 같아. 나는 아빠가 없어. 아빠가 없다고 해서 딱히 외로운 건 아니지만 어쩔 땐 너처럼 아빠와 다정히 지나가는 아이가 있으면 '우리 아빠도 저런 아빠였더라면'이라는 생각이 들어. 지금 엄마 아빠를 잘 못 보더라도 언젠가 다 같이 살게 되는 날이 올 거야. 그러니 힘내라. (최다운)

10월 20일 동무가 좋아

국어 시간, 교과서에 실린 '그래서 좋은 나의 친구야'라는 시를 읽어 보고 우리 반 아이들이 동무들에 대해 쓴 일기와 시를 몇 편 맛보았다. 자기 이름도 나오고 바로 옆에 있는 동무들 이름이 나오니 아이들 눈이 더 반짝인다. 유달리 동무들과 친하게 지내는 우리 반 아이들. 이름보다 별명이 더 어울리는 아이들. 곽곽이 곽진영, 두뎅이 두현이, 병팔이 병철이, 망고 영보, 어쩔 땐 나도 모르게 아이들 별명이 튀어나온다. 그게 하나도 어색하지 않다. 잘 싸우지도 않고 화내다가도 금방 웃고 그런다.

내 동무 6학년 경두현

월요일 방송 시간이 되면
진영이가 나에게
"두뎅이 방송실 안 가나?"
"오늘 니잖아."
"아이다, 원래 니다."
"아닌데. 닌데? 월요일이 나고……
아 맞다. 미안하다. 같이 가 줘."
"그래, 같이 가 줄게."
이렇게 진영이는 따라가 준다.

토요일 방송 시간이 되면
"곽곽이 방송실 안 가나?"
월요일처럼 말이 서로 바뀐 뒤
방송실로 또 같이 걸어간다.

키 크고 축구 잘하는 진영이지만
키 작은 나랑
어깨 나란히 하고 가는 길은 즐겁다. (2004. 9. 11)

코 푸는 소리   6학년 윤문수
국어 시간
또 병철이는 코 풀러 휴지를 푼다.
휴지를 다 푸니 아이들이
"더럽다, 밖에서 하고 온나."
병철이는 싱글싱글
"알았다. 밖에서 하고 올게" 하고
나간다.
밖에서 들리는 병철이 코 푸는 소리
"푸르르르"
소리 참 크다.
아이들이 푸하하 웃는다.
그래도 병철이는
싱글벙글 하면서
교실로 들어온다.
늘 하던 일이라

하루라도 안 하면

우리 반이 재미없다. (2004. 9. 16)

공부 다 마친 오후 운동장에서 노는 소리가 들려 내려다보
면 거의 우리 반 아이들이다. 한때 축구를 그렇게 하더니 요
즘에는 농구에 푹 빠져 있다. 주말에도 동무들 만나 어울려
노는 이야기가 참 많다. 여자아이, 남자아이 할 것 없이 영화
도 같이 보러 가고 바닷가에서도 놀고 찜질방 가서도 논다.

아이들끼리 서로 마음을 나누는 모습이 보고 싶어 오늘은
동무들에 관한 시를 써 보자고 했다. 생각에 잠긴 얼굴들이
행복해 보인다. 동무들과 좋은 기억을 떠올리니 절로 행복해
지나 보다. 그윽한 얼굴로 동무를 바라보는 아이도 눈에 띈
다. 그 모습들이 이뻐서 글 쓰는데 내가 자꾸 말이 걸고 싶다.

동무의 뒷모습   6학년 추민지

이선이가 우리 집에 놀러 왔다.

토끼와 거북이 놀이 하다 줄넘기하다

시간이 갔다.

"이선아, 8시 버스 타고 갈 꺼가?"

"응."

놀고 있는데 8시 버스가 왔다.

"벌써 버스 왔다. 더 놀고 싶다.

20분 버스 타고 갈란다."

줄넘기하며 노는데

또 버스가 왔다.

"이선아, 버스 왔다."
"맞나? 집에서도 전화 왔네?
가기 싫은데."
"내일 또 놀자. 늦게 가면 혼나잖아."
이선이는 힘없이 버스를 탔다.
힘없는 뒷모습을 보니까
이선이가 우리 집에 살았으면 좋겠다.

자전거   6학년 배민재

희재랑 자전거를 탔다.
덩치가 큰 희재는
지 몸에 맞지도 않는
자전거를 타고
좋다고 빨리 달린다.
뒤에서 지켜보는데
자전거가 부서질 것 같다.
그런데도 자기는
자전거를 타면서 좋단다.
내 자전거가 불쌍하다.
하지만 친구가 기뻐하니까
나도 왠지 좋다.

내 친구 상식이   6학년 한창목

체육 마치고
상식이와 같이 집으로 간다.

상식이는 위로
나는 밑으로
헤어지는 길.
상식이가 위로 가자고 한다.

위로 올라가도 길이 있으니까
괜찮다.

내 친구 민기 6학년 김윤형

민기는 일요일마다
전화한다.
"윤형이, 너네 집에 갈게."
그러고는 나를 끌고
아무 데나 간다.
내 친구 민기는
내가 일요일에
컴퓨터에 빠져 있을 때
빼내주는 좋은 친구다.

내 동무 성원이 6학년 곽진영

주번 일지를 쓴다.
혼자 쓰면 심심해서 성원이 보고
"좀 기다려도" 했다.
성원이는
"빨리 안 하면 간디" 하며 협박을 한다.

주번 일지 다 쓰고 교실에 오니
성원이가 없다.
"치사한 자식, 벌써 갔네."
혼자 내려가려는데
밑에 층에 숨어 있다.
약 올리면서 기다려준 성원이가
고맙다.

  아이들 모습이 눈에 보이는 듯하다. 쓴 것 가운데 몇 편 읽어 주니 여기저기서 얽힌 이야기들이 튀어나오고 부러운 야유 같은 함성도 나온다. 아이들이 시를 다 읽어 달라고 조른다. 그래서 한 시간 더 우리 반 아이들 시 읽으며 보냈다. 행복한 기운이 우리 교실에 가득하다.   *김숙미 부산 동백초

사람다운 마음을
가지게 해 주는 시 쓰기

지난 2년 동안 우리는 꾸준히 시를 써 왔다. 시를 쓰면서 내 삶을 깊숙이 들여다보기도 하고 동무들과 서로 삶을 나누기도 했다. 우리들에게 시는 삶의 중심을 잡아 나가는 길잡이였고 마음을 키워 가는 수단이었다.

마음 모아 꾸준히 시 쓰기

시 쓰기 공부를 하면서 우리가 느낀 것은 시를 쓰려면 꾸준히 깨어 있어야 한다는 것이다. 한 개인이 시를 쓰는 일도 그렇고 한 학급이 시 쓰는 공부를 하는 것도 그렇다. 국어 교과서에 시 단원이 나올 때나 한 번 시를 써 본다든지, 특별한 행사 때 한 번 쓰거나 해서는 시 쓰기에 깊이 들어갈 수가 없다. 시 쓰기를 일처럼 생각하고 꾸준히 해야 한다. 처음에는 내 마음을 살짝 건드리고 지나가는 것들을 알아차리는 게 잘 안 되지만, 마음으로 시선을 돌리고 거기에 머무는 연습을 꾸준히 하다 보면 조금씩 조금씩 마음 그물에 걸려드는 것들을 알아차리게 된다.

물론 마음을 모으는 연습은 꼭 시를 쓰는 데만 필요한 것이 아니다. 수학 시간에는 문제 푸는 데 마음을 모으고, 밥 먹을 때는 밥 먹는 것에 마음이 가야 하겠지. 청소할 때도, 놀 때도 저마다 그 순간에 온전히 마음이 가야 한다. 그때 그 순간에 마음이 머물러야 그것과 하나 되어 무슨 일을 하든 무르익을 수 있다.

모　6학년 정찬규

밭에 서서

논을 보니

어린 모들이

논에 떡하니

버티고 있다.

바람에 흔들리는 모를 보니

참 평화롭다. (2004. 6. 22)

초여름 모내기가 끝난 들판은 온통 짙어 가는 초록빛 모들이 가득하다. 동네에서 늘 보는 풍경이지만 거기에 마음이 가지 않으면 눈에 들어오지 않고 스쳐 지나가 버린다. 찬규가 마음을 보냈기에 눈에 들어왔고, 그것을 직관으로 '논에 떡하니 버티고 있다'고 붙잡았다. 정말 그렇다. 논에 모를 내고 얼마 지나면 점점 흙내를 맡아 가는 모습이 '떡하니 버티고 있는 것'처럼 아주 당당해 보인다.

유민이 샌달　6학년 김준혁

유민이는

어제 밀양 나가서

새로 산 샌들을

얼마나 자랑하고 싶었으면

텔레비전 위에 놓아 놨다.

지 친구 은숙이한테 전화해서

"야, 내일 기대해라.

그런 게 있다."

그러고 나서

샌들을 한 번 보더니

"역시 잘 샀다"

하고는

내일 일찍 일어나려고

방에 들어가 잔다. (2004. 5. 26)

동생을 대충 보고 쓴 게 아니구나. 준혁이 눈길이 꾸준히 동생을 따라가고 있다. 동생이 전화로 하는 이야기도 놓치지 않았다. 그 덕분에 동생의 일상 하나가 오빠에게 시가 되었다.

시 쓰기는 삶을 가꾸는 일

그렇다면 왜 우리는 시 쓰는 일에 집중했던가? 좋은 시를 쓰기 위해서가 아니다. 시 쓰기 공부를 하면 할수록 시를 쓰는 일은 바로 삶을 가꾸는 공부라는 것을 알게 되었기 때문이다. 시를 쓰려면 무엇보다도 나와 내 둘레, 또 자연과 세상에 관심이 있어야 한다. 순진하고 욕심 없는 마음, 따뜻하게 바라

보고 그것에 잠시 머무는 마음, 목숨 가진 것들을 귀하게 여기는 마음, 그런 마음으로 쓸 때 시에 감동이 스며들었다. 내 눈에 들어오지 않던 것들이 점점 보이기 시작하고, 들리기 시작했다. 마음 그물에 시로 쓰고 싶은 것들이 걸려들기 시작한다. 시 쓰기는 삶을 가꾸어 가는 데에 참 좋은 방법이었다.

> 비   6학년 이민혁
>
> 비가 온다.
> 며칠 동안 안 오더만
> 이제야 온다.
> 씨앗이 세상에 나올 수 있도록
> 도와주러 온다.
> 새싹이 안 다치게
> 포실포실 조심스럽게 온다.
> 비가 참 좋은 일 한다. (2004. 4. 8)

새싹이 안 다치게 조심스럽게 오는 비를 알아보는 관심이 바로 시 한 편을 낳았다. 봄에 씨 뿌리고 나서 비가 살살 내리면 그 비가 얼마나 반가운지 모른다. 비는 좋은 일 하고 우리는 그런 비가 고맙고. 그렇게 함께 살아간다.

또 하나 시를 쓰면서 깨달은 것은, 시를 쓰려면 나답게 세상을 바라보는 눈이 있어야 한다는 것이다. 누구나 다 알고 있는 사실이라도 남들처럼 보지 않고 자기만이 붙잡은 한구석이 있는 시. 누구나 할 수 있는 이야기를 누구나 할 수 있는 말로 써 놓은 시는 읽는 사람에게 감동을 주기 어렵다. 어느 순간, 내 마음속으로 툭! 떨어진 생각 한 조각을 놓치지 않고 붙잡는 것이다. 그래서 시를 쓴다는 것은 자기를 키워 가는 행위가 되기도 한다.

배추애벌레　5학년 임하정

나비가 낳은 아기
애벌레를 잡으면서 생각한 건데
애벌레가 살기 위해
우리 배추를 먹는 것이
나쁜 것일까?
나비도 되어 보지 못하고
우리 손에 죽다니. (2003. 10. 23)

벌레를 잡기는 하지만 하정이는 마땅히 해야 할 고민을 하고 있다. 사람만 아니라 배추벌레도 배추를 먹어야 사는 게 자연의 이치지. 또한 벌레는 무조건 죽여야 할 존재가 아니라 이 땅에서 우리와 함께 살아가야 할 목숨이다. 아이의 작은 깨달음이 참으로 소중하다. 벌레를 보면 당연한 듯이 죽이는 마음과는 확연히 다르다.

살구꽃　6학년 하상우

살구꽃이 살짝 피었어.
봉오리도 있지.
봄바람이랑 같이 놀고
날아가는 새 불러

쉬어 가라 하고.
살구꽃은
부러울 게 없을 거 같아. (2004. 3. 23)

복도를 오갈 때마다 창밖으로 훤히 보이는 뒤뜰 커다란 살구나무. 늘 보는 살구나무에 꽃이 피고 바람이 살랑살랑 불고, 새가 와 앉는 모습에 상우 마음이 살포시 머물렀다. 그러자 살구꽃은 세상 부러울 게 없겠구나 하는 생각이 새롭게 찾아왔다.

이렇듯 시를 쓰는 마음 바탕에는 세상에 대한 따뜻한 관심과 뚜렷한 자기중심이 있어야 한다. 그리고 그런 것을 올바르게 가지려면 내 마음이, 생각이, 지금 여기, 이 자리에 있어야 하고, 마음을 담아 무엇을 보고, 그것과 마음을 나누어야 한다. 이오덕 선생님도 '시 쓰기'에 관한 여러 글에서 자주 이런 말을 하셨다. "시를 쓰는 마음은 새로운 것을 발견하는 마음이다." 그런데 그 새로움이 어디 다른 데, 별난 데 있는 것이 아니라 늘 똑같아 보이는 일상생활, 그 안에 있다. 우리 마음이 여기 있지 않고 딴 데 가 있다면 새로움은 어디에서도 찾을 수 없다. 그러니 내 마음을 늘 여기에 붙잡는 연습을 하며 살고, 그러다 보면 새로운 것이 보이고, 그것을 시로 쓰면 살아 있는 시가 되는 것이다.

시 쓰기에 관한 감(感) 잡기

아이들과 시 쓰기 공부를 할 때 선생이 먼저 좋은 시란 어떤 것이며, 어떻게 해야 좋은 시를 쓸 수 있는지 감을 잡는 게 중요하다. 어렴풋하게 아는 것 말고 정확하게 아는 게 필요하다. 선생이 가진 그 감이 아이들에게 전해지면 아이들은 시를 써내기 시작한다. 실타래에서 실 한 오라기 끝을 찾아내기만 하면 실 풀어내는 건 일도 아닌 것처럼.

그런데 그 감을 잡는 것도 다 때가 있다. 또 그 감이 한꺼번에 오는 게 아니더라. '그래, 이거야!' 싶어 그리로 조금 가다 보면 그게 다가 아니라는 것을 아이들 시에서 곧 확인하게 된다. 할 수 없이 멈추어 서서 좀 헤매고 있다 보면 다른 방향이 슬쩍 보인다. 그러면 '아, 저 길이구나' 하고 기분 좋게 다시 그 길로 간다. 가다 보면 또 그게 전부가 아닌 거다. 아이들 시에서 그게 아니라는 표가 나타난다. 그 표를 못 알아차리고 자꾸 가다 보면 시에서 삶은 빠지고 껍데기만 남는 수가 있다. 그렇다고 '아이고, 어렵다!'며 거기서 주저앉아 버리면 더 이상 성숙되지 않지. 결국 끊임없이 헤매면서 끈기 있게 길을 찾아 나아가는 수밖에 없다. 아이들이 쓴 시가 이리저리 새 길을 보여 준다.

청개구리　6학년 하상우

학교 갔다 와서
오줌 누러 갔는데
변기통에 청개구리가 앉아 있다.
기다리다가 급해서
변기통 옆에 쌌다.
청개구리는 고맙다는 듯 나를 보고
저 밖으로 가 버린다.

오줌 밖에 눴다고

할머니한테 오지게 혼났다. (2004. 6. 25)

　마지막 두 줄을 처음에는 "오늘 따라 오줌 누고 나니 더 시
원하다"고 썼다. 이 말이 절실하게 느껴지지 않고 과장되어
보인다. '마지막을 이런 식으로 쓰면 좋은 시라 하더라.' 이런
마음으로 쓴 게 아닌가 싶다. 물론 이건 선생이 잘못 지도한
거지. 강조를 많이 했으니 아이들은 시 마무리를 그렇게 해야
되는 줄 알고 따라온 거다. 이렇게 아이들이 시를 쓰면서 어
떤 틀에 빠지는 모습이 보이면 그걸 가지고 다 함께 시 공부
를 또 한다. 상우가 마지막 부분을 다시 써서 마무리를 했다.
　이렇게 오락가락 헤매면서 시의 본질에 조금씩 조금씩 다
가갈 수 있겠지. 그 과정이 공부다. 그런데 가만히 생각해 보
면 어디 시를 쓰는 일만 그런가? 세상 모든 일이 다 이렇지
않은가? 이거다 싶으면 저거고, 알 만하면 끝이 나고. 이젠 됐
다 싶으면 전혀 생각하지 못한 구석에서 한 방 맞고는 그 자
리에서 잠시 휘청거리고. 그러니 그저 '나는 모른다' 하는 낮
은 자세로 겸손하게, 그리고 꾸준히 한 발 한 발 걸어가는 수
밖에.

그때 그 자리에서 붙잡아 쓰기

우리 아이들은 시를 거의 일기장에 쓴다. 학교에서 정해진 시
간에 글을 쓸 때보다 그날그날 일기장에 쓰는 글이 훨씬 생생
하고 다양하다. 집에서도 될 수 있으면 그때 그 자리에서 바
로 쓰자고 한다. 간혹 학교 마치고 집으로 돌아가는 논둑에

엎드려 시를 쓴 아이도 있고, 저녁밥 먹다가 숟가락 놓고 일
기장 펴서 시 한 편 쓰고 밥 마저 먹었다는 아이도 있다. 늘
그렇게 할 수는 없지만 아침이든 저녁이든, 학교든 집이든 그
때그때 내 마음을 건드리는 것이 있으면 바로 붙잡아 쓰자고
한다.

스스로 시 다듬기

아이들이 쓴 시를 보다 보면 아, 이건 조금만 다듬으면 좋은
시가 되겠다 싶은 글이 있다. 아이가 쓴 시에 자기 목소리가
담겨 있는데 뭔가 아쉬운 시. 그럴 때면 아이를 불러 둘이서
시를 놓고 이야기를 나눈다. 그때 상황을 묻고 대답하는 가운
데, 놓쳤던 부분이나 없어도 될 말 따위를 찾아낸다. 그런 다
음 다시 고쳐 써 보게 한다.

　그래서 글이라는 게 한 번만에 완성되는 것이 아니라는 것
을 아이들에게 자주 말해 준다. 단숨에 토해 내듯 글을 쓰는
게 좋기는 하지만, 그렇다고 그 한 번으로 글이 완성되지 않
을 때가 많다고. 그때 그 상황이 내 머릿속에서는 뚜렷한데
글에는 제대로 안 나타나는 수가 있다고. 그러니 한 번 쓰고
나면 끝이 아니라 두 번 세 번 읽어 보자고.

　그러면서 고쳐 쓰기 할 때 지우개로 지우지 말고 처음 쓴
게 다 보이도록 줄을 긋거나, 화살표로 끼워 넣거나 하자고
한다. 가끔 다듬기 전 글이 더 좋을 때가 있고, 이런저런 표시
를 하면서 고치는 걸 아이들이 재미있어하기도 한다. 스스로
글을 다듬으니 글이 훨씬 좋아진다. 적어도 자기가 쓴 글을
다시 한번 읽어 보고 나서 공책을 덮을 수 있는 버릇이 든다

면 그것만으로도 충분하겠다.

◇ 다듬기 전

싸움   6학년 박정환

아빠가 엄마가 어디 갔다고
화났는 것 같다.
또 그때처럼
며칠 동안 말 안하는지
문 닫고 서로 말하고 있다.
뭐라 카는 지는 잘 모르겠는데
그렇게 심하게 싸우지는 않는다.
그런데 엄마는 우리 방에 있다.
이번엔 며칠이나 갈까?

◇ 다듬고 나서

싸움

엄마가 말도 없이
동네 아줌마들과 운문사에 놀러 갔다고
아빠가 화났다.
뭐라 카는지는 모르겠는데
문 닫고 서로 말하고 있다.
또 그때처럼
며칠 동안 말 안 하는지

336

엄마는 우리 방에 있다.

이번엔 며칠이나 갈까? (2004. 5. 14)

아빠가 화난 까닭이 드러나니 글이 훨씬 생생하다. 상황이 살짝 정리가 되니 시를 읽는 흐름도 자연스러워졌다.

시는 빈 마음으로 쓰는 것

빈손이 일손이라 했듯이 시는 빈 마음으로 쓰는 것이다. 마음 속에 생각이 꽉 차 있으면 내 마음에 다른 것이 들어올 자리 가 없다. 뭐든 대충 보게 되고 건성으로 보게 된다. 그건 봐도 본 게 아니고, 들어도 들은 게 아니다. 늘 스쳐 지나가는 삶 이다.

그러나 순간순간 마음으로 만난다면 그것과 제대로 하나가 되고 내 마음에 들어와 머물게 된다. 그것을 늘 하는 자기 말 로 쓰면 바로 시가 된다.

비1 6학년 하상우

밖에는 비가 온다.

할머니가 감자를 삶아 주신다.

젓가락으로 쿡 찍어서

껍질을 까서 먹었다.

꿀맛이다.

비가 많이 오길래

우산을 쓰고 나가서

지붕 밑으로 떨어지는
빗방울을 손에 받았다.
빗물이 손가락 사이로 흘러내린다.

빗물을 던졌더니
잠자고 있던 개가 맞고
일어나서 짖는다.
개 짖는 소리는
참 좋다. (2003. 5. 25)

비 오는 날 상우가 시를 썼다. 삶은 감자, 지붕 밑으로 떨어
지는 빗방울, 손가락 사이로 흘러내리는 빗물, 잠자는 개, 개
짖는 소리……. 이렇게 상우의 눈길이 비 오는 날 풍경 속을
천천히 흐른다. 하나하나가 다 살아서 상우 마음에 들어온다.
마음이 지금 여기에 있기에 볼 수 있고 들을 수 있다.

시를 쓰면서 우리는 마음을 키워 간다. 세상 보는 눈이 반
듯해지고 깊어진다. 시를 써 가면서 이렇게 바뀌어 갈 수 있
다. 그 바뀐 마음을 이오덕 선생님은 '사람다운 마음'이라 표
현했다. 결국 시 쓰기는 사람으로서 가져야 할 사람다운 마음
을 가지게 해 주는 수단이고, 과정이며, 그 과정에서 얻는 열
매이기도 하다.   *이승희 밀양 상동초

시 찾아보기

1, 2, 3학년 시

학교에서

집에서

함께 보면 좋은 시집
《개구리랑 같이 학교로 갔다》《까만 손》《버림받은 성적표》
《부러운 새끼 개》《비 오는 날 일하는 소》《새들은 시험 안 봐서 좋겠구나》
《샬그락 샬그란 샬샬》《아버지 월급 콩알만 하네》《엄마의 런닝구》
《요놈의 감홍시》《일하는 아이들》《잠 귀신 숙제 귀신》《저 풀도 춤겠다》
《허수아비도 깍꿀로 덕새를 넘고》〈올챙이 발가락〉

시 수업을 시작합니다
시가 터지는 초등 교실 26

1판 1쇄 | 2020년 6월 15일

글쓴이 | 한국글쓰기교육연구회
펴낸이 | 조재은   편집부 | 김명옥 육수정
영업관리부 | 조희정 정영주

펴낸곳 | (주)양철북출판사
등록 | 2001년 11월 21일 제25100-2002-380호
주소 | 서울시 마포구 양화로8길 17-9
전화 | 02-335-6407   팩스 | 0505-335-6408
전자우편 | tindrum@tindrum.co.kr
ISBN | 978-89-6372-321-1 03810   값 | 15,000원

편집 | 이혜숙   디자인 | 표지 김선미 본문 육수정

잘못된 책은 바꾸어 드립니다.